迷藏

李心丽 著

山西出版传媒集团　北岳文艺出版社
BEIYUE LITERATURE & ART PUBLISHING HOUSE

图书在版编目(CIP)数据

迷藏/ 李心丽著. —太原：北岳文艺出版社,2018.1
ISBN 978-7-5378-5306-4

Ⅰ.①迷… Ⅱ.①李… Ⅲ.①短篇小说—小说集—中国—当代 Ⅳ.①I247.7

中国版本图书馆CIP数据核字(2017)第204678号

书名：迷 藏		责任编辑：王朝军	
著者：李心丽		书籍设计：张 乐	

出版发行 山西出版传媒集团·北岳文艺出版社
地　　址 山西省太原市并州南路57号
邮　　编 030012
电　　话 0351-5628696(发行部)
　　　　　0351-5628688(总编室)
　　　　　0351-5628691(产品开发部)
传　　真 0351-5628680
网　　址 http://www.bywy.com
E－mail bywycbs@163.com
经 销 商 新华书店
印刷装订 山西人民印刷有限责任公司

开　　本 890mm×1240mm 1/32
字　　数 184千字
印　　张 8.5
版　　次 2018年1月第1版
印　　次 2018年1月山西第1次印刷
书　　号 ISBN 978-7-5378-5306-4
定　　价 38.00元

目　录

侧逆光

"你干什么呢?"

电话响的时候,青鱼正在美容院里做美容,美容院的小妹给她脸上敷了一层保湿面膜,那些水分充足的面膜滋养着青鱼的每个毛孔。通过这些毛孔的吸收,水分暂时又锁在了她的皮肤上。

从美容院侧立的镜子里,她看到了她的脸,完全被那张面膜遮住了。在这张面膜的衬托下,那两只眼睛有些暗淡。

这是一个陌生的声音。青鱼拿起电话,听到这个声音的时候,她反应不过来话筒那边说话的是谁。青鱼说没有干什么,不知为什么她的声音里有一种戒备。对方大概从她的语气里听出了什么,说你猜猜我是谁。青鱼说这声音还挺熟悉,可是想不起来了。对方说你仔细想想。这时候青鱼记忆深处刘帆的声音与这个声音吻合在了一起。青鱼说哦,你是刘帆吧。刘帆说还不错呢,还能听出我的声音。

他们最后一次联络是三年前,后来之所以断了联络是青鱼发现刘帆的手机打不通了,之后青鱼发现 QQ 上也找不到刘帆了。虽然他们不在一个城市,但如果青鱼想找刘帆,那也不是一件困难的事。联系不上刘帆,青鱼也没有再联系,她想不通刘帆为什么突然就断了音讯，她找不出什么合适的理由。不过她偶尔还有想给他打一个电话的冲动，她喜欢与他一起聊聊年轻时候的往事，现在能够一起聊聊的有过好感的异性也只有他了，后来青鱼又在QQ上找过刘帆，确实不在了，以前打过的那个电话还是停机。

这个讯息与生活中的许多讯息让青鱼觉得她正在失去什么，那种失去让她深切地感受到青春已逝的失落。连刘帆都断了与她联络，青鱼说不出地受到了打击。过去那三年里，青鱼猜测过多次刘帆是不是有外遇了。不过即使刘帆有外遇她也不会表现出惊讶。外遇现在已经不是什么新鲜事了。她能够在她丈夫周宏的外遇事件中安之若素，那么别人的外遇就更困扰不到她了。刘帆有必要这样避着她吗？她倒是因为他的这个态度困惑。

现在当刘帆在电话那边与她絮叨的时候，青鱼一直保存了三年的那种困惑不知为什么变成了一种疏离，她与他的交谈不像上次那样情深意切了。青鱼说我打过你的电话，结果停机，隔了几天再打，还是停机，对于他在她的QQ里消失得很彻底这件事，青鱼只字未提。她心中的芥蒂让她对刘帆有些距离。青鱼只说她没有打通刘帆的电话，她没有询问刘帆后来为什么没有给她打电话。这三年，他都去忙什么了？青鱼觉得没有必要去问了，不过刘帆也没有做出任何解释。要不是上次在街上邂逅，他们不是有十几年失去联系吗？

从电话中听到刘帆周围的环境嘈杂，青鱼说你这是在哪呢？怎么想起来给我打电话？刘帆说我要去出差，在火车上，看到火车上有一个乘务员很像你，就想给你打一个电话。青鱼说这样啊，以前青鱼就知道刘帆经常出差，在单位担任着要职，青鱼说多大年纪的乘务员呢？刘帆说二十多岁，真的很像呢，特别是笑起来的时候。刘帆说一会我偷偷拍一张她的照片，微信发给你，你看看。青鱼说好的，真的有与我像的人吗？刘帆说某一个地方特别像你，我也说不上来是哪儿像。青鱼说好，青鱼突然间对年轻的乘务员发生了浓厚的兴趣。

在等待刘帆发微信的间隙，青鱼翻看手机里的信息，这时候她看到了那个人很久前给她发过的一条短信，短信问她有没有时间。她看到下面没有她的回复，看了看，那是好几个月前的一条短信，青鱼就是在这样的时间里忽然又遇到了那个人，在自己的手机短信里。

他与青鱼一直保持着一种暧昧不清的关系，但他们几乎很少见面。就因为这样，青鱼就觉得他多年来在某种意义上成了她的情人。无聊的时候，她会做一些不着边际的春日梦，有时候她会把她的虚幻的想象讲给他听，她渴望他打破她现在的生活模式，带她远离这个地方，哪怕让她消失一个月，或者一年，过另一种有别于这种生活的生活。这些话她讲给他听的时候，他会说，还一年，还一个月呢，你连一天的时间都不愿意给我，要不我去找你吧，咱们一起吃个饭，或者一起看个电影，怎么样？青鱼眼前马上就会出现一种场景，有许多人因此看到他们两个人，他们是多么鬼祟多么阴暗的两个人啊。青鱼觉得，每有一次这样的想法，他们这种阴暗的关系就会被暴露一次，她就会觉得她被许多人看穿了，这让她不好做人。

尽管她在心里把那个人当作了她的情人，尽管他们彼此都这样认为，事实上他们从来没有上过床，男人对于他们一直保持这种关系很有异议，说他自己都难于理解他们这种关系，他开导青鱼，他说说不定两人在一起会有美妙的发现，人生苦短啊。如果他对这件事紧追不放，给青鱼很大的压力，青鱼就会以沉默拒绝他，两人就会僵持一段时间，僵持一段时间之后，总有一个人会打破沉默，然后他们就会像往常那样继续联络。

我还是那个想法，如果没有更亲密的发展，这关系就该到此为止了。那个人说。青鱼说更深入的发展会破坏这种关系，你不觉得吗，我们之间总该有所保留，这样才会留下美好的回忆。你不觉得你很奇怪吗，那个人不满地问青鱼，青鱼说你不要勉强我，你该原谅我，我也不知道我是怎么回事，但当我冷静下来的时候想到我们之间真的发生了那种事，我觉得我会受不了，你说那时候会怎么办？那个人说你不会觉得受不了，你相信我。青鱼说，算了吧，我还是该相信我自己。

谈到进一步的发展的时候，两个人往往会不欢而散，青鱼有时觉得该分手了，尽管只是电话联络，但等到真正要分手的时候，青鱼又生出了许多的不舍。这个人这么多年一直给她一种恋爱的感觉，除却婚姻，她觉得她非常依恋这种感觉，特别是遭遇爱人周宏外遇的事件之后，青鱼觉得她的生活中有这么一个人很重要，他让青鱼坚守了什么又有了情感的归依。

不多久，刘帆加上了青鱼的微信，发给青鱼一张年轻女孩子的照片。青鱼仔细观看这个女孩子的五官、脸型，清秀倒是清秀，眉宇间有一种似笑非笑的神情，一副充满青春朝气的样子。可是青鱼看不出来哪儿像她。青鱼走在镜子前，把女孩子的脸与她的对照了一下，没有哪儿像。青鱼又找出了她年轻时的照片，看了看，也不像。这时候刘帆的电话打过来了，问青鱼像不像。青鱼说不像。刘帆说我怎么看着像呢，一看到她我就想起了你，而且还因此盯着她看了很久。青鱼说你是不是喜欢她呢？刘帆说是。因为她像你嘛。

刘帆的电话给了青鱼一种好心情，自从与刘帆再次取得联络之后，青鱼觉得自己没有以前那么无聊了。这两年青鱼渐渐发现自己已没有了作画的潜质，她没有灵感的创作让她的生活变得索然无味。为了排遣她的落寞，她经常参加那几个圈子的活动，茶酒之约，六人聊天室，女人聚会，这都是纯女人的圈子。她现在喜欢的就是一种纯粹的圈子，纯粹的聚会。她与她们在一起聊天，吃饭，喝茶，她们谈家长里短。不同的圈子有不同的话题和乐趣。除此之外，她没有别的乐趣。

因为刘帆出差在外，可能一个人寂寞难耐，得知青鱼的丈夫晚上有应酬要很晚才回来的时候，刘帆打过来了电话。刘帆说今天怎么赶这么凑巧，我正是非常想与你聊呢，要知道他一整天都不在，我该顺路下火车先去看看你，然后再坐火车报到也不迟。青鱼不知道说什么好，她知道这只是刘帆的一句客套话。

你干什么呢？刘帆问。青鱼说家里有点冷，我钻被窝里看电影呢。刘帆说有空我陪你一起看怎么样？青鱼说这样我觉得有点不搭调，你该陪的对象是年轻漂亮的女孩子。刘帆说这话怎么说呢？青鱼说那样才衬得你有成就呢，陪着我或者陪着你老婆我们这样年纪的人，那就没有一点美感了。青鱼打着趣。从内心来说，尽管刘帆客套，但青鱼不想陪着他客套，她是一个不喜欢客套的人。

她的话没有让刘帆不满，刘帆反而乐哈哈的，青鱼觉得她说到刘帆的心里了。青鱼想，幸亏我没有像傻猪一样说期待他陪我一起看电影，幸亏我说了实话。刘帆说我还偶尔去影院看新电影，我也喜欢看电影。青鱼说我也只是说说，你千万别真的带了年轻的女孩子去看，被别人不小心拍到了，你可就完了。听你的口气，好像有谁被拍到了。刘帆说。青鱼说有一个人带了一个年轻的女孩去看球赛，被记者拍到了，上了网，本来只是一张简单的新闻照片，两年后不知怎么被女孩的男友发现了，不依不饶，非要让赔他损失费，那个人只得赔了一笔钱。刘帆说真有这事吗？青鱼说是真的，但她没有说那个男人就是她丈夫。她丈夫的外遇事件不是那个女孩的男友闹，她是不会知道的，后来给人家拿赔偿款的时候，青鱼还动用了她的存款。

那他老婆知道吗？刘帆问，刘帆对这话题大概感兴趣，一些小细节都问到了，当时两人的表情，被拍到时是什么姿势？那张照片已深刻地印到青鱼的大脑里了，当时她丈夫周宏的姿势，那个女孩的姿势，他们的眼神，他们的表情，大概记者抓拍的时候一定觉得他们更能代表一种激情，一种专注，一种投入，一种美好。青鱼说两人的姿势是正在交谈，表情甜蜜愉快，刘帆说是不是那个女孩很漂亮呢，青鱼说不仅那个女孩漂亮，那男人也是很帅气呢，你想想，要不是这样，他们能被记者抓拍到吗？

那他老婆不闹吗？刘帆问。青鱼说据说没有闹，很明显两种结果，要不是委曲求全，要不就是一走了之，除了这两种选择，他女人大概也想不出其他更好的办法，而且有孩子，她只能忍气吞声了。青鱼说，说说你的外遇吧，满足一下我的好奇心。青鱼转移了话题。刘帆说你怎么知道我有外遇？青鱼说知道。刘帆说知道我就没有讲的必要了。青鱼说我只是想与你探讨一下，你只回答我的几个问题就行了，你外遇的时候多大了？对方多大了？对方成家了吗？刘帆说大概前不久，对方二十多岁，单身。这些信息迅速地在青鱼的大脑里保存了进去，永久也不可能删除了。如果刘帆说的是真的，那么她了解到了这个年龄男人外遇的偏好，他们都喜欢年轻的女孩子。刘帆与周宏的外遇倾向还有些相像。

你呢？刘帆问青鱼，你有过外遇吗？青鱼说怎么可能没有呢，我有过不下四次外遇的经历。青鱼夸张地说。不知为什么，听到刘帆外遇对象是一个二十多岁的年轻女孩子，青鱼就受到了一种不知来自哪儿的刺痛，他到底也有外遇，也是二十多岁单身的女孩，青鱼的潜意识里就出现了一幅画面，一个成年男人与一个青春女孩的疯狂恋爱，男人追逐年轻的女人不仅是追逐她年轻的身体，大概追逐的还有他对自己年轻岁月的一种怀念吧。

怎么有四次呢？真有那么多吗？刘帆问。第一次大概是什么时候？青鱼说第一次大概是三十岁，我想想啊，比三十岁都多了，已经三十二岁了。怎么是三十多岁开始呢，我以为你的外遇应该是二十多岁。刘帆想当然地说。对方比你大几岁？是不是比你大好多呢？青鱼说没有，比我大五岁。刘帆说我还以为他至少要比你大二十岁。青鱼说为什么这样认为呢？刘帆说男人都喜欢年轻的女人。青鱼说那年轻的男人不喜欢年轻的女人吗？刘帆说不是这个意思。

　　刘帆的外遇在这一天真正地刺痛了青鱼，让青鱼一下子就意识到她永远失去了的她的二十多岁。一种彻底的失去让她生出了一种自怜的情绪。现在，青鱼觉得她唯一想做的就是刺痛刘帆。青鱼说从三十二岁开始，我的外遇就不断有，我从来没有想到已经成家的女人还会遇到那么不顾一切的追逐，虽然我不可能答应他什么，他也不可能给予我什么，当时可能还因为他的纠缠苦恼，可是事后一想觉得也没有什么。这么频繁的外遇你爱人没有感觉吗？刘帆问。青鱼说有感觉，为此他还经常与我吵架，甚至还差点与我离婚，等到真正要离婚的时候，又没有离掉。你的几次外遇你是不是都有很深的发展呢？刘帆问。青鱼说我的第一次外遇保持的时间最久，大概有三年的时间，虽然不经常在一起，但联络得很紧密。你被他的什么打动了？刘帆问，你们经常在哪儿约会？青鱼说我被他的深情打动了，我能感受到他对我的一种深情，那是能感觉到的，约会的地点是固定的，他有一套闲置的房子，我们偶尔去那儿约会。

　　青鱼在电话这头为刘帆描述她编造来的外遇，她甚至想说他们在床上都有默契的配合。在这场心血来潮的叙述中，青鱼发现原来她对她真正的外遇是羞于启齿的，她觉得她说出来的话刘帆一定也会大吃一惊。现在在这场讲述中，她发现她的外遇是病态的，是不会被人理解的，所以她就索性不说，让这些编造的有鼻子有眼睛的外遇作为她的一部分，与刘帆的外遇作一个暗暗的较量。当想到她这是在与刘帆较量的时候，青鱼被自己吓了一跳。

三十二岁的时候，青鱼在与异性的交往中非常戒备，她哪里有那种堂而皇之去约会的胆量呢？现在她把自己的三十二岁描绘得有声有色，她不知道自己突然间有什么企图，为什么要在刘帆面前把自己描这么黑呢。听青鱼这样一说，刘帆说那你爱人呢，你有没有发现他有外遇？

青鱼说我没有发现，但我觉得这种事存在着，我只是告诫他做事要严实，不要让我发现蛛丝马迹。刘帆听青鱼这样一说，有点难以置信，他说你真这样想？青鱼说真这样想，我爱人性情好，被别的女人喜欢也是正常的，但只要不被我发现，我就当他什么事也没有。那你爱人呢？青鱼问刘帆。我爱人不会有外遇，这一点我从来不会怀疑，我觉得没有人喜欢她那样的。刘帆笃定地说。

青鱼说你怎么会这样想呢？从人性的角度来说，那是不可能的。刘帆说说是这样说，但也有例外，她就是微乎其微的例外。她有没有喜欢别人我不知道，但我觉得没有人会喜欢她。青鱼说，你都娶她做老婆了，连你都喜欢她，你怎么会觉得没有人喜欢她呢？我和她是过日子呢。刘帆强词夺理。

青鱼天花乱坠的外遇成了一段时间刘帆与她的一个话题。刘帆觉得有这种经历的女人太复杂了，刘帆潜意识的想法是幸亏他当初没有选择青鱼，要不青鱼会一次又一次给他戴绿帽子。年轻的时候他对青鱼动过心，幸亏他没有说出来，不过此后这些年里，他也经常会想起青鱼，他在他爱人面前也常常提起青鱼，他爱人知道他与青鱼交往过。为什么没有选择青鱼呢？他爱人问过他这个问题，他说喜欢青鱼的人太多了，他觉得这不是好的结婚对象。而且他觉得青鱼在情感上是一个不可靠的人，很可能会见异思迁，这样的女人一般人是不愿意娶的。所以尽管刘帆在他爱人面前公开地谈论青鱼，但他爱人知道青鱼对她构不成威胁，而且经男人这样一描述，这个女人就不会给别人留下好印象了。

青鱼喜欢与刘帆一起谈婚外情这个话题，没想到刘帆说都是荷尔蒙在作祟，他也不例外。男人的婚外情都是荷尔蒙引发的，很多时候与爱情无关。你认为是不是这样？青鱼说我对男人婚外情的动机不了解，但女人不是这样的。除了编造的那几次有眉有眼的婚外情，别的感触青鱼是坦白的。刘帆问青鱼你们是同床睡还是分床睡？青鱼说我们同床睡，你们呢？刘帆说我们分床睡。青鱼说你经常出差在外，回家了还分床睡，真让人不理解。刘帆说我也弄不明白我们之间到底是怎么回事，从四十岁一跨过去，觉得人生越来越说不出是怎么回事了。

我有时候会想，如果我们两个走到一起，不知会是一种什么样子，你有没有这样想过？刘帆问青鱼。青鱼说我觉得状态应该和现在差不多，该外遇的时候到底还是会外遇。不知为什么，关于人生，青鱼就以她的方式理解了，她说我听我们楼里的一位老大爷说，当你八十岁的时候，你连外遇的心思都不会有了，所以你要有这心思，也不要觉得是罪过。刘帆说人生也不过如此。

有时候真烦啊，出差在外久了，会烦，可待在家里的时候会更烦，有时候真想远远地去一个地方，静静地待上一段时间，带上一个自己喜欢的人。刘帆说，这日子周而复始，多少年都是一个样子，真没有多少乐趣。这感触青鱼了解，毕竟是同龄人，由此她揣测她爱人周宏，一定与刘帆也有相同的感触，只是周宏不能在她面前这样流露罢了。

周宏还像以往一样深不可测，他的外遇事件对他算是一个不小的打击，谁也没有想到一场美好的情事会以那种结局收场。青鱼一度时间不敢提这类话题，周宏早出晚归，她也不过问他都忙什么。关于周宏和那个女孩的交往，青鱼不用去问都知道是如何开始的。许多爱情故事的开场，都需要一个男主人精心的准备，特别是像这种外遇。

青鱼和周宏的夫妻生活出现了不少问题，但他们不可思议地还同床。青鱼没有给刘帆描述他们之间的那种尴尬时光，他们经常欲言又止。青鱼想如果她说出去她的真实的婚姻状态，刘帆一定会觉得她这是因果相报。

所有真实的状况青鱼一点也没有对刘帆流露，关于她的婚姻，关于她的外遇，她的生活呈现在刘帆那儿是风生水起，活色生香。这些编造的叙述铺垫在刘帆那儿的是青鱼的虚构版，真实的青鱼谁也不知道。茶水之约里的青鱼，是一个关注画的青鱼；女人聚会里的青鱼，是一个夜长跑的青鱼；六人聊天室的青鱼，是一个生活的青鱼；刘帆这儿，是谁也不曾了解的这样的青鱼。在周宏的感觉里，青鱼是什么样的呢？

青鱼在秋天的时候要酿葡萄酒，星期天要给从学校回来过周末的孩子烤面包，偶尔要随美协的人去写生，闲暇的时候要去她的几个圈子里聚会。她的生活有条不紊，然后周宏就有了许多的空间，他乐得在那样的时间里安排自己做点男人通常喜欢做的事，他是意外被暴露了。这只得怪自己运气不好。他无法真实地触摸青鱼的情感世界，他无法触摸。有一段时间青鱼经常随美院的人外出写生，他怀疑青鱼与美院的那个画家有问题。本来青鱼之前还在他面前多次提那个画家，见他这样就闭口不提了。他看出青鱼倒是很顾及他的想法，后来很少参加画院组织的写生了。他就真的怀疑青鱼与那个画家是不是真有暧昧不清的关系。有一次那个画家打电话找青鱼，他接起了电话。那个画家说他找青鱼，要谈画展的事。周宏说青鱼不在，那个画家让周宏转告青鱼，给他回个电话。周宏从这个画家从容的电话里又断定他们之间是正常的。之后青鱼洗完澡出来他就转告青鱼回电话，青鱼当着他的面就回了电话，他一直在旁边听。青鱼说她的画大概一个月后送过去。后来他听青鱼说以后不参加画展了，那个画家让她把画送到他家里去，周宏反而又给她出主意，说要不你叫上刘小丽与你一起去，这样就避免产生误会。你是画画的，大概少不了要与他们打交道。周宏能看出在青鱼自己的主观思想里，她与异性的交往从来没有大大咧咧，有时候青鱼还请求周宏陪她去，她是要撇清她自己。周宏当然不会怀疑她隐藏在背后的外遇。她没有像男人那样的出发点。

　　青鱼在与刘帆的交流中，了解到男人的一种情感态度，刘帆认为一个成年人的婚外情一定与性有关，纯马拉松式的情感已经绝迹了，如果有，那也是因为其中某人有精神洁癖或者有心理疾病，青鱼就在刘帆的话中思忖她的婚外情，她难道有心理疾病吗？

周五下午，青鱼接到周宏的电话，周宏说他和钓鱼协会的人去文湖钓鱼，一会直接去，不回家了。接到周宏电话的时候，青鱼正在微信上与刘帆联系。刘帆正热络地与她回忆他们之间的一些往事。青鱼说好吧，你去吧，什么时候回家呢？周宏说还说不定，大概周日晚上回去。怎么呢？青鱼说我一个人也很无聊，想想这两天该做什么呢。周宏说我带着你也不合适，没有计划进去，你联系几个女友去玩。青鱼说知道了。后来想即使周宏要带她去，她也不想去。可是周宏也没有带她去的意思。

周宏的电话挂断之后，青鱼接着与刘帆聊，半天刘帆没有回复，青鱼就把电话拨过去，结果无人接听。在这个间隙，一种空前的虚空笼罩了青鱼。她把电话打给了那个人，她对刘帆隐瞒了的那个人。

电话很快就通了，对方声音有点急促，说现在有事，一会打给你，青鱼什么还没说他就挂断了电话。

青鱼有点后悔把那个电话打出去了，本来他们两个好久也不联系了，他们又进入了僵持状态，现在青鱼主动联系他，说不定他还要摆摆谱，故意给青鱼制造点障碍，因为青鱼给他制造的障碍太多了。

电话始终没有响，周末的缘故，她也不想与那几个女友联系。青鱼吃完饭，洗过澡，电话始终没有响。她不明白周末一到，他们都去忙什么了，青鱼就钻被窝里看电影。十点半的时候，刘帆发了个微信，问青鱼睡了没有。青鱼说没有。青鱼说你去干什么了？打过你的电话。刘帆说有一个约会，当时在公交车上，没有听到。青鱼说什么样的约会呢？是不是小情人去找你了？刘帆吞吞吐吐，说她来这个城市办点事，我去看了看她，刚回来宾馆就联系你。青鱼没想到刘帆在这期间还有约会，她又一次受到了刺激。

他竟然正在约会着还与她联络，青鱼心里酸溜溜的，青鱼说你舍得与小情人分开吗？不继续在那儿陪她？刘帆说我说过与她只是因为荷尔蒙在作祟，没有过去，也没有未来，她离异了，也不在乎我们之间这种关系，我贪恋她身上那种青春的味道，不过她已经快结婚了。青鱼说做男人真好啊。没想到刘帆说我也觉得做男人很好，下辈子我还做男人。青鱼说下辈子我也想做男人。

这个间隙，那个人的电话来了，青鱼接起了电话，在这样的时刻接到他的电话，青鱼竟然有一种非常想见他的冲动。青鱼说你在哪呢？你怎么敢这个时间给我打电话？那个人说一个朋友下午住院了，车祸，我在医院里帮忙，现在还没有醒过来，我刚从医院出来。怎么，你一个人吗？青鱼说一个人，我还以为你老半天不给我回电话是不想理我了。是不想你了。那个人说。

见个面吧。那个人说。我开车去接你。青鱼说好，青鱼几乎是脱口而出。去哪呢？那个人说就在车里坐坐吧。

车里有点冷，他开了暖气，两个人一起坐在后座上，紧紧挨在一起。青鱼因刘帆想到了周宏，想到了暗藏的那一个个约会，另外的激情，青鱼主动地把自己靠了过去，那个人反倒有些矜持。青鱼说我想明白了，今天你想做什么都可以，我不会拒绝你。她没想到男人有些疲倦地说，就这样坐坐也好。青鱼说为什么呢？男人说我感觉我们已经分手了，要不是车祸这件事，我不会再来见你了。所以我对你也不会有那类情感了。青鱼说你真的这样想吗？你是不是有了新的外遇了？男人说别瞎说，我看到一个生命突然陨落的过程，开始顿悟自己想过一种简单规矩的生活。不是别的。

　　这个人比青鱼大整整一轮。青鱼想，他变化的节奏原来一直与她合不上拍。

　　刘帆断断续续地与她保持着联络，说之所以与她这样坦白，是知道她不会笑话他。她只能把自己的故事描绘得有声有色，与他作为交换。她什么目的也没有，只是想以此想象周宏的世界。

柴锁平的第二次婚姻

平常的日子柴锁平忙，贾燕几次流露出不满，柴锁平对她的不满心里也是有意见的，自己每天起早贪黑，忙着还不是为了赚钱吗？在他认为，不在职场的贾燕是多么自在的一个人啊，每天待在家里，照看好孩子就行了。能待在家里看看电视，上上网，日子不是挺好吗？他要跑工地，要绘图纸，脑子里经常有许多事交织在一起，有时候看着人是闲下来了，脑子却不闲着，他还在心里羡慕贾燕，女人在这样的状态不是挺好吗？还有什么不满意呢？

主要是柴锁平有时对贾燕也不满意，一个女人，每天什么事也不干，待在家里照顾一个孩子，孩子的长势一点也不好，又瘦小，又干枯，一看就是发育不良的样子。从孩子这件事波及开去，柴锁平仔细分析贾燕这个人，觉得贾燕既不能干，也不灵巧，而且很重要的一点，是对他的建议经常当耳旁风。哺育孩子这样的事，还得男人在耳边不停地念叨，念叨的话也听不进去。见贾燕这样，柴锁平有点不痛快，在贾燕面前说了几次。贾燕也没有表现出接受还是反对的意思。柴锁平觉得贾燕是一个没有情绪的人，他有些搞不懂她想什么。

这次两个项目之间有两三天空当的时间，柴锁平在家里待了两天。他在这两天里观察贾燕，不知道为什么他像一个无关的人一样观察贾燕。早饭的时候，贾燕给孩子冲了一杯奶茶，喂孩子吃，老半天都没有喂完，没有喂完也就不喂了，他看出孩子几乎没有吃多少。之后贾燕给他们两个准备早餐，柴锁平的眉头就皱了皱。他说你平常就给孩子这样吃？贾燕说怎么了？孩子喜欢喝奶茶。柴锁平说奶茶能当一顿饭吗？贾燕不吭气。柴锁平说我不是和你说过好多次吗？闲下来的工夫多看看育儿的有关书籍，看你把孩子带的！贾燕嘴里嘀咕了一下，柴锁平没有听清她说了什么，她一定是低声为自己辩解，或者是表达她的不满。柴锁平的火气一股一股地往上蹿，他说你小声嘀咕什么呢？你看看孩子被你带成什么样子了。贾燕又不吭声了。做好的早餐柴锁平动也没有动。贾燕吃过之后，抱着孩子去看电视剧了。

　　从电视的声音，柴锁平就知道贾燕看的是什么，她看《还珠格格》。贾燕一开电视，孩子也不闹腾了，她们两个很投入。柴锁平反感贾燕看电视剧，一集连着一集，他觉得七八十岁的老头老太太闲着没事做看电视剧无可厚非，一个二十多岁的年轻人每天泡在电视剧里，自己的日子过得马虎潦草，到底能看出么价值来？柴锁平本来不准备出门了，看贾燕这样，就出去在楼底透了透气。他看到有两个年轻女人带着孩子在院子里放风筝。那两个孩子的大小和他儿子差不多，两个孩子不会放，两个女人在那儿教。柴锁平就心想，贾燕也不带着孩子出来在院子里透透气，每天闷在房子里，新鲜空气都呼吸不到，做得什么母亲？

柴锁平去了附近的一家商店，也给孩子买了一个风筝，他想让贾燕带着儿子来院子里玩玩，主要是认识两个玩伴，有了玩伴。孩子就有下楼的兴趣了。柴锁平在院子里给贾燕打电话，打了四五次都没有人接。柴锁平一次次拨通贾燕的手机号，手机通着，就是没有人接。柴锁平只能上楼去叫，打开房间门一看，贾燕抱着孩子还是一动不动在看电视。柴锁平一下子就爆发了，他箭一般冲向电视旁，"啪"的一下关掉了电视。贾燕看着电视屏一下子黑了，甚至没有看柴锁平一眼，动也没有动一下。柴锁平被贾燕的无动于衷激怒了，他说，打你手机为什么不接呢？看电视这么要紧吗？贾燕说没有听到，柴锁平说你这样看信不信我把电视机砸了？你信不信？贾燕没有说话。每当这时候，贾燕就想到她婆婆的一句话，说柴锁平脾气很暴躁，他发脾气的时候，你忍着点，他为什么离婚了一次再娶呢？就是他的坏脾气造成的，贾燕的婆婆病重的时候，拉着她的手说。她嫁过来没有多久，她的婆婆就去世了。

　　柴锁平讨厌贾燕不说话，讨厌她一副忍气吞声的样子，事实上他知道她内心里是心不在焉的，她经常不在状态里。与她恋爱的时候，与她结婚后睡在一张床上的时候，甚至与她做爱的时候，她好像不是她，她好像代替谁来与他一起生活。主要是，柴锁平发现贾燕在夫妻生活里得不着乐趣，但她对这件事好像也不在乎。她到底在乎什么他也不知道。柴锁平是过来人，以为贾燕慢慢会懂，慢慢会了解，但做夫妻已经三年了，孩子都两岁了，她依旧一副不解风情的样子。有时他出差半月回来，也没有看出她表现出特别的感情来。

柴锁平就会有深深的失望。

贾燕不说话，让柴锁平更加生气。柴锁平说你是木头吗？你怎么不说话？他的暴躁无可自制地冒了出来。贾燕抱着孩子，头低着。柴锁平抱起电视机，狠狠地摔在了地板上，不解气，又抱起来摔了两次。孩子听到剧烈的声音吓得哇哇哭了。贾燕抱着孩子进了卧室。孩子哭，贾燕也哭。贾燕是哭自己命运不好，学校毕业后没有找到满意的工作，换了几个地方，自己谈了一个男朋友，却在车祸中死了。二十七八岁了，眼看着年龄大了，有人给她介绍柴锁平，说了一下条件，比她大整整十岁，离婚了，有工作，有房子，说人还不错。母亲听了这个条件，说试着见一面。那时贾燕在乡镇一个私立学校代课，就听母亲的话，抽礼拜天见了柴锁平一面。柴锁平说听说你因为工作的事耽误了找对象。贾燕说也算是。柴锁平说我工作忙，赚钱也多，所以也不在乎你有没有工作。慢慢处了几次，柴锁平见贾燕代课忙，工资低，说你以后给我打工吧，我发你工资。贾燕说发多少呢？柴锁平说一个月三千，怎么样？

当代教一个月一千二百元，还得上晚自习，辛苦来辛苦去，也没有聘为正式教师的希望。虽然觉得柴锁平年龄大了点，但想想与柴锁平结婚后能住在城里，而且柴锁平一个月还给她发三千元工资，贾燕的父母觉得找这样的人还是划算的，一致赞成这门亲事。贾燕自己觉得与柴锁平在一起总有什么地方不对劲，却被柴锁平给出的优厚条件迷惑住了。徐晓红说，你着急什么呢？柴锁平不光是年龄大的问题，还有前妻，还带走了一个孩子，这些都会影响到你以后的生活。

贾燕说我也年龄不小了，介绍的年龄和我相仿的都是打工的，没有房子，什么也没有，结了婚甚至没有一个稳定的住处。徐晓红说你仔细想清楚！那时已容不得贾燕仔细去想了，柴锁平的母亲病重了，催着柴锁平早点成家。柴锁平的姐姐来到贾燕家，与贾燕的父母正式提出结婚的事，贾燕的父母询问了一下柴锁平的前妻和孩子，了解到柴锁平的前妻已经嫁人，与柴锁平不会有任何瓜葛，孩子也跟了前妻，柴锁平只需付一些抚养费就行了。柴锁平的姐姐还说，柴锁平自己有技术，一个人就能把家养好。贾燕的母亲问，那他们为什么要离婚呢？柴锁平的姐姐说柴锁平有一个毛病，脾气暴躁，第一个媳妇也要强，两个人从结婚以后就没有间断吵架，柴锁平免不了要动手，那个媳妇无法忍受柴锁平的暴力，就提出了离婚，提了几次，柴锁平就与她离婚了。贾燕的母亲说那不知贾燕与他能否处得来？柴锁平的姐姐说了许多宽心的话，说柴锁平以前是年轻气盛，现在也是三十好几的人了，贾燕又比他小了那么多，他不会欺侮她的。等到要作最后的决定了，贾燕的母亲出于女儿一生幸福的考虑，郑重其事地与柴锁平谈了一次。柴锁平说他的前妻就是被他打跑的，对贾燕他不会动一根手指头，因为在这上面他是有教训的。贾燕母亲见他说得很诚恳，贾燕就嫁过去了。

　　表面上看来，柴锁平也是得了便宜的，娶了一个大姑娘，又小了那么多，到了工地上，与他一起绘图纸的同事问他很滋润吧，问他小夫人让他很舒心吧。母亲等他一成家，就安心地去了另一个世界。柴锁平自己对于再婚，缺少新婚该有的一些东西。他任由大家开他的玩笑，什么也不说，心里却是五味杂陈。婚后他履行着他当初的诺言，一个月给贾燕三千元，贾燕欣然地接受他每月发的钱，她不问他一个月能赚多少钱，或者一年能赚多少钱，他也不问她把这些钱做了什么，是如何支配的。他看出她安于现状，虽然好脾气的样子，却喜欢无所事事。

有一阵子他发现她涂脂抹粉，照镜子老半天，他说现在她的皮肤挺好，化妆品是有危害的。说了，她依旧涂，涂鲜艳的指甲油，后来怀孕了，还涂。他说这些东西危害胎儿的健康，碍于他眼巴巴地盯着，她才收敛了。他仔细观察她，发现她缺少一种内在的东西，他本来是想好好爱她的，不仅是结婚，还要相爱，他发现他比以往任何时候更懂得如何去爱，却发现这只是自己的一种想象，他无法付诸行动。

他希望她不是这样一个人，他希望她是另外一个人。有一次吵架之后，他没有按时发她工资，他故意不发给她，看她会如何，她也没有吭声。又过了一个月的时候，他给她发，她问上个月的还是这个月的？他没有吭声，她自己打开看了，见是两个月一起发，仿佛有些讪讪的。他就不由得要想，假如不发，他们的关系会怎样？

她好像与他没有任何话题。见她经常闷在房子里，他建议她出去走走，逛逛商场，或者找以前的同学朋友聊聊天，她仿佛没有可以走动的地方。她唯一感兴趣的就是看电视、上网，也不关心新闻，对烹饪也没有什么兴趣。做一个令人满意的主妇也是一门学问，她对这门学问也不感兴趣。安静的，不动的，沉闷的，她缺少了一个年轻人该有的生气。刚结婚的时候，柴锁平提议去哪儿转转，去他的朋友或同事那儿聊聊天。他感觉到她都有点不情愿，好像她是一个世界，他们是另一个世界，她在心里就这样把自己与他们隔离开来。她倒是很少提什么要求，也很少有什么建议，仿佛生来她就是听柴锁平安排一切的。柴锁平年长，比她的哥哥都大了好几岁，柴锁平发现他们之间的这种关系时，生出了一种厌恶。

再婚后，家里人很少听到柴锁平和新媳妇有什么不愉快，柴锁平的衣服经常是干净的，朋友和同事觉得柴锁平肯定在一种很美妙的状态里，遇着柴锁平，就要开开他的玩笑。他们都以为柴锁平有新宠，做工作更有了干劲，说你是新婚，要在家多陪陪小太太，要不小太太会不高兴的。他的状态，已经成了这么一种定局。一次，他给孩子去送抚养费，见着了前妻，前妻说听说你找了一个小姑娘，娇养得很吧？柴锁平说不管怎样，至少不用成天起来吵架了。前妻说说来还是你们男人占便宜，不管多大年龄结婚，都可以娶到年轻的姑娘。前妻还是以前那副样子，说话直来直去。柴锁平说你以前经常骂我像土匪一样，现在我想土匪都土匪不起来，女人能改变男人。这句话他一下子又把前妻激怒了，她说你称心就行了，还在这儿显摆什么？柴锁平说我不是给你陈述一种关系吗？看着前妻一脸怒容，他突然间觉得很好玩。前妻说你也不要得意得太早，我好歹和你一起生活了七八年，你的禀性我还是了解的，这个和你才生活了几天？柴锁平说娶谁做老婆，很大程度上决定夫妻之间的关系，我现在明白了，合婚不合婚主要是说性情，我们当初也没有查了查生辰八字。他前妻说好了，你走吧，前半生已经一去不回头了，后半生你就好好过吧。

　　除了脾气暴躁、执拗，他前妻是一个灵巧、能干的人。以前他们租的房子虽然小，但她经常收拾得干干净净，主要是她还喜欢黏着他，一两天不在家，她的电话就追踪着他，没有什么事，口头的一句话就是你正干什么呢？你什么时候回家呢？他那时对她很反感，觉得她这是想控制他，她的控制欲太强烈了。他赚到一笔设计费，她就主张交给她，由她保管。对于钱和数字，她有一种天生的敏感，然后她就告诉他现在有什么理财产品，哪个基金很看好，一部分积蓄她就存到银行进行理财，说等钱够了就买一套房子。赚到的钱他就交给她。持家过日子她还是蛮不错的，要是他不出那趟事，他们谁也没有想着要离婚。图纸错了一个数字，导致那项工程有了不必要的损耗，他受到了严厉的处罚，他被罚了一大笔钱。他以前交给她的那些钱，她一分不少又都给了他，家里一下子一贫如洗。这个打击对于他来说是非常厉害的。他的脾气比以前更加暴躁了，稍不如意就大动肝火，她何尝又有好的心情？

　　有一次两人吵架，他骂她是败家子，是他骂她而不是她骂他，他说就是因为你这样的性情，我的思路经常是不清晰的。要不，怎么会出错？摊上你这样的女人，那会有什么好运？那次他结结实实地伤着了她，她说你错了就是你错了，你怎么要把这错事归在我头上？你说清楚点。他又重复说了一遍。她说那既然这样，我们离婚好了，我是败家子，你离我远远的。他那时极不理智，说离婚就离婚，你不旺夫，看谁敢要你。她说我早就与你过够了！就这样两个人离了婚，她把孩子带走了。

那两年，他一直不顺利，他妈就让算卦先生给他卜了一卦，说家里的媳妇不太旺夫，两个人性情不合，经常吵吵闹闹，过几年会好点。母亲偷偷把这话对他讲了，要他不要伤心，过几年会好点。听了算卦先生的话之后，他明显看出母亲对他离婚这件事不纠结了。他想等他有了好的转机，再去找前妻谈谈，结果离婚还不到一年的时间，前妻就找人另嫁了。

他是听姐姐对他讲的。那时他正在外地，参观一家公寓房的建筑设计。他一听就火了，说怎么就悄悄地结婚了，怎么连招呼也不打一声呢？姐姐说我也是刚听说，你知道也就知道了，都离婚了，人家还与你打什么招呼呢？他说她要再嫁也得和我说一声，她带着孩子，谁知道她找什么样的男人？回去我得找她谈谈。姐姐听他的口气，说你不要意气用事，人家结婚很正常，难道还要等你批准吗？我只是告诉你一声，不是让你去闹事，你也该改改你的脾气了。

那个消息让他一下子又失控了，他都等不及回去找她谈，他马上就拨她的电话，结果她原来用的电话停机了。这让他更加气愤。他就拨通马秀丽的电话，问她前妻孙小月的电话，马秀丽说你找她有事吗，马秀丽和孙小月都是学校的老师，以前经常带孩子去他家串门。柴锁平说听说她结婚了，是不是？马秀丽说结了都两个多月了，怎么你不知道吗？柴锁平说我不知道，我今天才听说。马秀丽说那段时间她说给你打了电话，打不通，她还说可能是你把她拉入黑名单了，不想接她的电话。柴锁平说哪里的事？我们经常跑工地，信号不好是常有的事，她又不是不知道。马秀丽说可能正好是你信号不好的时候打的，也不能怪她，她本来是想告诉你的。柴锁平说着急什么呢？离了男人就不能活吗？马秀丽说你这话我可不爱听，你都和人家离婚了，你管得着人家吗？柴锁平说手机也换了，你说一下她的手机号。马秀丽说我没有记住，我明天去学校了给她捎个话，让她给你打。结果两三天过去了，柴锁平眼巴巴地等孙小月的电话，孙小月都没有打过来。

眼看着一时回不去，柴锁平非常想知道孙小月再婚的有关情况。上午上班的时间，他又把电话打给了马秀丽，问她到底把话传了孙小月没有，马秀丽说孙小月这两天没有来学校，说她女儿扁桃体发炎，在医院输液呢。马秀丽还说，我也不管你什么心思，反正人家已经再婚了，有合适的你也再找一个，不要在这件事上过不去。柴锁平听出马秀丽这是警告他，柴锁平说她打不上我的电话，你就不能电话上与我说一声吗？马秀丽说我说有什么用啊？你听我的吗？

马秀丽这是与他记仇，刚离婚的时候，马秀丽和她老公两个人叫他去家里吃饭，说孙小月也会去，他们四个人坐在一起好好谈谈。柴锁平没有去。之后马秀丽又给他打过几次电话，说他把孙小月的心伤透了，让他给孙小月好好道个歉，那时他还在气头上，哪里能听进去马秀丽的话？之后，马秀丽也就不与他联系了。

柴锁平说我那时在气头上，你和我记仇有什么意思？马秀丽说反正现在说什么都已经迟了。柴锁平听着马秀丽气哼哼的声音，对孙小月产生了说不出的留恋和怀念，后来他就再也不给马秀丽打电话了。他生怕马秀丽会看不起他。

又隔了将近半年，中秋节的时候，孙小月带孩子去看望了他的父母，给他妈买了一件毛衣，给他父亲提了两瓶酒，还提了一条烟。他妈还给她们母女吃了饺子。她告诉他妈她结婚了，男人在一所中学里教书，是一个外地人，也是离异，有一个女儿，父母给他带着，人很善良。他母亲看到孙小月虽然离婚了，但还像以前一样，帮她做饭，帮她洗碗，没有生分。柴锁平的母亲不由得叹气，说看我们娘俩处得多好，你们两口子怎么老有吵不完的架？孙小月没有说什么，走的时候还说她会经常带孩子回来看他们。

母亲在电话中与他叨叨，说孙小月还是那样子，没有变，和没有离婚之前一模一样，真看不出来是离婚了的媳妇。柴锁平说她过得怎么样，他妈说听说有房子了，男人脾气也好，还说她走的时候留下了她的电话，让我们有什么事的时候给她打电话。母亲还说你们当初要离婚的时候，我该出面好好劝劝她，兴许她听我的话。我现在觉得有些对不起她。其实她还是一个不错的孩子。柴锁平说现在说什么都已经迟了。

柴锁平向母亲要走了孙小月的电话，几次想拨过去问候问候，又觉得不知该说什么好，之后突然间想起来他还没有给孩子付一次抚养费，都两三年过去了，他一分钱也没有给过孩子。他真的是把这件事忘记了。当初说好一个月他给孩子五百元抚养费。突然记起这件事，他就给孙小月打了一个电话，那时是晚上，电话是孩子接的。孩子问他在哪儿，说好长时间也没有见到他了，他说工程在外地，回家少，所以就没有去看她，问她想要什么，他回去的时候给她买。他问孩子妈妈呢，孩子说在呢，说着就把电话给了孙小月，他说你们都在家呢？孙小月说就我和孩子，他去上自习了。他心里的酸楚涌上来，他们之间竟然隔了这样的一个人，他说看我这么粗心，一直也没有管孩子，抚养费还一次也没有给过孩子，你给我一个账号，我给你打过去。孙小月说不着急，孩子现在上小学，花钱少，你有积蓄了先买房子吧，你再婚总得有一个房子。柴锁平说都几年了，你也不提醒我？孙小月说打过你几次电话，打不通，以为你想与我撇清关系，不想理我。柴锁平说手机信号有时不好，不是我故意不接你的电话。孙小月说我那时异常敏感，不在正常的思维里。柴锁平说你过得怎么样呢？孙小月说还行，我条件不高，脾气好，不受气就行，再说他的条件也不高，也不管我旺夫不旺夫，带不带孩子。孙小月还在与他记仇。孙小月说你当初不是说没人会要我吗？到底还是没有让你说中。柴锁平说当初都是气话，气晕了的话。你过得好就行，跟着我也没有过好日子。孙小月说现在想来那日子也是不错的，今生再不会有那样的日子了。现在我懒得连吵架都不想吵了。

搁了电话，柴锁平想孙小月的话，觉得她对他们的婚姻没有全盘否定。她也是有留恋的。这让柴锁平有点心痛，吵吵闹闹，日子本还是可以过下去的。有时候在睡梦中，他还能梦到孙小月，还是他们租来的房子里，孙小月在房子里忙碌，现在成了这样的状况，反而让柴锁平觉得像做梦一般。

孙小月没有发来账号，柴锁平觉得这事不能再拖了，回去以后自己去银行办了一个账号，给女儿存了三万元，给女儿买了一件裙子，然后快递给了孙小月。孙小月收到后给他来了电话。他在电话中把密码告诉了孙小月，他还说他准备买房子了，按揭。孙小月说有合适的你赶紧成家吧。

他在电话中客客气气，孙小月也客客气气，搁上电话之后，他觉得还有些好笑，到底不一样了。他本来想对孙小月讲，这两年很顺利，赚钱也多，但他又不敢讲，孙小月说不定又会说到底还是与我离了好，我不旺你。他有时自己也奇怪，说不上来这是为什么。

母亲病了之后，他的婚事成了全家人的头等大事，大家发动认识的所有人，给他介绍。他还没有确定自己今后的生活如何过，被家人催促着相了好多次亲。介绍了贾燕之后，他有了结婚的念头，他想从头开始另一次生活，珍惜一个人，珍惜一个家庭，他觉得他与贾燕能做到这样，贾燕还是一张白纸，而且特别令他欣慰的是，他从过去艰苦的日子里走出来了，贾燕不会跟着他受苦了。

柴锁平一厢情愿地这样想，像许多惯常于对生活想象的人一样，生活没有按他的想象走，柴锁平自己也被生活消磨了一种激情。他出差几天回家了，贾燕去了娘家，他都懒得去找她。以前在假期里，孙小月回了乡下父母家，他就直接跑去那儿了。自然而然。他就去姐姐家看看，姐姐说怎么一个人呢？不去你丈母家接贾燕吗？他说不想去。回家的时候，路过一家花店，见门口摆着那么多玫瑰，才知道七夕节快到了，他看到许多年轻的情侣在那儿挑花，他想起以前过情人节，孙小月要他买花送她，他还买过那么几次，有一次还送了她一盒巧克力，她高兴得什么似的，趁孩子不在身边的工夫，搂着他的脖子亲了好几口。和孙小月在一起的时候，日子确实也热热闹闹。

节日的氛围感染了柴锁平，他折进花店，买了一捧玫瑰花，往出走的时候，碰到了一个熟人。熟人说，你也过情人节？挺时髦呢。他有些不好意思。贾燕回来看到这一大捧花，嗅了嗅，说这要花不少钱吧？柴锁平说喜欢吗？贾燕说喜欢，贾燕说你明天不出去吧？徐晓红说他们要去星巴克过七夕，我们也去吧。柴锁平想，自己这个年龄，去那儿有些别扭，对贾燕说，那儿吵轰轰的，都是一堆年轻人，有什么意思？后来醒悟是自己与贾燕有些不搭调。贾燕见他没有兴趣，也就没吭声。他说要不我带你去我们设计好的楼盘那儿看看？贾燕说都是一堆楼，有什么看头呢？我也不懂。那一天怎么过的？他在电脑上打了一天游戏，贾燕在家里看了一天电视，都有些索然无味。

她不像孙小月一样喜欢黏在他身边，孙小月经常黏在他跟前，只要他在家里，她就黏过来了。他们吵架之后，她则是好多天不与他说话，一和好，就又黏过来了。贾燕可能还不知道如何与他相处，老是生涩的样子。她可能也在思忖他。贾燕确实也在思忖他，对于他一个月发她三千元这件事，她有一种不好的理解，这反而不像夫妻关系，更像是一种雇佣关系。他给她三千元，她给他洗衣，做饭，陪他上床，给他生孩子。不过，贾燕觉得给他生孩子他得另外给她钱，既然他要把他们的关系弄成这样，那就彻底成为这种关系好了。生孩子的时候，贾燕说我想和你谈谈。

柴锁平说谈什么呢？贾燕说关于生孩子的事。柴锁平说生孩子怎么了？贾燕说你给我一些钱，到时候医院里的开销，给大夫的红包。柴锁平说哦，谈这个？说这话的时候，柴锁平看了贾燕几眼，那时贾燕已经快生了，柴锁平说医院我也去呢，有我打理呢，你一个产妇，还能顾得上忙这个？那时已经去医院检查出来了，贾燕怀的是一个男孩，柴锁平很高兴，已经多给了贾燕几千元钱了，让她吃营养的东西，贾燕也没有买什么营养的食品，他还去菜市场给她买了两只乌鸡，结果她不喜欢吃，后来他又买了两条鲈鱼，她说她现在几乎不能吃肉，实实在在的好东西她没有吃多少，水果倒是吃了不少。眼看着快生了，肚子还不是太明显。现在贾燕和他提生孩子的费用，柴锁平说这个有我考虑呢，你安心准备生孩子就行了。贾燕就没有吭气。事实上贾燕想表达的不是这个意思，她生孩子这件事，她觉得柴锁平应该给她一笔钱，她看出柴锁平没有这个意思。

有时候她回了娘家，嫂子会问她柴锁平一年能赚多少钱，贾燕说不知道。他不对你讲吗？贾燕说从来没有讲过。你也没有问问他？贾燕说没有问过，我哥赚了钱是不是都交给你了？嫂子说差不多，他什么都对我讲。那你说，柴锁平为什么不对我讲呢？是不是因为他有前妻，前妻还带走孩子的原因？嫂子说总之这种人和初婚的人就不一样，这种人要复杂一些。贾燕确实觉得柴锁平有些深不可测，她觉得和柴锁平她连恋爱都不知道如何去谈。

她谈过恋爱，知道恋爱的滋味，可惜她的命运太坎坷了。命运让她失去她爱的人，让她步入这样的婚姻，有时她不由得会想，婚姻也是不可靠的，唯有钱是可靠的。柴锁平给她的钱，她一笔一笔都存入了银行，温暖她的就是那一笔存款。有了儿子之后，开销大了起来。柴锁平回家的时候，她就通知他奶粉需要去买，日用品需要去买。关于他门外的一切活动，他讲给她的时候，她听一听，他不讲给她的时候，她从来不问。她这样的状态，她知道他不满，那么他这样的状态，他有没有想过她满意不满意？

因为贾燕没有工作，孩子自己带，有时候贾燕的母亲来帮忙照料几天，有时候，贾燕提出让柴锁平送她和孩子去母亲那儿住一段时间，柴锁平不同意。柴锁平说乡下条件不太好，孩子小，有什么小毛小病不能及时去医院。柴锁平不同意，贾燕也就不吱声了。柴锁平说你们在家里，我一回了家就能看到儿子了，不太赶急的图纸我还可以拿到家里来绘。

贾燕总觉得隔着一层什么，柴锁平也是。电视机摔坏了，看也不能看了，贾燕委屈，一个人出去了。天黑的时候，姐姐打来了电话，说贾燕去找她了，哭了整整一下午，问他摔电视机到底为什么，是不是觉得日子过得太舒服了。柴锁平说一句两句话也说不清楚，姐姐在电话中不依不饶，柴锁平一下子就爆发了，说这么小的孩子，每天抱着看电视，也不带孩子出去外面玩会儿，打电话也不接，看看把孩子带的？姐姐说贾燕说了，你口口声声说看你把孩子带的，她带得不好，能不好到哪儿去？姐姐说我一会儿把贾燕送回去，你好好反省一下自己，好好给她道个歉。之后姐姐和姐夫两个人一起把贾燕送了回来，姐夫说你连电视也不愿意让她看，你让她一个女人家待在家里干什么？他被他们狠狠训了一顿。

柴锁平要在以往，真想上去甩贾燕两个巴掌，告状，还跑去他家里人跟前告状，不是想挨揍是干什么，但他忍住了。他说你不用哭了，我现在就出去买一台电视机回来，你想什么时候看你就看，你自己也不想清楚，这单单是因为看电视的问题吗？以前没有孩子的时候，我管过你看电视吗？柴锁平说这件事说清楚了，买电视一人摊一半钱，你的钱我从你的工资里扣。

　　贾燕听柴锁平这样一说，就问柴锁平，那我给你生了孩子，每天给你带孩子，你给了我多少钱？柴锁平说要不我来带孩子，你每个月发我三千元，我保证把孩子带得好好的，怎么样？贾燕说那你自己带孩子吧，我不发你钱，你也不用发我钱，我走就是了。说着，贾燕就拎着她的包又要出门了。

　　柴锁平的巴掌一下子就甩出去了，贾燕躲也没有躲，贾燕惊恐地看了柴锁平一眼，她没想到柴锁平会打她，柴锁平说你又去哪儿告状？用得着去告状吗？自己做得不好还怕别人说，你不反省一下自己，走了能解决了问题吗？贾燕被柴锁平拉到了卧室，柴锁平的心里五味杂陈。

　　贾燕说我不能就这样白白让你打，我们找个地方说理去。这次吵架贾燕不依不饶，一副难缠的样子，令柴锁平很讨厌。为了平息这件事，柴锁平说这样吧，为了惩戒我的这种恶劣行为，电视机我一个人出钱买，再赔偿你两千元，以后如果我再动手，只要动一次，你就罚我出两千元钱，怎么样？贾燕说我不要你的钱，你过来，也让我甩你两个巴掌。柴锁平说四千怎么样？贾燕说不是钱的问题，欠什么还什么。柴锁平说非要这样吗？贾燕说只能这样。柴锁平走过去，贾燕狠狠地一巴掌甩在了他的脸上，之后，他又伸过脸去，贾燕的另一巴掌又狠狠地甩了过来。

柴锁平的眼泪从眼眶里涌了上来。这是一种很复杂的滋味，他感谢贾燕让他品尝到了。这两巴掌，平息了他们家的这场风波，也让他对贾燕这个人有了新的认识。

恐　惧

广播播了一半的时候，火车轰隆隆地开过来了，火车几乎就在麻春连家的屋顶隆隆着开过。这条铁路不仅能通向西安、北京，还能通向上海、乌鲁木齐，听说还能通向很多很远的地方。前面的一个村子设有站台，所以往往这个时候，火车的速度就降下来了，但到站的鸣笛声却格外长久。一天里，火车的鸣笛声要响好多次，这个声音一响，村子附近的另外声音都被它盖住了。

麻春连大致听明白了广播的内容，快过年了，村委给村民发米面，这次还有油，让大家早饭后拿户口本去领。村子大，发一次福利要发好几天。麻春连家有五口人，三个儿子，大儿子成家了，有了两个孙子，所以他们家现在是八口人，八口人至少能领八袋面、两大袋大米、四桶油。这么好的福利和待遇附近的村子也没有几家，自从铁路占地，大学、中学占地之后，村里人一下子就有了福利，中秋节发，过年发，有时端午节也发，发粽叶和红枣。麻春连的几个儿子可不愁媳妇。村子在外的好名声遮蔽了他们家的穷困。任谁说他们家也不该是穷困户，除了照看孩子的媳妇和两个孩子，他们全家人都有一双能挣钱的手，会穷到哪儿去？

门口摩托车的声音响，之后大门被摩托车前轮撞开了，门是虚掩着的。三儿子付小军回来了，车尾巴上还捎着他处的对象。麻春连说今天不忙吗，得空吗？付小军拉着姑娘的手进屋，说不忙。麻春连说饭快好了，我给你们做饭吃。付小军说我们在城里看好了一套房子，一间半，一个月租金四百五十元，准备这两天就搬。麻春连看着儿子，又看了看姑娘，姑娘不看她，看窗台上那盆快要开花的君子兰。麻春连的眼睛里有许多话要说，但她说出来的只是，租金是不是太贵了？里面都有些什么家具？儿子说有两只衣柜，还有一套沙发，但没有床。麻春连边说边瞅姑娘的腰身，她没有瞅出什么来。儿子说厨房里有橱柜，但得自己带电磁炉或者买罐装的煤气，还得买锅碗瓢盆，缺的东西还不少呢。麻春连想说，住城里是城里的开销，还没结婚就住一起，多出许多的开支，到什么时候能准备好结婚的钱呢？但她说不出口，不住城里住哪里呢？上次姑娘不是提出来要结婚吗？院子里有三孔窑洞，姑娘说，我们想结婚，你们指给我们一孔窑洞吧。麻春连和她男人付成平都反感了这个姑娘，姑娘是逼着他现在就分家呢。三孔窑洞，一孔大儿子一家住着，另外两孔打通串在一起，隔出厨房、客厅和卧室，三儿子和二儿子一个卧室，他们夫妻占了一个卧室，这分明看着指不出一孔窑洞给他们住。姑娘不说话了，眼看着再有怎么巧的嘴也说不出一套房子来，付成平说等有钱了在这三孔窑洞上加层，不愁没有房子住，可是说话的当儿就去加层，那就变出能结婚的房子来？搁了两年，村里发出了通知，旧窑洞上一律不允许加层，现在加层也变成空的了。

儿子和姑娘现在都不说结婚的事，麻春连也不能提。如果他们要提，她就会说，等等吧，等你二哥结了再给你结。老二也已有了对象，带回来给她看过，她隐约听说租了房子住在了一起。按说，他们都刚到二十岁，还可以缓一缓。她以为她不给他们张罗他们就会等着，可不知不觉他们带着自己的对象同居了。

吃过饭，她要去恒大打扫楼房，比往常的出工时间都迟了一小时了。她要走的时候，三儿子说，修理厂现在开不了支，手头紧，问麻春连能不能给他点钱。麻春连家里只放着昨天恒大给她结算的一千块钱，她从立柜里挂的衣服口袋里拿出来，给了儿子，这钱她本来是要还欠款的，现在只能给了儿子。麻春连说我得赶紧走了，已经迟到了。她走的时候，儿子带着他的对象去看侄儿侄女了。

恒大是一家房地产公司，主要开发高楼。这家公司驻扎在他们村已经有几个年头了，一栋一栋的楼修好，有的刚打地基的时候就已经把房子预售出去了。立秋前十六号楼封顶，之后立即开始装修，现在高层的房子都已装修好，雇工打扫，一天一百元。麻春连夏天的时候给这家工地的工人做饭，现在又给这新修的楼打扫，主要是清理装修后不用的废弃物，擦拭厨房和卫生间。她倒是一个劳动的好手，可是这一上午，她的心空荡荡的，像是一个空心人，麻木地擦拭着三十层的卫生间。

她在休息的间隙突然有点后悔把钱给了儿子。这钱她本来是要还给外甥的，大儿子结婚的时候，家里的钱不够，她没处去借，就去城里工作的外甥那儿借钱，借钱的时候她说结完婚就还，收好礼钱就给他送来，也就是借十天半个月的工夫，外甥借给了她三千元。结果大儿子的孩子都已经两个了，那钱她还没有还上。她本来是想攒够三千元的时候把那个账务清了，早该清了，现在又落空了。

村里像她家这种境况的人家几乎没有。她嫁给付成平的时候，付成平家穷，但付成平的父亲给他们分了一孔窑洞和另外能修两孔窑洞的地皮，紧挨着那一孔窑洞，庄户人家能做到这样也就不错了。况且她嫁来的村子是远近有名的好村子，国道依村而过。之后她陆续生了三个儿子，付成平会滤粉，就在村子里的粉房里打工，那时一分地基才五十块钱，生了儿子的人家都交钱在村里批了地基。她对付成平说我们也早点批几块地基吧。付成平总是说，交了钱批了地基，我们也没钱修，没钱修批地基干什么呢？这话说着的当儿，地基每年开始涨价，等儿子们长到十来岁的时候，一分地基要大几千元，付成平说批地基干什么呢，有钱就在我们家的窑洞上加层，想加多高加多高。付成平的话让全家人踏实下来。

什么时候有钱呢？等到什么时候，麻春连不知道，该批地基的时候没有去批，后来地基逐年涨价。后来倒是有钱了，村里的地一下子被全部征用了，给了一笔钱，那钱付成平说买一辆大车吧，买了车拉沙、拉料，不愁翻不了身。麻春连觉得付成平说得在理，钱就让他做了主张。要不买车，后来村里集资房子的时候，集两套楼房还是够的。钱买了大车了，儿子们结婚用的房子还在半空里悬着。麻春连想，结婚去住哪儿呢？这成了她一直思虑的问题。

地全部征用以后，麻春连不用下地了，本来靠近城市的村子，地不多，现在纯粹没有了。原来齐整整的院子，在下一个春天来的时候，麻春连用篱笆扎出了一片菜地，种一些菜蔬，种一小片西红柿和黄瓜。那时孩子们上学，村里还没有这样集中连片的开发，她去大路上的一家小饭馆打零工，赚点家用。付成平还是付成平，想出车的时候出车，不想出车的时候，车就放假。村里的低层住房已经开始了拆迁，村委开始开发房产，广播通知到结婚年龄没有房子的去村委报名，村里修家属区，还说要陆续改造现在的窑洞，要进行新农村建设。麻春连喜欢听村里的广播，听完之后去街巷里议论一番。消息灵通的人说一平方米按成本价八百元集资，还是比较划算的。麻春连算了一下，一平方米八百元，一百平方米就是八万元，回来和付成平商量。付成平说八万元可以在我们的窑洞上盖两层，何必让他们修呢？我们自己就能修。麻春连知道这个机会误过就又误过了，果然，隔了五年，儿子们的结婚年龄逼近的时候，集资房就不是八百元，而成了一千八百元了。

他们家的三孔窑洞，还是三孔窑洞。

三个孩子初中都没有上完，就陆续不上了。大儿子学了开车，跟着付成平开，二儿子不上之后去城里学了修车。隔两年，三儿子也不上了，也去学了修理。这个家，短暂地安静了下来，二儿子和三儿子都当学徒工，那儿管吃管住，不给工钱。那两年他们紧巴，还得麻春连贴补他们。学徒工干到第二年，就有零花钱了。麻春连嘱咐他们不要乱花钱，自己的媳妇还得靠自己婆，到后来她也不知他们到底是否有了积蓄，他们的钱从来没有让她保管，他们自己有自己的卡。

卡也在他们身上带着。

　　好像都一下子自立了，吃喝用度自己管自己。大儿子结婚的时候，要求买一台电脑。村里的孩子结婚都要求有电脑。麻春连说电脑有什么用呢，又不像电视和冰箱，她不知道电脑有什么用，但除了她，家里的另外几个成员都支持买，她也就不好反对。过年的时候，除了她，他们几个在电脑桌跟前排队，玩游戏，有时候甚至还有打架的时候。付成平和孩子们也挤作一处，轮不到他玩的时候，耳刮子就上去了。麻春连觉得那耳刮子像打在她脸上一样不舒服。

　　她看到，那电脑除了能玩，再没有别的什么好的用途。欠了的债还没有还上，他们却买了那样的一台东西玩，这个家麻春连主宰不了，但她一直希望这个家有她想要的那个秩序，该干吗干吗，父亲是父亲，儿子是儿子，该修房子的时候修房子，该娶媳妇的时候娶媳妇。大儿子二十岁的那一年，村里有人提亲，说姑娘倒是很好的姑娘，只是她的娘是一个哑巴。麻春连说等等吧，日后提亲的人少不了，不要着急。儿子还是偷着去看了，不久就带回来给她看。姑娘会说话，姑娘的娘哑着，外甥说这一代没有遗传，隔代遗传也是有的，这桩亲事要慎重。假如生一个哑巴怎么办？是啊，谁想生一个不会说话的孩子，她把她的担忧说出来，儿子却与姑娘热乎上了，什么话也听不进去。第一个孩子生下来的时候，她眼巴巴地等不得她说话，第二个孩子也是这样，好在，没有什么可怕的隔代遗传，她可一直后怕着呢。

　　第一次娶媳妇，她和付成平都尽了力地周全，聘礼、首饰、家电、新衣、新媳妇进门要的一切东西，没有一样不备好。儿子出车工钱结算不了，她和付成平给买奶粉，看孩子。媳妇有时还管她要钱，说，娘，没有洗衣服的肥皂了，娘，没有穿的胸衣了，一个娘一个娘地叫，她的钱能不往出掏吗？可是到她没有钱的时候，他们的钱依然还没有结算下来。只一年的工夫，小米从三元涨到了六元，一切要经嘴的东西，哗啦一下都涨价了。能把嘴吊起来吗？媳妇能不娶吗？可是房子呢？新媳妇往哪儿娶呢？

麻春连就在这个上午忽然间体恤起两个小的儿子来，没有房子住，他们只好在外面租房子，没有钱结婚，他们只好现在同居。小小的年纪就同居在一处，让她说什么好呢，同居不好，结婚是好的，那给我们张罗着结婚，这话就在嘴边等着，一下子就能蹦出来。上次三儿子回来商量结婚，说肚子里已经有了，聘礼送过去就能结了，付成平说山上的姑娘偏贵，我们这儿不时行这么高的聘礼，一句话就挡住了，后来儿子再回来，不提结婚了，说不着急，肚子已经空了。

难过的是麻春连。

现在村里娶一个媳妇得好几万元。不种地之后，赚来的钱都买了一切该买的东西，日用花销都是一笔很大的开支。有时为避着花钱，她去山上把母亲地里种的瓜菜一袋一袋拉回来。在她，度日也不是一件容易的事。媳妇没有钱，电话中和儿子吵，闹，这个小的孩子要过生日，那个小的孩子要过生日，要买换季的衣服，事儿一堆一堆。谁让她不仅当了娘又做了奶奶呢？

她和崔秀娟说她的这些愁事，崔秀娟边擦洗卫生间的墙壁边和她接腔，崔秀娟说你这个做奶奶的，也太嫩了，你才四十岁多就做了奶奶，我都比你大两岁，我这还不知道什么时候才能做奶奶呢，你这么年轻又这么大的辈分，总该得让你吃些苦头呢。麻春连说你别羡慕我，我是逼着没办法。崔秀娟说一家有一家的难处，你的儿子倒赚上钱了，我的儿子一个月一个月还得给他打钱，如果还要考，谁知道哪一天我才能花上他给的钱？

　　你说怎么办呢？两个儿子都等着要结婚，房子没有，要有钱也算，可是钱也没有。麻春连说。前面开了一家彩票店，要不去打彩票吧，崔秀娟说，你缺的钱可不是一笔小数目。麻春连说打彩也是白扔钱，哪有好事能落到我头上呢？崔秀娟说也只是说说，这年头，谁不缺钱呢？样样都得花钱，你看着我儿子有出息了，上了大学，可是压力也大呢，毕业后不想回我们这地方，回来也不好就业，还要继续考，还想留北京，北京的房子听说一平方米就得几万，想都不敢想。麻春连说上大学也是一样的，事事也得父母给操心呢，崔秀娟说操心也是瞎操心，什么忙也帮不上。

　　听听崔秀娟的烦恼，麻春连的心不那么胀胀地痛了，短暂地得到了缓解。假如付成平听她的，她觉得现在也许不是这样子，付成平什么也太不当一回事了。可是现在，不消说付成平，就是自己生的儿子，他们的主意还是他们自己拿，他们谁又愿意听她的话呢？想想他们各自在外租房子住，她就有种无来由的恐慌，接下来怎么办呢？她该拿他们怎么办呢？

　　隔几天，付成平回来，她把她的恐慌说出来，她说现在马上就过年了，年过后，得张罗着先给二儿子结婚了，都租房子外面住上了。付成平说他们想住就让他们住去，都租房子住上了还怕什么？还怕姑娘跑了不成？麻春连说也到结婚的年龄了，他们觉得合适还是早点张罗着把事办了。要不，肚子里有了怎么办？付成平说有了就让生下来得了，领一个证，省得办事。麻春连说你怎么这样呢？你这次结算了工钱说什么也得攒起来，如果我们早几年加层，说不定就能住了，现在村委通知不让加层了。付成平说，不让加层可能是要拆，拆了还不好吗？拆了就可能赔我们三套楼房，我倒是现在盼着他们拆呢。如果赔三套楼房，一个儿子一套，我们就随便那儿租一个房子住。麻春连长长地叹了一口气。这家什么时候能像她想象中的一样起兴呢？

过年的时候，付成平没有结算回工钱，开回了一辆二手的丰田，说老板抵账给他的。这是他和大儿子付小伟一年的工钱。歇工回来的几个儿子围着车看，麻春连也围上去看。车倒是还不错，她听他们说跑了近十万里路了，她说要车干什么呢？付成平说不要车也要不来钱，谁知道拖到什么时候才能结算呢？所以我和小伟商量，还是先把车开回来。付成平又说，听说去火车站拉人生意还不错呢，这车不仅能家用，还能当出租车用，麻春连说黑出租你也敢跑？还是把车卖掉吧，孩子们都该结婚了。付成平和儿子们说，卖掉干什么呢？自己家有一辆车，有急事，就不用再向别人家去借了。

因为是年前，火车站人流量大，付成平说他试着去拉拉人。那两天，运管也不是太紧，可能忙，也查不过来，付成平的生意确实不错，一天三四百就赚回来了，赚到的钱他就直接买了年货，还有水果、对联、鞭炮，一种殷实的假象。

麻春连在厨房里忙，晚上还得给锅炉里加几次煤。年过后，春节人流还是高峰，付成平就去火车站上班，有时候到饭点了，他正在远路上跑。麻春连给他打电话，他说在火车站吃了一笼包子，他仿佛很投入。麻春连想要是这个活儿能长期做下去，也还是不错的。但没多久，付成平就被出租车司机举报了，他们盯着他，他跑黑车也只能偷偷摸摸，再后来，他的积极性就大大下降了。

媳妇没有钱，就开始向付成平要，付成平有，就给一百两百，媳妇就带着孩子去巷子里的小超市买吃的，小超市里什么都有，有泡芙，有英国宫廷糕点，有时候小军和小伟见孩子哭闹，就带去小超市，回来提一大包吃的东西。那些小吃的东西，价钱一点也不便宜，是好吃的东西他们都知道，后来小孩子让麻春连带着去超市的时候，直接就在货架上拿，麻春连结算的时候，才知道价钱高得吓人。不给买，孩子哭着不走，麻春连就生生地怕带孩子去了。

年一过，歇工的人都开工了，付成平开着那辆丰田车，出租也不跑了，说邻县一家粉房雇大工，工资不错，他去那儿做。麻春连说你一个打工的人，用得着开一辆车吗？要我说，还是把车卖掉，张罗着给儿子娶媳妇吧。付成平没理会麻春连的话，开着车走了。麻春连的心，空得像冬天的荒地一样，冬天的荒地还等着春天的到来呢，她能等到什么呢？

小孙子急性肺炎，要去住院，家里没钱，她去向邻居借。她走后，她听到邻居家的亲戚说，他们家养着大车小车，怎么还向你借钱呢？麻春连真是羞愧死了。

春节过后，麻春连又去工地打听什么时候开工，照看场子的人说工人马上就来了，麻春连说那我还来灶上做饭。孙子住了一场医院，家里又有了亏空，她得赶紧出来做活把亏空补起来。现在麻春连太怕花钱了，晚上睡觉的时候，只要这一天没有花钱，她的心就会一阵轻松，没有花钱这一天也挨下来了。米瓮满着，面瓮满着，付成平有时会问，有吃的喝的，钱都花到哪儿去了？

冬储菜刚一开春就吃完了，菜窖里白菜没有了，土豆没有了，萝卜也没有了，麻春连就决定去山上看看母亲，顺便再捎一两袋菜回来。去的时候母亲正害牙痛，在炕上躺着，说前一晚上觉都没有能睡，两个腮帮子肿得像嘴里塞了两颗大枣，麻春连看着母亲因牙痛而苍白的脸，狠了狠心说，赶紧走，我带你找医生看看去。

乡卫生院的牙科大夫就是她们村的，见母亲的牙都松落了，满口的牙只剩下稀稀落落的几颗，说得镶牙，要不仅剩的几颗牙负担太重了，经常会痛。那就镶几颗吧。大夫检查之后，给麻春连推荐他们牙模上的牙，麻春连问镶一颗牙多少钱，大夫说有五六百的，有三四百的，最便宜的一颗也得二百多。麻春连身上只有几十元，说那你先开点消炎药吧，我今天不带着钱，过两天我们再来。

麻春连心里盘算了一下，镶最便宜的牙，一颗二百元，镶十颗就得两千多元，她上哪儿去找呢？真没想到镶牙也这么贵。把母亲带回家里，吃了药，麻春连就给付成平打电话，问他能不能给她打点钱回来，付成平说老板的粉还在库里压着，还得等几天。付成平以为麻春连是因为孙子住院的事要钱，麻春连就把电话搁上了。之后她就给付小军打电话，付小军不是冬天还和她要过几次钱吗？没想到付小军接通电话之后，很不耐烦，说他在医院呢，这话让麻春连的心一下子揪紧了，说你在医院干什么呢？谁怎么了？付小军说在妇产科，人工流产呢，还说一会儿做完流产手术，我把她送回去，你照顾几天，我们修理厂这两天忙，我没有时间。麻春连说，你们不准备生吗？老做流产手术可不好。付小军说要生也总得结婚吧，不结婚她不愿意生。麻春连说那你们商量商量，就咱们家这个条件，将就着先结婚。搁了电话，麻春连没心思再给谁打了。

母亲吃了药，睡了，睡梦中因疼痛，呻吟声从卧室那边传过来，麻春连又一次陷入了怅惘。媳妇带着孩子从外面回来了，孩子叫唤着，让麻春连很烦乱。

怎么能变出钱来呢？麻春连一直想这个问题，忽然麻春连看到了桌子上的那台电脑，那台电脑应该能卖两三千吧。现在她就只有一个想法，实在没有钱，她就变卖家里的东西，她不想再去和谁借钱了，即使变卖家里的东西，她也要给母亲去镶牙。

村子里有好几家网吧，那儿电脑多，兴许那儿收电脑。麻春连出门了，出门的时候还恨恨地想，这些没有用的东西花大价钱买回来，真到要用钱的时候一个子儿也没有，创造不了一点利润的东西，为什么要花钱买回来呢？麻春连现在一点也想不通她的这些家人，她想不通这些不是必需品的东西为什么要摆在他们家，还有付成平开走的那辆二手丰田，一个出去打工的人，开着车，家里却是穷得四处伸手借钱，可是为什么她的几个孩子都和付成平一样的想法呢，他们都以为这是生活中的必需品吗？

母亲睡着，她出门了，媳妇问她干什么去，她说出去看看。她径直来到附近的新时代网吧，她还是第一次来网吧，网吧里光线很暗，一个保安朝她走了过来，问她干什么，她问你们这儿要不要电脑？保安上下打量了她一番，说你是卖电脑的？她说不是，她说我家里有一台电脑，用不着，想卖掉，你们这儿收电脑，我就把它抱过来。保安说这儿不缺电脑，她四处看了看，网吧里的人不多，见他们不要，她也就出来了。

麻春连又来到根据地网吧，这次她还没有进去，保安就把她拦在了门口，问她是不是找人，她说我有一台电脑要卖，看你们这儿要不要？保安说不要，这儿的电脑大都空着，还想卖几台呢。麻春连本来满怀着希望，没想到四处碰壁，料峭的春寒让她不由得哆嗦了一下。已近傍晚了，春天的寒风从高楼巷里席卷而来。她环顾了一下四周，整个村子里高楼林立，国道上车辆一辆接一辆呼啸而过，之后不久，火车的鸣笛声从远处传来。麻春连在春天的夜幕下打量这个村子，它已经没有当初她刚嫁过来时的模样了。原先的耕地上，现在都变成了高楼。

儿子付小军回来了，麻春连看了看，两个卧房里全不见姑娘的影子，麻春连说就你一个人回来了吗？付小军说你能不能去城里照顾几天？麻春连说做了吗？付小军说做了，不做还怎么着？麻春连说既然不准备要，为什么不采取避孕措施呢？付小军没有说话，麻春连说你外婆牙痛，我今天刚把她从山上接下来，想筹钱给她镶牙，我走不开，你明天还是把她送回来。付小军说那你能不能再给我点钱？麻春连说我现在一个子儿也没有，工程还没有开工，我也没有赚钱的地方，你倒是天天赚着钱，你赚的钱呢？付小军说安家得花钱，置办锅碗瓢盆得花钱，流产一次也得花钱。麻春连说，你们现在怎么这样呢？付小军说什么怎么样呢？麻春连说等结婚再住一起，还没有结婚早早地住一起，不是多出来很多不必要的开支吗？付小军说人家都这样，现在就这个社会。

麻春连说实在没钱，就把这台电脑扛出去卖了，你说这台电脑能卖多少钱呢？付小军说，为什么卖电脑呢？电脑也卖不了多少钱。麻春连说不卖电脑花什么呢？家里一分钱也没有，电脑又不能当钱花。只是我刚才去网吧问了，网吧不收二手电脑。付小军说卖了就可惜了，不卖还能用。麻春连不理解地瞪了儿子一眼。

崔秀娟知道了她的难处，说我借给你两千，先给你娘镶牙是大事。麻春连说不用。崔秀娟说你和我还客气什么？晚上崔秀娟就送来了两千块钱，可是麻春连说什么也不肯收。她的胸中有一股气顶着，她对这个家有了无法自控的怨恨，到底怨恨谁，她也说不清楚，怨恨付成平吗？怨恨儿子们吗？村里大部分的人家有了电脑，有不少人家有车，这是一种潮流，为什么他们家不能有？麻春连呆呆地想这些混沌的事，她一年四季从母亲那儿拉菜吃，到头来母亲用得着她出一次力的时候，家里却一分也没有，这让她气愤和羞愧。

麻春连的大脑里一片混乱，无数愤怒的虫子爬向她的全身，涌向她的胸口，她觉得自己都快要窒息了。崔秀娟说工地快开工了，趁这两天还有时间，你先给你娘看病，工地开了支，你还我还不是一样的？麻春连说钱窟窿多得补也补不起，你看这样行不行，你如果能用得着，你就把我家的电脑扛走吧。崔秀娟说那怎么行？麻春连说怎么不行？穷得连看病的钱都没有了，要电脑干什么？你说这劳什子有什么用？我就不明白这东西有什么用？

崔秀娟看到麻春连的神情里有一种很陌生的东西，她被绝望撕扯着，仿佛有一只兽在她的身体里。麻春连说这台电脑我儿子结婚时买的，也就是三四年的光景，当初花了五千六百八十元，发票我还保管着，我找给你看。崔秀娟说不用看，我自己愿意借给你钱，不是想要换你家的电脑。但她挡不住麻春连，麻春连不一会儿便从抽屉里拿出了发票单，指给崔秀娟看。崔秀娟说不用看我也知道，你以前说过。麻春连说现在我觉得这电脑两千块钱也值，你儿子不是一直想要一台电脑吗？这下他回家就不用去网吧查资料了。崔秀娟说他现在又不在家。

崔秀娟走的时候说什么也不肯把电脑带走，麻春连第二天就给她送到家里去了。崔秀娟说无非就是借给你两千块钱吗？你不必这样啊。麻春连说我也想过了，电脑你如果用得着，就留着，用不着，等我还你钱的时候我再抱走，这样谁也不欠谁的，就这样定了。崔秀娟被麻春连的一种陌生的神情震慑住了。

拿钱给母亲镶好了牙，麻春连就把母亲送回了山上，母亲要她拿一些白菜和土豆，麻春连没有拿。她发着狠没有拿，为什么要拿呢？养着大车和小车，却还要啃老？许多地方的钱能花，为什么白菜和土豆的钱不能花呢？媳妇说娘，家里没有菜了。麻春连说有什么吃什么吧，没有我们就不用吃了。媳妇看着麻春连很怪异，这可不是平常的麻春连，平常，麻春连会说，没有菜我出去买点去，现在麻春连说没有我们就不用吃了，一副不想过日子的神情。

工地开工后，麻春连问工队的头头，让他帮着打问卖那辆二手车，别人问她为什么卖呢？麻春连说烧不起油。确实是，付成平开着车去一趟邻县，加的油钱比坐班车还贵。付成平开回来就没有开走，车就停在院子里，又碍事，又碍眼。倒是有人来看了几次，说这车半旧了，最多也能卖五万元。麻春连就给二儿子打电话，问这车五万元卖划算不划算，儿子说为什么卖呢。麻春连一下子就生气了，说为什么卖呢？难道你不准备结婚了吗？儿子说结婚与卖车有什么关系呢？麻春连说穷得连婚都结不起，不卖放家里图大款吗？她的气又一股一股从胸腔里蹿出来。

家里没人同意卖车，麻春连出去自己张罗，张罗来一拨一拨人到院子里看车，有人开车出去还试了几次，要看车的手续，麻春连就问付成平。付成平说什么也不卖，说卖五万太亏了，还骂麻春连是破家子。想买车的人见他们意见不统一，看看也就走了。有人就问麻春连，你家到底谁做主？麻春连说我做主啊，你以为我做不了主吗？我要给儿子娶媳妇，娶媳妇是大事，你如果想买，你就拿五万元来，把钱放下，车你开走。麻春连想，家里的事我不能再这样听之任之地下去了，再这样下去什么时候是个头啊。

镇上一个年轻人来看了几次车，说钱准备好了，问麻春连车手续准备好了没有。麻春连就在电话中问付成平，要他和工队往回要车手续。付成平生气了，说车手续还在上家车主手里，人家压根儿就没有给，还说当初他们有一个口头协议，等工队的那个老板有了钱，就拿钱把这辆车换回去。付成平说你赶紧打消了这个念头，你是不是穷疯了？

麻春连听着付成平在电话中咆哮，一句话也不说。她听着他的声音，那么虚无，那声音仿佛是风从遥远的地方吹来，一会儿近，一会儿远，那声音已经没有了实质的内容，就只是一个分贝，进入她的耳膜，又飘散到无限遥远的地方。麻春连听着，甚至有些出神，这时候，火车进站的鸣笛声呼啸而来，麻春连的思绪从遥远中回到了现实。无限喧嚣的声浪淹没了她。

院子里什么时候一个人也没有了，一个人也没有了。麻春连回过神来的时候，发现自己坐在院子里的台阶上，她不记得她怎么就坐在了台阶上，一坐老半天。

天黑的时候，她听到一个声音，说她的二媳妇要去医院做流产，她的三媳妇也要去医院做流产。她想，她们怎么能这样呢？会把命送掉的。于是她就给二儿子付小龙打电话，二儿子说没有啊，你听谁说的？她说村里有一个人说的，被她听到了。二儿子说瞎说呢，没有的事。她又给三儿子付小军打电话，付小军说已经做了，不做怎么办呢？她说为什么不生下来呢？说着，她就把电话挂了，也不用付小军回答她。

她这样在电话中反复问了他们几次，絮絮叨叨就是几句话，你们不要骗我，村里人都说了好几次了，说你们又要去医院做人工流产，我都说过几次了，那地方不敢去。起初，付小龙和付小军都说，你听谁瞎说呢？谁说的？她说有人说的。付小龙问她到底是谁说的，她说你问了要干吗，莫非还要找人家去打架？

付小龙觉得母亲很奇怪，就把这事说给了和他一起租房的一个医生。医生说你妈病了，得了幻听症。付小龙从来没有听过还有这么一个病，赶紧回去把母亲接来，经医生诊断，说麻春连得了轻度精神分裂症，如果不及早治疗，会变成精神病人。

那晚回去，付小龙没有走。半夜的时候，他听到开门的声音，一看，是母亲出门了。他问母亲干什么去，母亲说墙背后有人又议论他们家的事，她得出去看一看。付小龙就任她出去了，他也跟随在母亲身后，别的声音他没有听到。他只听到母亲的声音，你别瞎说，我儿子说没有的事，我回去问问我儿子，问问就知道了。付小龙听到他母亲又说，你等等，等等我仔细问问你。她边说，边朝着铁路桥墩的桥眼走去。

连续两晚上，麻春连都要在半夜出一次门，付小龙问她，她说，墙外面老有人议论他们家的事，她想出去问个究竟。可等她出去的时候，他们又走远了，她也不知为什么他们不愿意当着她的面说一说，让她弄清楚。到底他们是听谁说的？

第二天晚上，麻春连回过头，看见付小龙就在她身后，她问付小龙听到了没有，付小龙说没有听到，她说，那么高的声音你怎么会听不到呢？

麻春连得了幻听症，他们家的人谁也理解不了，好端端的一个人，怎么会得这么奇怪的病？

两次错过

刘晓是在深秋的时候反复思考一个问题，他的生活是不是该有一些变化了？至于什么变化，他不知道。总之不要按现在这种惯性继续过下去了。寒凉的天气让他又有了一种久违的骚动。

四十岁那年，他就为自己的人生做出了一个重大的决定，这一生，他打算独身。时隔五年后，他对自己的这种人生又有了怀疑，真的要这样过下去吗？这无聊和枯燥的日子让他有些受不了了。内心里，他渴望爱情，渴望一个女人，渴望世俗热闹的生活。在刘晓动摇的时候，他内心深处的那种烦躁又上来了，由女人，他想到了那两次他去过的相亲会现场，他受到的冷落让他对未来绝望。相亲会里的女人几乎没有谁对他感兴趣。

倒是有人与他做过交流，无一例外是想知道他都四十多岁了为什么还是单身，没有离异，没有丧偶。与他有过交流的两个女人明显对他有一种鄙夷，与他搭讪的不是离异，就是丧偶，真正的剩女没有。刘晓看她们一脸的鄙夷，也就受了打击，话也不想好好说了。他把他之所以还单身的原因归结为他没有一所属于自己的房子，他说他终究会遇到一个不这么世俗的女人，相亲会让他痛恨所有的女人，这是他的一种非常强烈的感觉。几年之间，他没有想到她们都成了俗不可耐的动物。他只能用鄙夷的表情作为他的武器。两次相亲会有同样的结果，他没有与任何人交流联系方式，所以从那儿出来之后，这世界还是他原来的样子，他准备把自己推销给谁的冲动一下子消失了。

但时隔不久，那种骚动又来了，后来他仔细思考为什么会有这种想法，才渐渐明白他周围的圈子现在太小了，小到几乎没有人与他有实质性和长久性的联系。北京是什么地方？到处是像他一样没有根的北漂族，辗转这么多年下来，周围都成了陌生的面孔，特别是五年前他辞了编辑部的那份看稿工作后，他在这个地方真正地没有了身份，他靠老家原单位的那份工资苟且为生，就这样宅在出租房里，他也不想回去，这不他在北京已经待了十五年了，搬过四五次家。这一次，他居住的地方他还不认识任何一个邻居，他真正看到了大都市的面目，但不知为什么他还就喜欢这样。彼此陌生，谁也不了解谁，他喜欢这种感觉。

错过苏夏之后，他对世界上的所有女人都失去了兴趣，不过是某段时间，他对女人深恶痛绝。苏夏与他同居两年多后，公司派她去香港参加一次培训，在飞机上她认识了一个港商，他不知道苏夏是怎么回事，晚上她就跟人去酒店开了房，心甘情愿让人家睡了，睡了一次就有第二次、第三次，直到培训结束。起初苏夏瞒着刘晓，但后来港商又飞来北京，苏夏谎称公司加班，继续与港商暗度陈仓，后来肚子里有了孩子。刘晓不明白苏夏是怎么搞的，与他同居了两年都采取着措施，生怕他的种给她下进去，与港商却没有任何防范。苏夏大概知道刘晓不会有什么作为，就径直对他讲了她怀着港商的孩子，她还问刘晓怎么办。

　　别的男人，也许会对自己的女人一顿拳打脚踢，刘晓想的，是一个男人与一个女人的开始，这桩事让他感到不可思议。他说你们第一次见面，你就敢与他上床，你知道他是什么人啊？苏夏说与你是不一样的人。刘晓很想知道那是个什么样的人，是一个什么样的男人。苏夏说让人感到强大，有男人的强大的吸引力，刘晓说那我呢？苏夏说你身上只有那种俗世的气息，看不到一种光。刘晓在苏夏的话中冷了心，她都出轨了，还这样伤他的心。苏夏说说良心话，我不后悔，所以我也不想求得你的原谅，我觉得我不想跟着你过这种日子了，什么指望也没有。刘晓明白苏夏说的是什么意思，但那时刘晓心高气傲，很绅士地让苏夏决定她的去留。

　　苏夏就这样搬走了，两个月后打来了电话，问他能不能去医院陪她做流产手术。刘晓说你找别人吧，之后他就把电话挂了，挂了之后觉得不妥，他又把电话打过去，那边一直没有人接听。之后刘晓就给苏夏留言，问她在哪里，他现在就过去找她。见苏夏不给他回复，他就又说，要不你再想想，是不是真的要去医院流产，那可是一条人命啊。苏夏还是不吭声，刘晓在苏夏毫无回应的状态中等待，等待她下一次求助他。

　　对于两人的关系刘晓本来还有一种幻想，他以为苏夏用不了多久还会回来找他。她漂在北京，与他是一样的，除了他这儿，她还真没有可以落脚的地方，后来在他的书桌抽屉里，他发现了苏夏把这个房子的钥匙留下了，也不知是什么时候留下的，刘晓心里就有些乱了。他后来无数次打苏夏的电话，直打到电话停机，他也没有联系上苏夏，他才明白苏夏这是要与他义断情绝了。

苏夏离去后刘晓又恢复了单身，这种状态很是让他新鲜了一阵。对于苏夏公然给他戴绿帽子这件事，刘晓非常气愤，但尽管这样，他甚至没有给过苏夏一个巴掌，让她知道出轨的后果，让她像别的女人那样在这种事上吃些苦头，他下不了手。知道苏夏出轨后他再没有碰过她，这就是他对她的惩戒。他并没有想着要与她分手，当然这只是他一厢情愿的想法，他隐隐知道苏夏的想法。苏夏从他这儿走的时候，他还想，你都在外面偷男人了，都怀了别人的野种了，还不知道认错，不知道廉耻，苏夏的态度激怒了他，让他只能任由她而去。

缺少女人的生活让他在失眠的夜晚里一遍遍回想苏夏，想他们认识的场景，想他们第一次同居的夜，想他们为了买不买房子的事争吵。等到苏夏真的从他的生活中消失之后，他才意识到她在他的生活中多么重要，他把肠子都悔青也没有办法，所有能够联系到苏夏的线索他都找过了，但苏夏就是没有找到。

刘晓心存着幻想，去超市买东西的时候，他还改不了以往的习惯，还要买苏夏爱吃的虾仁，要买她爱吃的话梅。每每走到这些柜台，拿起苏夏喜欢的那种牌子看的时候，他恍惚觉得苏夏就在他的旁边，他不由得要回转身，像往常，她的手就挽在他的臂弯里，头倚着他的肩。一次，他就是在这样回头的时候，看到他们身边再没有别人，他就迅速地给了苏夏一个吻。苏夏说你干什么呢，身子更近地向他倚去，他的臂弯能感受到她结实温热的胸，他的心里是满满当当的幸福。

爱情胀满在他的每一个毛孔里，他看到苏夏也是沉浸在幸福中。偶尔起争执，是关于房子和孩子的问题，这件事上，两人无法达成一致。苏夏多次与他商量按揭买房，让他向他的家人求得支持，他没有吭气。他则是希望苏夏趁早为他生一个孩子，没有安全套的时候，苏夏拒绝他进入她的身体，哪怕是他央求她，她都坚决地拒绝。苏夏说没有房子之前，我是绝对不会考虑生孩子这件事。起初苏夏这样说的时候，刘晓还没有太往心里去，时间久了，就有一种说不上来的灰扑扑的感觉。有时候他会说，老这样使用安全套，即使我的种下进去，你的这片地里还不知道长不长庄稼呢。苏夏不接他的腔，他就观察苏夏的身体，不仅她的模样，她的身体也是他喜欢的那种类型，壮实，富有青春的朝气和光泽，富有青春的激情。

一个人的夜里回想苏夏，他才明白那段日子他简直是在天堂上。一次他随苏夏公司的员工去香山踏青，回来后，苏夏反馈了她的女伴们对他的印象，说苏夏是巧妇伴着拙夫眠，言语之外是他长得丑。他是一个对自己外貌有客观认识的人，他听了没有不高兴，反而说是美妇伴着拙夫，不但拙，还丑。苏夏说但我从来没有感到你丑，拙倒是拙点。刘晓就会抱着苏夏在房子里转圈，他会高声说，我的怀中抱着美妇人。他故意把苏夏说成美妇人，其实苏夏那时仅仅二十六七岁，他比她大了整整八岁。

她随时都会黏在他身上，偶尔要出差培训，或者有会议无法回家，或者加班，她都会在电话中抱怨。有时候他要去外地参加笔会，她也会抱怨一番，让他感觉她离不开他，他喜欢她对他依恋的这种感觉，后来在多次失眠的夜中想到苏夏，他就会对她产生怀疑，她对他都那么依恋了，怎么说出轨就出轨了，而且为了一个港商，说分手就分手了。

苏夏从原来的商贸公司辞职了，去向不明。刘晓几次去了商贸公司，也没有从别人那儿问到苏夏的去向。除此之外，刘晓再没有地方可找，他也不知道苏夏后来怎么样了，后来一年两年过去了，苏夏依然没有任何音信，刘晓便把苏夏当作不会回来的过去了。

苏夏的一部分衣物和用品他给她保存在了一间单独的柜子里，那间柜子上了锁。要是不打开这间柜子，那么苏夏的痕迹彻底没有了。他把与她生活的痕迹锁在这间柜子里，她的洗漱用具，她的睡衣，她的那只上大学时的皮箱，以及他们一起出去的合影，他送给她的浴巾，她与他的情侣装。要说浪漫他们也是有过的，但几乎两人从来没有讨论过结婚。刘晓背倚着柜子看苏夏与他的合影时，就会想到这件事，如果他与她去民政局登记，成为合法的夫妻，那么即使她出轨了，她也不可能说走就走，他不同意离婚，她就走不了。不过如果她执意要走，他也是拦不住她的。

之后刘晓又谈过几个女人，感觉越来越糟糕。一个离异的女人他还没有见过几面，她就让他去医院陪侍她生病的父亲，她是超市的收银员，请假时间超过了规定的时限，就会被超市辞退。刘晓说辞退了又怎么样呢？关我什么事？女人一脸愤慨，转眼就跑了。还有一个女人，男人醉酒驾驶肇事被判了刑，她模样儿倒是挺好，对刘晓的条件也还满意，想与刘晓继续处下去，刘晓一打问，她还带着两个儿子，处下去的念头一下子就熄灭了，之后情况每况愈下，他就决定不结婚了。

因为楼盘开发，他原来居住的房子后来拆迁了，他就搬到了郊区。这一下子，与苏夏共同生活的痕迹被铲车轰隆隆地碾碎了。搬家公司见有不少女人的用品，但不见女主人，倒以为女主人出差去了。刘晓走哪，把苏夏留下来的东西搬哪，有时候他会嗅嗅这些东西，想在这些东西中嗅出苏夏的味儿。

刘晓恨港商恨得牙痒痒，如果他能找着他，他真想与他决斗，他的幸福全毁在了他的手上。搬家后他辞了编辑部的工作，想一心一意搞自己的创作，借此转移失去苏夏的疼痛，不过他发现他不在创作的状态里，心绪极差。他坚持着以往的作息时间，早晨他熬一碗小米粥，吃两个超市买来的包子，之后坚持半小时倒立，拔开座机的电话线，手机关机，然后看书。中午去家属区门口买半斤面条，煮点鲜豆腐和土豆，一餐饭就解决了。下午他则坐在电脑前，浏览浏览，电话几乎是寂然的，并没有谁打给他。临到傍晚的时候，那种想找谁聊聊的感觉紧紧地抓住他不放。他走到玻璃窗前，看向外面萧瑟的天气，已经渐渐暗了，远处的楼房都次第亮起了灯，橘红色的灯光给周围的冷空气制造出一种温馨的感觉，他就会站在那儿，呆呆地想上半天。

大都是在傍晚他会失去控制，要是喜欢喝酒，也许他会自己把自己灌醉，但他不喝酒。苏夏在的时候，还取笑他的那套养生理念，他不喝酒，不吃肉，不抽烟，每天坚持倒立，苏夏说这一点你倒不像一个俗人了，俗人有的嗜好你都没有。所以可供自己消遣的除了在电脑上看电影，他再无事可干。他经常怅惘地站在玻璃窗前，遥遥看着对面的楼房，他只能看到对面氤氲的灯光，很少能看到活动的人影，然后他会在房子里走动走动，有时候，则是去家属院外面走走。

　　苏夏离去，之后搬家，他渐渐地感受到他生活中的这种大变故。不过他清楚搬家其实是小事，如果苏夏在，搬哪儿都是家，他会忽略掉搬家给他带来的感触，他是在这种日复一日的枯燥中想到苏夏的，错过她让他无法原谅自己。如果时光可以倒流，他是绝不会让苏夏走的，哪怕她要执意生下她肚子里的孩子，只要苏夏能与他在一起。

　　这种假设会缓解他的痛苦，与刘月秀聊到苏夏也会缓解他的痛苦，只要能提起苏夏，他就会觉得那种生活还没有走远，也许还会回来。有时候他会问刘月秀听他翻来覆去讲苏夏会不会烦，刘月秀说有时候有点，有些事你一直在重复说，本来上次说过了，但你下次还会再提起来。后来聊的时间久了，他与刘月秀的话题也渐渐多了，刘月秀也会谈谈她的痛苦，她的爱人出车祸去世了，儿子上了高中，在私立学校。她经常一个人过日子，一个人的日子，她知道其中的甘苦，所以她有时间接听刘晓的长途。刘晓的长途打来的时候，通常是晚上，刘月秀有时候手里正忙着一些事情，听到电话响，看看是刘晓打来的，她会立即停下手头的活，接听刘晓的电话。

　　我今天打你电话了，座机没人接，手机关机，刘月秀说，打了好几次，都是这种状态，一整天。刘晓说没有，出去参加了一个活动，手机没电了，有事吗？刘月秀说没事，刘月秀那时去了一个朋友那儿，朋友那儿能打长途，她就试着想给刘晓打个电话，通常是他打给她，等到她想打给他的时候，却无法联系到他，她有一种说不出的失望。刘月秀说我朋友给我介绍一个离异的人，我想让你帮我参谋参谋。刘晓说哦，你说说什么样的？刘月秀没有立即接腔。

　　你不是说你儿子没有上大学之前不考虑自己的事吗？刘晓问刘月秀，刘月秀说是，我没有答应去见，推了。刘晓说哦，刘晓听到这样的消息情绪有些低落，现在，只要有大的或小的变故的端倪，刘晓内心就有一种惶惑，不管这种变故是他的还是刘月秀的，现在刘月秀是他生活中一个切近的人，尽管他们没有见过面，彼此在电脑上视频过，算是认识，但他现在联络最多的人是刘月秀。

　　刘月秀是他的一个同学介绍给他的，看着他一大把年纪还没有成家，同学就热心地给他介绍了刘月秀，听到刘月秀的爱人出车祸死了，他第一反应就是要离这样的女人远点，说不定她爱人是她克死的。在他们老家，这样的女人是丧门星，况且刘月秀还有那么大的一个儿子，假如是一个女儿还可以考虑，他不会受到太大的威胁，同学发来的刘月秀的电话号码一直在那条短信里原封不动地待着，偶尔翻看手机的时候他会翻出来，在那个号码前停留片刻，然后他会对她作一番猜度。

刘晓因为从来没有成过家，对在婚姻里生活了那么多年的人有一种他自己的偏见。这种偏见让他不由得产生一种隔阂，有过婚姻的人背后就有复杂的社会关系，生活在他们的心里留下太多的痕迹，不像他这样的人，过去生活的痕迹虽然有，但是容易磨灭和消失。刘晓想起刘月秀的状况，就不由得感到复杂，连同这个人他也感到复杂，所以他仅限于与她通电话。在电话中，他了解到刘月秀生活的状况。她的状况也好不到哪儿去，原来的企业倒闭后，她的工龄被一次性买断了，现在她在一家企业给人家做会计，工作比较轻闲。

刘晓有时候与刘月秀谈他们各自的不同，说你是研究数字的，我是研究文字的，你说哪个更有趣些？刘月秀说你的有趣些，我纯粹是为了糊口找的活计，你研究的文字你能从中得到快乐。刘晓说不过快乐不能当饭吃，现在搞文学不好搞，赚不来钱。刘月秀说生活没有一定之规，能过下去就行了，至少还能做自己喜欢做的事，苏夏有消息吗？这时候刘月秀就会提到苏夏，刘晓与苏夏的认识刘晓说了多次，说他的新书上架后他去书店了解销售情况，正好碰上苏夏买了他的一本书付款，他就上去与她攀谈，给她签了名。因为他的那本书是校园题材的，苏夏听她同学说曾经听过他的讲座，他们就是这样开始的，就那样彼此留下了联系方式，后来他对苏夏展开了攻势，涉世未深的苏夏就成了他的女朋友。

苏夏本以为能跟着他过体面的日子，事实上完全不是那么回事，这个他知道。苏夏也许是被一种假象迷惑住了，到底那种假象是如何产生的，他隐隐知道。但苏夏终于识破了这种生活，与他在一起的生活，能够识破，并且远离，他有时觉得也许是苏夏的一种救赎。有时候，他希望她过得好。

没有消息，都失联七年了还会有消息吗？怕是早嫁人生子了，刘晓说。刘晓现在提起苏夏没有痛彻的那种感觉了，时间是一种多么可怕的东西啊，刘月秀说其实她大可不必这样，她为什么就不能与你报个平安，告诉你她的近况，好让你放心呢。刘晓说这样反而更好，我就会对她有一种模糊的想象，她回老家了，或者出国了，刘月秀说你说她会不会去给港商做小三小四呢，刘晓说很可能啊，说不定她给港商生下了好几个孩子，说不定港商还会把她扶正。刘月秀说什么也有可能，年轻就是财富，年轻就会蕴藏着各种可能。

也许是刘月秀不再年轻的缘故，说起苏夏来，刘月秀就会有许多的感叹，刘晓就觉得有趣，假如刘月秀再年轻些，是不是有什么新的选择呢，是不是也去当小三小四呢，她好像对去当小三小四很认同，那也是一种选择。现在的女人，刘晓会在一个人的时候发出这样的感叹，都是一肚子祸水。

苏夏的东西还静静地在刘晓的柜子里放着，刘晓打开去回顾往昔的时间渐渐少了，但他不打算处理它们，这些东西能够实实在在让他感受到过去生活的影子。它们是他走向过去生活的线索，当然这一点，他没有对刘月秀提起。

最近我老失眠，腰病又犯了，而且眼睛也很疲乏，刘晓说。你说我要是连看书写作都做不了的时候，你说我活着还有什么意思？即使现在，刘晓活着的意思只有他自己知道，他知道刘月秀活着的意思是，安心静待儿子考一所理想的大学。那么刘晓，岁月渐去，日渐苍老的时候，会有什么如约而至呢？刘月秀说，你的生活应该有所变化了，也许生活变化之后，你的写作也会有新的变化，你说呢？刘晓说我已经这么活了一些年头，也不想有什么变化，除非苏夏回来。听刘晓这样一说，刘月秀就有些索然无味。刘月秀说苏夏大概怕是永远不会回来了，刘晓说你怎么这样说呢，刘月秀说她大概掉进蜜罐子里了，你是不是存在过，她说不定早就忘记了。

　　这个不会，刘晓说，我们同居了两年，她对我还是有感情的，这个我知道。那年冬至，回来的时候她给我买了一条加厚的羊毛裤，非常暖和，她自己却买了一条薄的。刘月秀说人往高处走，水往低处流，她大概攀了高枝了，不愿意想起与你过的苦日子，所以就故意不与你联系。刘晓说这是事实，现在只要她想与我联系，她一下子就能找到我，我的手机号没有变，我的QQ号也没有变，我的邮箱号还是原来的，假如她忘记了我的手机号，但她不应该忘记我的名字，她在百度一搜我的名字，就可以在我的博客里找到我，给我留纸条，我就马上会与她取得联系，刘月秀说可是她故意不与你联系，她故意要把过去的生活忘掉。

　　你今天中午吃了什么？刘月秀问刘晓，刘晓说面条，刘月秀说今天是冬至，应该吃饺子，你没有去超市买速冻饺子吗？刘晓说没有，速冻饺子不好吃，难吃死了。刘晓说今天是冬至了吗？刘月秀说是，冬至十日阳历年，再有十天就是新年了。刘晓说这么快，又一年就要结束了。这之后，刘晓从手机里听到刘月秀那边放鞭炮的声音，刘晓说怎么我听到了鞭炮声，刘月秀说冬至到了，人们在庆祝呢。

　　你呢，你吃了什么？刘晓问刘月秀，他以这种方式了解别人的生活，在电话中，了解与他不同的人，一天又一天如何过。隔着电话筒，刘月秀说我吃了饺子。刘月秀说中午快下班的时候我才知道今天是冬至，回家的时候买了点菜，一个人的饭，做起来也不费事，萝卜豆腐馅饺子。之后刘月秀在电话中教了刘晓半天，如何做饺子馅，如何和面，刘晓很认真地听着，他觉得新鲜。刘月秀说虽然是一个人，你应该过得精致点，要不你那么多的时间你拿来做什么呢？刘晓说我不想一个人搞那么复杂，刘月秀说如果你是我的邻居，我手把手教你几次，你就学会了，没有多复杂。刘晓说自己做给自己吃也没有多大意思。

　　与刘月秀的通话一结束，刘晓就会被巨大的空虚包围，主要是他的又一笔电话费悄无声息没有了，还有那一两个小时的通话时间，他会陷入一种失去的惆怅中。刘月秀给他出的都是没用的主意，说让他哪怕是找一个保姆，或者是打工妹，只要能过日子就行，一个保姆现在都四五千元工资，眼力高着呢。他有时候想，随便一个女人，哪怕是在发廊当过小姐，只要愿意与他一起过，他也是乐意的。有时候他到了一种画饼充饥的地步，有时候他又想，找一个女人无异于自找一个麻烦，现在一个人吃饱全家不饿，再找一个女人，她像苏夏一样与他纠缠房子的事没完，那该怎么办呢？刘月秀说你也该考虑安家的事了，你总不能那样漂一辈子吧？刘晓说不漂着又能怎么样呢。

　　睡不着的时候，刘晓就会想刘月秀，刘月秀的样子倒也不丑，虽然不在他的审美里，但还是一个靠谱的人，过日子也差不到哪儿，这样的女人还生得了生不了孩子？她年龄与自己差不多，已经四十过半了，想到这里，刘晓觉得自己可笑。

隔了几天刘晓打电话给刘月秀，邀请她来北京看看。刘月秀说天气这么冷，刘晓说我希望有一个人来看看我，但现在除了与你联系紧密一点，我还真没有什么朋友。刘月秀说你怎么了，不是病了吧？刘晓说没有，刘晓说那么我想去看看你，可以吗？刘月秀说不行，周围都是邻居，寡妇门前是非多，你一来，别人还以为我有男人了，传到我儿子耳朵里，我怕影响他的学习。那么你来吧，刘晓说，我邀请你来北京，往返的车票我给你报销。刘月秀说为什么呢？你怎么突然间想到这茬了呢？刘晓说我觉得你与浓郁的生活联系紧密，我想让你看看我的生活，来对我作一番指导，我想开始真正的生活。刘月秀说我去了你怎么给你的邻居解释呢？刘晓说我的邻居没有一个人认识我，你放心。刘月秀说那好吧，我也想换换心情。

刘晓不知为什么就有了一种深切的期待，之后，他在网上给刘月秀订好了火车票，因为要新年放假了，火车票很紧俏，刘月秀要在四天之后才能启程，在这四五天的时间里，刘晓去超市买了不少东西，把家里整个收拾了一番，就安静地等刘月秀来，他的心里有了新的波动，他才发现他原来并没有老到心如止水。

在接站的人群里，刘晓举着一个牌子，上面写着刘月秀的名字，冷风呼呼地从他的头上吹过。在出站的人群里，一个拉着一个大提箱，手里还拎着一只手提包的女人站在了刘晓面前打量刘晓。刘晓没有以为这是刘月秀，但她确实是刘月秀，刘晓还在心里嘀咕了一下，带这么多行李不是准备常住北京吧？

大提箱就由刘晓接手了，还有刘月秀手里的那只手提包，都沉甸甸的，刘晓说你带了什么东西？刘晓回过头去看刘月秀，她比视频上显得年轻点，现在他看到了她的个头，中等，只是脸有点黑，刘月秀说带了些吃的东西。刘晓说大老远何必呢，刘月秀说我第一次来北京，第一次出这么远的门，我很羡慕别人出门的时候大包小包地带着，虽然是土产，但总是一个地方的特产，刘晓说真难为你。

下台阶的时候，刘月秀帮刘晓提东西，刘晓就把手提包给了刘月秀，刘月秀说这些都是日常生活中吃的东西，这几天我可以做给你吃，也可以教你。刘晓说北京这地方什么也有，超市里什么也卖，想吃什么可以去买。刘月秀说但味道是不一样的。

本来想带刘月秀去坐地铁，没想到她带了这么多东西，坐地铁的计划刘晓就取消了。出站后他们直接打车回他住的地方。出租车在路上就走了一个半小时，上六楼的时候，这包东西让他都有些气喘，他好不容易进了家门。他看到刘月秀也是气喘吁吁。走的时候，他忘记给刘月秀准备一双拖鞋，忽然想起苏夏柜子里有她用过的，就急急去柜子里找，找来让刘月秀换鞋，心里多少有些不自然。

第一天他们没有做任何安排，他给刘月秀泡了一杯奶茶，又拿了一些糕点让她充饥，之后休息了一会。刘月秀看到他冰箱里有萝卜豆腐，就给他做饺子。这期间，刘月秀在他房间里走了一圈，说我是客人，我睡客厅沙发，你还是睡你的床，就这样定了，刘晓说那怎么行？你睡床，我睡沙发，刘月秀说这事听我的。刘晓说要不折中一下，两个人都睡床，刘月秀说不要瞎说。

那我铺客厅的沙发吧，刘晓征询地问刘月秀，刘月秀说不着急，晚上要睡觉的时候再铺也不迟。刘晓说那行，我给你当下手吧。刘月秀说我发现你这儿没有生姜，也没有花椒大料粉，胡椒粉也没有，我发现你这儿几乎没有调料。刘晓说要不你列个单子我出去买，于是刘月秀就列了一张单子，刘晓就按照所列的单子出去采购了。

在刘月秀的指点下，刘晓学着做饺子。这么多年，刘晓吃到了自己做的手工饺子，因为是素馅的，刘月秀说等锅开煮上三四分钟的时间就可以吃了，吃饺子的时候蘸了蒜汁，没有捣蒜的家什，刘月秀用刀背在菜板上把蒜拍碎了，之后用醋汁、生抽汁调好了蘸料，没有餐桌，两个人围在了茶几旁。刘月秀说能闻着饺子的香味吗？刘晓说早闻到了，闻到了饺子馅的味道，真新鲜，刘晓尝了一口，那种香味一下子蹿遍了他的全身。刘晓说我不知道原来生活还可以是这种味道。要说神奇，刘晓觉得也没有多神奇，但他就是被一种说不清是什么的力量触动了。

他主动承揽了洗锅的活，心里充满着愉悦，主要是那一个个已进入他肚子的与超市买来的味道不同的饺子起了大的作用，它们让他感受到了物质的香味、生活的香味，让他心里滋生了一种幼小实在的快乐。刘月秀大概累了，也任由刘晓去洗碗了。刘晓说你洗澡吗？要不你去洗洗，可以解乏。刘月秀说好，这时候刘晓才想起他没有给刘月秀准备一条浴巾，他说卫生间里的新毛巾是为你准备的，刘月秀说我自己带着。

刘月秀洗完澡出来，穿上了自己带的睡衣。好久这个房子里没有这样的生气了，有声息，有气味，刘晓有了一种热汽腾腾的感觉，觉得即将要到来的新年为他增加了过节的气息。

刘月秀坐在沙发上看电影，刘晓去倒开水，洗了点水果，之后他坐在沙发上翻书，有时也随着刘月秀看看。他不知道该做点什么，让刘月秀更走近他一点，他也更走近她一点。当刘月秀活生生地坐在他身边的时候，许多在电话中肆无忌惮说的话，反而一句也不好说出口，好几次他想找一个话题聊聊，唠家常一样，但不知合适不合适，就什么也没有说。

他给刘月秀递水，递水果，刘月秀自然而然地接过去了，这时候，他就借着电影的话题与刘月秀聊，聊到了人生的无常，关于私人之间的话题他没敢提，也确定不了自己今后的人生轨迹。刘月秀还没有看完电影的时候，他就把铺沙发上的被褥从卧室的柜子里抱出来了，刘月秀说放着就行了，你进去睡吧。刘晓说无论如何你听我的，你火车上辛苦了一天，你去睡床。刘月秀见刘晓主意已定，也不再坚持，刘晓说你是客人，怎么能让你睡沙发呢？况且你又是女人。

刘月秀休息得早，她说她累了，就去睡了，那时刚十一点过，刘晓说你去睡吧，我过一会儿再睡，还有一点，卧室的碰锁是坏的，但你不要担心，刘月秀说哦，就进去把门闭上了。两个人都有些什么想聊，反而没有在电话中那么畅快了。

躺下来的时候，刘晓睡不着，但只能安静地躺着，生怕影响到刘月秀。刘月秀半夜醒来的时候听到了刘晓的打鼾声，那么响，这声音让她的心头掠过了一丝凄楚，外面的西北风呼呼地刮着，她能听到窗玻璃的动静。人生凄凉，见到刘晓的时候，她在这短短一天的相处中就看到了他生活的能力。如果他是天才的文学家，那么这种缺乏也许还是好的，但他不是，刘月秀是想来对他进行一番观察的，她看出，他们两个之间，主动权在她手里，就像苏夏与他之间，主动权在苏夏手里一样。听着刘晓的鼾声，刘月秀后悔自己的这一趟北京之行了。

第二天，刘晓提出带刘月秀去天安门、王府井看看，刘月秀就答应了。第三天，刘晓要带她去故宫看看，刘月秀说算了，天气太冷，就没有出去。刘月秀说我给你做红薯糕吃，你不是喜欢吃糕吗？刘晓说要麻烦就算了，刘月秀说不麻烦，刘月秀就给他做了红薯糕，那香味把他的话题勾起来了，不可阻挡。

你说我们俩组合一个家庭怎么样？趁早赶紧生一个孩子，与刘月秀围在茶几旁吃饭的时候，他说，我想我们还是合适的。刘月秀说在我儿子还没有考上大学之前，我不能考虑这件事。哦，刘晓说，我怎么就忘了，你是有孩子的，不过，如果我们走到一起，你是不是愿意给我生孩子呢？刘月秀说不愿意，刘晓听刘月秀这样一说，一下子就愣住了。他说为什么呢，刘月秀说我们那儿出了一桩事，我讲给你听：一个老太太年轻的时候嫁了人，生了两个儿子，但她丈夫是一个哑巴，经常打她，她就跑了。跑出去之后，她又嫁了人，生了一个儿子。她年老的时候，先前的那两个儿子找上门来，说他们的父亲去世了，商量她去世后安葬的事。小儿子说去世后自然要与他的父亲合葬在一起，两个大儿子说应该与他们的父亲合葬在一起，就为这么一件事。两边的儿子谈不拢，就打起来了，两个大儿子一失手，就把小儿子打成植物人了，老太太禁不起这种打击，就跳河了。

真事吗？刘晓问刘月秀，刘月秀说真事，刘月秀说我百年后必定得和我儿子的父亲一起合葬，为这件事，我想过了，我即使再成家，也不应该生孩子了，我会给两边的孩子带来这种困扰，你说呢？刘晓说真还挺复杂呢，刘月秀希望刘晓这样说，如果你不愿意生孩子那也没关系，只要我们能够在一起生活就行了，我会把你的儿子当成我的儿子。假如这样，他当初会把港商的孩子当成他的儿子，哦，港商，当初，刘晓都不会有那种姿态，现在四十多岁了，他更世俗了，他怎么会说出那种与自己想法不相符的话来呢？

如果刘晓对刘月秀热切一点，比如为她准备一双拖鞋，而不是把他存放在柜子里的属于苏夏的东西给她用，刘月秀知道，不光她不好意思，她看出刘晓也不好意思，在这样的小事上让她感受一种温热，说不定老太太的故事她就不讲了。她看出，刘晓被老太太的故事吓住了。

接下来的几天，刘月秀为刘晓进行了年前的大清扫，她拒绝他带她去风景点，而是待在他的房间里，帮他做家务。这一点让刘晓在后来的回想中很过意不去，他觉得他太迟钝了，如果他是另一种表现，那么他就不会错过刘月秀了。

刘月秀回去后，原来的手机再没有打通过，停机了。他以为她是欠费了，去自助机上给她交了两百元电话费，结果还是停机。刘晓想去移动问问这是怎么回事，后来觉得这是刘月秀不愿意与他联系了，尽管内心疼痛，但比苏夏带来的疼痛已经不算什么了。

流 年

陈若兰坐在阳台的花盆中间，她用鼻子嗅，空气里什么味道也没有，她用力又嗅了一次，还是什么味道也没有。倒是雨点滴落的声音从窗户传进来，窗外除了雨声什么也没有。寂然的屋子让她有一种非常强烈的渴望，如果能找一个人聊聊，她就不会这么茫然和绝望。空寂的屋子让她有一种世界末日的感觉，让她有一种恍惚，以为自己老到快要死了，连悲痛都没有感觉了。假如生活要这样持续不断地过下去，她觉得死就不可怕了，她突然间就对那种要死的状况有了兴致，一定有人，对死不曾有过惧怕。

可是她觉得自己分明又在惧怕着，闫江平十天了都没有音信，她惧怕他死。即使是猜想的担忧，即使是潜意识的惧怕，她都有些不可忍受了。

她突然间想到了韩香。她之所以能突然间想起她，是因为不久前她接到了她的一个电话。

乍然接到韩香的电话，她有一种兴奋，她们的联系稀少，但她们在青春岁月里积存的友谊还是深厚的，电话让她们停滞的友情继续向前延续。她乍然接到电话的时候，声音是欢快的。她说这么久没有联系了，我没想到你会给我打电话。最近怎么样呢？韩香说，你不知道，这一年，我一直在地狱里活着。她听到这一句话一下子愣怔住了，她以为韩香这是夸张她的打工生活。隔着电话线，她看不见她，她的声音有一种悲怆。

她没想到事情会有怎样的严重。

她拿着手机，一个人在黄昏浸润的阳台上，听韩香说话。韩香说你不知道吗？你这一年就没有听说吗？她说我不知道，也没有听说，我很少回我们镇上，回去也见不着你父母。韩香说哦。韩香说知知走了，出去送货的时候被车撞了。那怎么样呢？她没想到会是这样，知知是韩香的丈夫。等我赶去的时候就没有命了，韩香说，一句话也没有给我交代。她心里咯噔了一下，她见过知知，他们订婚、结婚的时候。结婚后他们去了一个很遥远的地方，知知一直打工的那个城市，之后，十几年了，她们再没有见过面。

她在韩香的电话中一直往下沉，脑袋里始终有一个问题蹿出来，一个人的生活怎么往下熬啊？白天和黑夜，无尽的时光，那一定是没有光的日子，比地狱还可怕。她知道隔着几千里的几句安慰话安抚不了韩香，但她还是不由得说了许多的安慰话，她说你要面对现实，生活中有许多的变故比这还要可怕，比如说被男人抛弃了，比如说得了不治之症。韩香说我也这么想，可是我宁愿他是拐着别的姑娘跑了，宁愿他是病了，哪怕是不治之症，这样我与他还有见面的机会，还有相处的机会，现在，我的悲伤是我再也见不着他了。

你说我活着还有什么意义？韩香幽幽地说。从知知的突然离世到活着的意义，韩香与陈若兰一直讨论着这个话题，后来韩香那边门铃响，两人才挂了。

那次通话之后很多天，陈若兰一直惦记着韩香，但就是不敢拨一个电话过去，她有点不敢面对韩香的伤痛。

雨一直在下，从窗户看出去，仿佛整个世界都被水洗过一样，崭新崭新的。其实她很喜欢这样的天气，闫江平也很喜欢这样的天气。

但是现在有点太安静了，什么味道也没有，什么声音也没有。阳台上那许多的植物，竟然什么气息也没有。水果筐里从果树上摘来的新鲜的苹果，都蔫了，也没有了属于它的味道。客厅里水果盘里的葡萄，密密实实，颗粒上的那层白膜还在，不过隔了这么远，她也闻不到它的味道。有一阵子，夏苹果浓郁的香味萦绕在整个房间，整个房间被香气缭绕，她在网上看过，这种果香有助于人的健康和睡眠，偌大的空房子里，她缺少的就是这两样。

她的丈夫闫江平十天前离家出走了，走的时候说他要出去散散心。当然他们之间累积了一些矛盾。村里的老宅要拆了，他要让他的父母来与他们住在一起，她不同意。她说他们不能在一起生活，彼此习惯太不同了。她说拆迁办有安置费，可以租房子住，何必要挤住一处呢？他说拆迁办的安置费不高，租不来像样的房子。两人都有自己的理由，说不到一处，他气哼哼的，她不同意，他也没有坚持，但好长时间他都有一肚子气，看她如敌。

前一周，他说他要出去走走，与单位请假了，手机放在床前的抽屉里。她问他这是什么意思，他没有回答。她又问他走多久，他也没有回答。他好像不屑于与她说话。她后来有点咆哮一般了，说你至于吗？这句话刚说完，他的身体已经晃在了门外。她又去窗台边看他，他朝家属院的大门走去。她冲他喊，你还没拿钱呢？他没有返回来，也没有作声。她不由得想，说不定他自己有私房钱，如果没有，晃不了多久，他也就回来了，如果晃得足够久，那他确实有自己的小金库。

陈若兰与闫江平的生活，可以说是平铺直叙，没有波澜。这出走，是他制造的一个很大的波浪。陈若兰不得不在这几天的时间里对闫江平做一个全新的分析，对他做各种各样的猜想。都说四十岁的男人处在危险的年龄，闫江平是不是也走入了一种规律里了？他是不是无法脱离四十岁的宿命？

陈若兰的第一个猜想，是闫江平交桃花运了，这周而复始的日子让他过腻了，特别是将近二十年的婚姻，婚姻里的乏味，让闫江平产生了少年时期的逆反心理，当然，陈若兰没有推卸自己的责任，前不久争吵的那件事，让他对她失望之至。就这样，他就借出去走走的借口，对她进行惩罚。他是不是约了一个网友，或者驴友，过神仙一般的日子去了。

闫江平出走三天后，陈若兰看他还没有回来的迹象，就给刘锁军打了一个电话。刘锁军是闫江平初中、高中的同学，两人关系很好，刘锁军接到陈若兰的电话时，正在牌桌上，大着嗓门问是谁。陈若兰说我是陈若兰，刘锁军说听不清，我出去接。他出来终于听清了，问陈若兰什么事，陈若兰问他最近有没有见闫江平，刘锁军说最近没有见，但通过电话。陈若兰说他这两天出去了，说要出去散散心，走的时候也没有带手机，你知道吗？刘锁军说不知道，陈若兰说你知道会去哪里呢？刘锁军想了想说，能去哪里呢？我还真不知道。你们是不是吵架了？陈若兰说没有吵。刘锁军说我以为你们吵架了他这是吓唬你呢。陈若兰说那你先忙，有消息我们再联络。

这之后，隔一天半天，刘锁军就要给陈若兰打一个电话，问闫江平回来了没有。电话中，陈若兰就要与刘锁军一起分析闫江平的状况，陈若兰从刘锁军那儿也了解不到什么有用的线索。

十天后，闫江平的母亲打来电话，找闫江平。陈若兰说出去了。闫江平的母亲问去哪了？陈若兰说她也不知道。闫江平母亲问，你们吵架了？陈若兰说没有。那他干什么去了？陈若兰说他说出去散散心。闫江平母亲说和谁闹别扭了？陈若兰说不知道。闫江平母亲说打他电话老关机，我以为他工作忙呢。陈若兰说走的时候没带手机。家里出了这样大的事你为什么不早说呢？一个大活人十天都不见了你不着急吗？闫江平母亲在电话中有点气急败坏，末了说，我儿子要有个三长两短，一定与你有关。陈若兰听这话觉得好笑，说不会有两短，只有三长。闫江平母亲说什么三长？陈若兰说，可能找个小情人快活去了。闫江平母亲听她这样一说，停顿了一下说，你还不赶快找找？陈若兰说世界这么大，我上哪找去？本来陈若兰想按兵不动，看看闫江平到底能在外晃多久，但她婆婆这样一叫唤，她不由得也着急了。

婆婆的电话，给了陈若兰当头一棒，是啊，都十天了，她没有采取任何行动。

上午上班的时候，她来到闫江平单位，遇见人，她不由得就挂上虚弱的笑容。有人问他，你家闫江平请假不在，你是不是给他续假来了？陈若兰诺诺的，不知道说什么好。她找到办公室杨主任，杨主任问她有什么事。陈若兰不知说什么好，心事重重地坐下来。虽然闫江平在这个单位上班，但陈若兰对这儿的人不太熟悉，偶尔有个什么活动，也只是照个面，杨主任管办公室，和他还比较熟悉。

陈若兰坐在离杨主任办公桌不远的椅子上，非常不自在，她觉得她一开口，她的隐私就要暴露了。杨主任说什么事呢？锁着个眉头。是不是闫江平那小子欺侮你了？陈若兰说没有，他这几天不在，不在都十天了。杨主任说他和我请假了，请了两周。前一段时间工作忙，几乎没有休息日，最近这段时间比较清闲，单位的职工可以有两周的轮休。哦，陈若兰松了一口气，那他说去哪了吗？杨主任说我不知道，他没在家吗？陈若兰说走十天了，手机都没带，谁也联系不上他。杨主任听陈若兰这样一说，顺手就拿起电话拨了一下，闫江平的手机果然关机。杨主任见事情有些反常，就问陈若兰，是不是和你闹别扭了，赌气呢？陈若兰说他父母也这样问我，没有啊。他是不是和同事有什么不愉快呢？杨主任说没有发现啊，我调查调查。陈若兰说千万别，一调查，别人还以为发生什么事了。杨主任说，说不定他是和我们玩失踪呢，假期一结束他也就回来了，你也别太着急。陈若兰本来想问杨主任闫江平是不是有交往甚密的女人，又觉得这样是愚蠢的，即使有，杨主任能说吗？

陈若兰心事重重的，从闫江平单位出来，正午的太阳热辣辣地照着。来到街上，她首先给她婆婆打了一个电话，把闫江平请假的事告诉了婆婆。婆婆听了，长舒了一口气，说，等他回来，你可要好好反省自己，自己的男人这样隔着心，说明你不称职。陈若兰听着婆婆的唠叨，一句话也没说，婆婆永远站在闫江平的立场上，这一点让陈若兰很反感。陈若兰突然间明白了，她之所以不同意他们搬来一起住，就是因为这个原因，婆婆永远站在闫江平的一边，居心叵测地看着她，这个她受不了。

还有，自己的男人，出门走多久？去哪儿？他走的时候，你总该问问吧。见陈若兰不吭声，她婆婆继续诘问。陈若兰虽然有点难受，但她还是耐着性子听她婆婆的质问，她说不是我没问，我问了，他没有说。闫江平母亲说你们怎么能处成这样啊？夫妻怎么能这么隔心隔肺？陈若兰心中的无名火一点点往上蹿，快要烧到她的喉咙了。陈若兰说那先这样，我再去问问，一有消息我就联系你。还不等她婆婆首肯，她就把电话挂了。

她好烦啊。

她漫无目的地往前走，边走，边在脑子里梳理闫江平的线索。这段时间她没有发现他有什么不正常。自从孩子去年上了大学，这一年，他们的日子过得很从容。闫江平还说这个阶段是他们人生的黄金阶段，早晨他们不用早早起床为孩子准备早餐，晚上电视想看到多久看到多久。天热的时候，他喜欢在家属院里的小桌旁打牌，有时一吃晚餐就急巴巴走了。陈若兰收拾完餐具，一个人无聊，就出去看他打牌，有时俩人沿着北川河岸散散步，谈论孩子的专业和将来的去向。俩人的交际圈子都很小，所以闫江平走了都十天了，谁也没有因为找不着闫江平而把电话打给陈若兰，要不是闫江平的母亲嚷嚷，这周围几乎没有引起波动。

是不是去见网友了？陈若兰边走边思考闫江平的去向，这个问题这两天让她的脑壳发胀发疼，她身边不乏这样的情况。她单位就有一个男同事，聊了一个网友，差不多一年的时间，几乎就是网恋了，约了去女方的城市见面。去的时候也不知他什么心理，带了单位的另一位男同事，另一位男同事把那次约见的细节都讲给了他们。陈若兰记得很清楚，她听之后还把这件事讲给了闫江平。闫江平说你同事又坠入爱河了，陈若兰说什么爱河？我看这种行为就是发情的公猪。闫江平说你那个男同事想来年龄也不小了吧，还没有过了发情期，发情期一过，就完了。陈若兰说你还生育期呢，一路货色。闫江平说我看女人还就喜欢发情的男人，发情的男人有魅力。陈若兰说那你发一个我看看，闫江平说我不在发情期。

老去，也就是一眨眼的事。闫江平说。他老爱把这句话挂在嘴边，在他们刚结婚的时候，好日子才刚刚开始，他就总这样说。他好像是一个过来人，好像十年、二十年的时光，在他不经意间就流逝了。陈若兰不明白，人生才刚刚开始，怎么就谈老去呢？闫江平总是说，你不要不以为然，你没学过白驹过隙的成语吗？一眨眼，我们结婚都二十多年了，这二十多年，你感觉过漫长吗？陈若兰就不由得回想一番，过去了的时光，确实感觉是一晃而过。

在这种回想中，陈若兰觉得闫江平是不是青春的回光返照呢，他也是不是有了那种即将老去的紧迫感，去了却青春岁月里的心事呢？

接下来的两天，生活开始不平静了，电话隔一会就有。有时是闫江平母亲的，有时是杨主任的，还有刘锁军的，还有韩香的。刘锁军在这期间采取了实质的行动，帮她在公安派出所悄悄地询问，当然是问有没有意外伤亡情况，他说没有消息就是好消息。他说不会有事。被这么多人关注着，陈若兰心里的压力可想而知。

韩香暂时也忘记了她的悲伤，她说不管闫江平这十天出去干了什么，你自己一定要对你们的婚姻有信心，最坏的可能是他出去约见了一个情人，但两星期比起一生来，根本算不了什么，他的假期不是快到了吗？也许假期结束的时候，他也就悄无声息地回来了，你不要太多地指责他，他如果不愿意告诉你，你不要打破砂锅问到底，给他留点空间。

陈若兰听着好友的话，眼泪就来了；她说我听你的，只要他好好地回来，我肯定不为难他。可是如果他诚心不回来呢？陈若兰在电视上也看得多了，花花世界，什么事也有，新闻上屡见报道，抛家弃子远走的男人经常能听到，闫江平诚心要做这样的人，那有什么办法呢？

韩香说那样的男人毕竟是少数，我觉得闫江平不是那样的人，他是有工作有家庭的人。他没有理由那样做。

韩香在那两天成了陈若兰的心灵导师，不管她怎么分析，陈若兰都觉得很有道理。但明显地，越接近闫江平的假期，陈若兰内心的恐惧就像要从心里跳出来一样，她觉得那恐惧几乎在她心里长着爪牙，到处抓挠她的心。家里的电话短时间不响，她就得把电话拨出去，不是韩香，就是刘锁军，她觉得总得有一个人与她聊聊，填补那些空寂得可怕的时间，要不那只长着爪牙的怪兽就要在她的心里乱抓，韩香说要不我过去陪陪你？她说不用，隔了这么远的距离。

大家都算准了，确实是，在闫江平的假期就要结束的时候，前一天，陈若兰接到了一个重要的电话，是闫江平打来的，他说他在王城派出所，遇到点麻烦了，要陈若兰拿钱去找他。

还不等陈若兰仔细问他前因后果，电话就挂了。陈若兰再打过去，接电话的是一个陌生人，什么也不愿跟她说，只说你拿着钱来领人，来了就知道了。

陈若兰心中那只长着爪牙的怪兽终于跳出来了。

她舒了一口气。

她愣怔了一下，也想不出闫江平是遇到了怎样的麻烦，她第一个电话打给了刘锁军，说闫江平有下落了，在王城派出所。刘锁军说有消息就好。陈若兰说你陪我去一趟王城吧，有点什么事你也好帮我应对。刘锁军说，好，我陪你去。不一会儿，刘锁军的车就停在了陈若兰家属院的大门旁。

进派出所都因为什么事呢？陈若兰问刘锁军，打架的，斗殴的，嫖娼的，赌博的，偷窃的，抢劫的，陈若兰从自己的见识里罗列了一大堆，除了这些，还有什么呢？刘锁军说也不要太往坏处想。陈若兰心想，这一大堆坏事里哪一样都与闫江平联系不到一起，她宁愿他是打架，但他长了这么大，几乎从来没有与人打过架。她曾经问过他，他说小时候只与一个男生打过一次，那个男生抢了他的弹弓，他在后面向那个男生要，那个男生就是不给，追得急了，那个男生就把他的弹弓扔到了树杈上，那一次他恨死了那小子，逮住那个男生，把他摔倒在地，骑在他身上，用拳头打他，让他还他弹弓。这可能是闫江平记忆中仅有的一次经历，所以记忆很深刻。陈若兰说长大以后呢？闫江平说长大以后也没有打架，这话陈若兰信。他们俩在婚后倒是有不少争吵，但闫江平不是挑事的人。

不是打架，当然也不会是赌博，更不会是偷盗或者抢劫，但总有一样沾上他了，又一个悬疑在陈若兰心里像问号一样挂着，哪一样呢？她一个一个排除，一个一个选定，七上八下的，三四个小时过去了，王城到了。

他们在导航仪的提醒下找到了王城派出所，来到接待室，把情况说了一下，被一名民警带到了财务室，交罚金。陈若兰说可以问一下吗？闫江平因为什么？民警说我们对发廊进行地毯式清理，在发廊里发现了他。陈若兰想问什么，却不知道该怎么问。她交了三千块罚金，拿着那张收据条，她心里的疑惑这次清晰地浮出了水面，发廊，派出所，罚金，那么闫江平这是嫖娼，因为嫖娼进了派出所。那么他这些日子一直在发廊里吗？那么那个洗头妹他认识吗？说不定是与他一起聊的网友，要不他怎么跑到王城来呢？

陈若兰一直没有说话，刘锁军也没有说话。那只张牙舞爪的怪兽又一次进了陈若兰的心里。时间仿佛在陈若兰的大脑里停止了，一切都静止下来。陈若兰不知道接下来还要做什么。她随着刘锁军往前走，那一刻她已经没有了意识，她不以为她是来这儿要找闫江平的，她随刘锁军走出楼梯口的时候，看到了不知从哪儿冒出来的闫江平。闫江平漠然地看了她一眼，之后又看了刘锁军一眼。静止的世界终于又开始流动了。

闫江平穿着一件灰白的上衣，下身是一条牛仔裤，这衣服不是他离家时穿的衣服。陈若兰记得他离家时穿了那件九牧王的棉布裤子，上身是一件有绿色条纹的T恤，想象中她觉得闫江平应该说点什么，但闫江平什么也没有说。

闫江平的目光在她身上游离了一下，又在刘锁军那儿游离了一下，说，你们谁拿着钱，我要用三千。陈若兰说我已经为你交了钱了。闫江平说现在我得给别人交三千。

陈若兰马上就发作了，你说清楚，给谁交呢？闫江平说你一定想知道，我回去仔细告诉你，但不是现在，不是在这个地方。陈若兰说是不是给发廊的洗头妹交呢？她的声音被那只怪兽控制住了，几乎不是她的了。闫江平说你给不给吧？算我借你的。陈若兰还在犹豫，刘锁军从他的钱包里已经往出拿钱了，递给了闫江平，闫江平拿着钱进去了。

大概有二十分钟的时间，一个穿着有点暴露的女孩从里面出来了，她四处张望了一下，没有发现她要找的人，之后她又折了进去，陈若兰无法断定她是不是那个洗头妹。

刘锁军说要不我们去车上等闫江平，陈若兰觉得闫江平本该出来了，但迟迟不见他的人影。后来，陈若兰就随刘锁军坐进了车里。

闫江平出来的时候，相跟着刚才出来的那个女孩，闫江平也是四处望了望，他没有发现陈若兰，之后他站住了。他与那个女孩不知说着什么，陈若兰看见那个女孩手里拿着一张纸，想让闫江平给她留什么，电话，或者地址？闫江平摆了摆手，隔着太远的距离，陈若兰看不出闫江平的表情，之后，那个女孩走了，走出了派出所的大门。

闫江平没有急着走。刘锁军说，你去叫他，我们可以走了。陈若兰说让他缓一缓。她隔着玻璃窗望着闫江平，闫江平则是望着异地派出所高高的楼房。陈若兰觉得闫江平不管是衣着，还是表情，还有说不出的那一股劲，让她觉得很陌生。之后，他缓缓地从台阶下来，走了过来，刘锁军摇下了车玻璃，说我们走吧。

闫江平愣怔了一下，回过神来，摆了摆手，说，你们走，我现在还回不过神来，我慢慢走。陈若兰说这是什么破地方，回不过神来？你的魂是不是丢了？闫江平没有说话，陈若兰看出他的眼睛里有一种可怕的东西，他不是以前的闫江平，好像中邪了一般。

闫江平没有上车的意思，陈若兰只能下车了，她说你走了这么久，家里人都担心死了，你还不赶紧回家？闫江平说你们先走吧，我坐火车走，或者坐汽车走。陈若兰说那让刘锁军先走吧，我和你一起坐火车。闫江平说我还是想一个人完成我的这一趟旅程，明天凌晨，我也就到家了。

陈若兰只能随闫江平一个人去，她有点不懂他的心情，她尽量压制着自己的情绪，不要发作，韩香已经给她打过预防针了，不管这十多天里他有过什么经历，做过什么出格的事，这十多天比一生，并不重要，不能让这十多天影响了他们的一生。

陈若兰眼看着闫江平从她的视线走远了，什么主意也没有。刘锁军说你在这儿等等，我去找他谈谈。不一会儿，刘锁军也无功而返，刘锁军说他的心情很坏，我了解他，心情坏的时候，他总想躲着人，他说他自己打车去火车站，他自己想静一静。陈若兰暗自想，他是不是和洗头妹还没有了结，要独自去做一番了结呢？总之，她觉得闫江平这样躲着她们，是想要一个自己的空间。

她对刘锁军说，我们回去吧。

闫江平回家以后，你得冷静一点，我总觉得事情并不像表面看上去的这样，你不要冲动。刘锁军说。作为男人，我有这种感觉，闫江平如果真的是因为洗头妹进了派出所，他脸上绝对不会是这种表情。

陈若兰说什么表情呢？

刘锁军说假如事情像看上去的这样，闫江平脸上可能会有一种躲闪，但我看到他很坦然，很平静，他可能被谁误会了，或者事情不凑巧让他栽了，不是没有这种可能。你不要以为我和他是朋友在为他开脱，我说的是真心话。我了解他，这件事上你对待他的态度上要慎重，不要指责他，听听他怎么说，要相信他的话。陈若兰说我知道。

闫江平是第二天中午回家的，门锁响的时候，陈若兰正倚在床上，听挂钟嘀嗒嘀嗒地往前走。在这种嘀嗒声中，闫江平开门回来了，陈若兰听到他进门了，之后仔细听他的声音，闫江平没有再继续，他的声音就止于门闭合。陈若兰仔细又听了一下，好像听到了闫江平的呼吸声，她本来以为他该进来找找她，与她说点什么，但他就停在门上。

挂钟就停在了闫江平进门的那一刻。

陈若兰屏声等待，没有等上闫江平，她只能自己来到客厅，闫江平在沙发上坐着，眯着眼睛，好像在休息，陈若兰看着他，希望他睁开眼睛看她一下，但他沉浸在自己的世界里，可恶地回避着。

陈若兰屏着声，回了卧室。

闫江平闭着眼睛，尽量让自己平静下来。他一点也没有想到，他只是想出去走走，到火车站的时候，无意中就买了去王城的火车票，然后就来到了王城。之后他就去王城一中找谷穗，好多年都没有联系了，他想这样直接去找，当然这也不排除他的活思想，万一他在中途要改变主意，那就省去了不少麻烦。找去了如果人不在，那么他也就悄无声息地走了，他主要是不确定谷穗是不是欢迎他。

谷穗和他在同一所大学，比他低两届，两人朦朦胧胧相处了一些日子，后来他毕业，他们的关系也就那样不了了之。

他来到王城的街上。这街道大变了模样，不是二十多年前他第一次来的样子了，街道旁高楼林立，他记得二十多年前他第一次来的时候，路两边是五六层的楼房，那时是暑假，他在沿街的影院门口见了谷穗一面，傍晚的时候他赶车，就走了。那时他还没有吐露对谷穗的爱慕之情。

所以好多年之后，他就不由得要回想那场恋爱，那场无疾而终的恋爱，他心里怀着一种美好的惦念，他想看看谷穗，看看她这些年有没有变化。起初他们还偶尔联络一下，各自成家后，都忙于自己的事务，联络就没有了。

他怀着愉快的心情来到王城一中，想看看他的突然造访会是什么样子，但王城一中的门卫说谷穗调走了，都调走五六年了。闫江平问调到什么单位了？门卫说调到爱委会了。

当天他找到爱委会的时候，已经下班了，他从门卫那儿问到了爱委会办公室的一个电话，第二天他就在招待所给谷穗打电话，爱委会的工作人员说她去年就病逝了。

他的脑袋那一刻开始就不灵了，那句话像利器一下子把他击倒了。毕业之际席卷在他心里的那场龙卷风就那样蔓延开来，他被那场龙卷风席卷着走进了小酒馆，喝了酒，之后被发廊门口招揽生意的洗头妹捺进了发廊，之后他吐得昏天黑地，洗头妹从他口袋里拿钱给他买了衣服，再后来他就进了派出所。洗头妹也进来了。

那场酒五六天之后才醒来，发廊的老板闻声潜逃，无辜的洗头妹和他成了地毯式排查的成果。

洗头妹和男人离婚了，父母在乡下，没有人来赎她。

他坐在沙发上，眯着眼睛，仔细回想了一番，他记忆中发生的事就这么多。

他眯着眼睛，让自己沉浸在过去的那十多天里，主要是他自己依然回不过神来。他听到陈若兰犹豫着来到他身边，他没有睁开眼睛，他不知道说什么好，他不愿意把这一切和盘托出，也不愿意给她一个交代。她一定是迫不及待地想听听他的解释，他怎么会在王城的派出所里？

下午的时候，陈若兰接了一个电话，拎着包出去了，闫江平松了一口气。他洗了个澡，以为能换一下心情，以为情绪会好一点。结果他还是有一种说不出的落寞。他从没有想到在他非常迫切地想见谷穗一面的时候，谷穗却已经不在这个世界了，这种震惊让闫江平失魂落魄。命运不能假设，但他不由假设了一番，如果他与谷穗走到了一起，那么谷穗是不是能够逃脱那种厄运呢？

这趟行程，让他太意外了。发廊与派出所，更是意外中的意外，现在他一点也想不起来他酒醉后在发廊做了什么，他努力在记忆中寻找，但大脑里一片空白。之后的一切，他都是听那个洗头妹说的。那个发廊早就被派出所盯上了，她刚入行不懂，他就这样迎头撞上了。

闫江平倚在沙发上，还是极力回想，后来他就回想到陈若兰与刘锁军出现在派出所的那个场景，他脑袋当时确实愚钝了，他知道了他不愿意开口的原因，是因为他被陈若兰的表情刺伤了。

他想起来了，在他拿派出所民警的电话打给陈若兰的时候，他听到陈若兰在电话中焦急的声音，他内心温热了一番。他想，我什么事也没做，想听，我慢慢讲给你，他要给她讲讲谷穗的事，讲讲他的初恋，讲讲他在悲伤中酒醉的事，讲讲洗头妹其实也是一个可怜的人，但这一切，在他看到陈若兰的那一瞬间，冰封住了，他看到陈若兰出现在派出所的时候脸上掩藏的愠怒，甚至还有一丝嘲讽。他突然觉得这是一个傻子才做的事，为什么要把自己的内心掏空呢？所以他就改变了主意。

晚上的时候，陈若兰回来了，问闫江平吃饭了没有。闫江平说吃过了，吃了一碗方便面。陈若兰说我们单位有事加班，我也已经吃过加班饭了。这几天你不在家，你妈很着急，那天我还去你们单位找过杨主任，一会，你给他们打个电话，报个平安，闫江平说好。

闫江平去打电话了，在客厅的座机上，陈若兰听他在电话中如何说。闫江平给他妈打电话，说他和几个朋友去了一趟东北，他大学是在那儿上的，去看了看几个同学。之后她听闫江平说，没有啊，她和你开玩笑呢，哪有什么小情人？

之后他又给杨主任打电话，说他回来了，出去转了几个地方，现在在家。闫江平说我好好的，报什么案啊？他的话断断续续，说，好，一定好好表现。

陈若兰屏声听闫江平打电话，什么内容也没有听到，她以为闫江平打完电话，应该和她谈谈。结果她听见电视打开的声音，闫江平看电视新闻。陈若兰感觉闫江平又成为那个盖得严严实实的暖瓶盖子，不冒一缕儿气。她最讨厌他这个样子。

她给韩香发短信，说闫江平回来了，还说了派出所的事。

韩香说回来就好，别的都不重要。

陈若兰试图与闫江平谈谈，没有谈两句，两人就吵起来了。闫江平嗓门比陈若兰还高，好像进派出所的是陈若兰不是他。闫江平的态度让陈若兰与他无法对话。

闫江平说进派出所你还不明白吗？赌博的、嫖娼的，我是去嫖娼了，嫖娼的罚金你不是都给我交了吗？你还不明白我是怎么进派出所的？你这不是明知故问吗？

闫江平回来后没有好好说一句话。

真你妈混蛋。陈若兰恶狠狠骂了一句。这句话让她把闫江平的那个暖瓶盖子又往紧拧了一圈。

你不愿冒一缕气就不要冒吧。

除了不愿面对她，闫江平没有什么不正常。

陈若兰不由得要静静观察他，猜度他，但闫江平的那扇门严严实实，他的作息时间从回来的那一晚就与陈若兰岔开了，她睡的时候，他还在电视上或电脑上，有时还没有着家。自然他就自觉去书房里睡了。这期间闫江平去了几次发廊，他是与几个牌友晚饭后去的，那几次，他并没有喝酒，但他恶狠狠地做了其他男人在发廊通常想做的事。

他心中的那道伤并没有好起来，但结疤了，随着时间的推移，不那么痛了。在时间的流逝中，他有了倾吐的欲望。

那次事情之后，他心里空落落的，内心的混乱和虚无让他有些难受，他倾吐的欲望就是那时候强烈起来的，他把谷穗的事讲给了洗头妹。没想到洗头妹听了有些不以为然，说世界上哪有什么爱情啊？都是你们这些人凭空想出来的。这句话，让他思忖了好多天。

他实际上最想讲给的一个人，是陈若兰。但他就是拧着，不给她讲。

半年后，陈若兰说既然这样，我们离婚吧。

他知道这不是陈若兰的本意，陈若兰以离婚要挟他开口，他内心的失意和失落，不想就这样抖落在她面前，他猜想，她听了一定不会为他伤感，是不是还会幸灾乐祸呢？

他不能让她得逞。

他很痛快地答应了陈若兰，他在陈若兰眼睛深处捕捉到了那种意外和失落，他竟然产生了一种莫名的快感。

离婚一年后，他又有了那种倾吐的欲望，他非常想把这件事讲给陈若兰。他约陈若兰出来，没想到陈若兰听后，脸上的确有波澜，但已经有些遥远了。

迷 藏

"脱。"

吴没的手纠缠在温丽华的胸钩上，他试了几次，都没有如愿地把她的胸钩解开。从温丽华的反应看，她不在状态里，即使这时候，吴没看出温丽华还是心猿意马的，他不知道她是什么想法。

这是一个没有注意力的女人，也是一个非常寂寞的女人，吴没被她的一种病态的落寞吸引着，他想走进她的世界。

你去洗洗吧。为了推拒开纠缠不休的吴没，温丽华说。

温丽华在思想里是犹疑的，一直在打退堂鼓。在吴没进去洗澡的时候，她望着窗外渐渐落下去的夕阳，思想里还在不断地斗争，这个时候如果她要走，她还是能走掉的。可是为什么要走呢？她又在心里问自己，她怕什么？在吴没约她来他工作室坐坐的时候，她就在心里期待有什么发生。

来的时候她洗了澡，洗得很仔细，所有的衣服都换上了干净的。那时候她就在内心里期待有什么发生，她在意识里为着即将要发生的什么做了积极的准备，内裤、胸罩她特意穿了粉色蕾丝边的，胸罩故意选了小罩杯的，衬托出了她的饱满和风韵。她在落地镜前仔细地端详了她的身体好久，这身体寂寞了好些时间了，让她生出了一种被遗弃的苍凉感。

　　她的手指从她的脸颊开始滑动，沿着下巴、锁骨、胸，沿着小腹和大腿，缓缓地上下滑动，她无法把自己的手想象成别人的手。她试图想象这是胡建平的手，从她的胸罩里探进去，之后像她熟悉的那样，专注于某一处。但胡建平现在不会这么抚摸和爱抚她了，胡建平没有时间和心情，胡建平的压力太大了，整天有开不完的会、搞不完的调研、推不掉的应酬，胡建平有了高血压、前列腺炎、高血脂。

　　躺在胡建平身边的时候，不安分的温丽华只能变安分了。胡建平说太累了，早点睡吧。之后温丽华就对胡建平说，你这种情况我向医院的大夫进行了咨询，应该去看看医生。胡建平说我好好的看什么医生？如此几次，温丽华说你这种情况医生说有两种可能。胡建平翻看手机的动作停了下来，问温丽华哪两种可能？温丽华说一种是身体确实出现了问题，一种是你有外遇。第二种可能说完，温丽华定定地盯着胡建平。胡建平说我这种人还能有外遇？心有余而力不足嘛。胡建平打着哈哈，他没有像温丽华想象的那样，听到这两种可能暴跳如雷，他只是打着哈哈，就这样敷衍温丽华。本来严重的事，他这样一打哈哈就化解成一桩不足挂齿的小事了。温丽华现在讨厌他这一点，温丽华说那我们好久都不在一起了，这个年龄就这样，医生说不正常，你应该去看看医生，应该调理一下。胡建平说我不去看，可能确实是年龄大了嘛。

　　温丽华在心里很是纳闷了一段时间。之后她又去咨询那位大夫，大夫说他自己不愿意看医生，那谁也没有办法，说不定是他的身体真的出现了问题，这是可能的。男人压力大，竞争激烈都会影响身体的状况，等这段时间过去，你再观察观察，如果没有起色，那是自然规律，谁也抗拒不了的。女大夫说完，用没有感情色彩的目光看着温丽华。温丽华还想问什么，没有心情了。这本来是胡建平着急的事，胡建平不着急，她着急不是瞎着急吗？

两种可能不管是哪一种，导致的后果是相同的，温丽华不相信胡建平的身体出现了状况，她怀疑他有外遇。

胡建平在家里可以说养尊处优，结婚后，袜子、内衣自己从来没有洗过，也从来没有动手做过一次饭，温丽华可以说是家里的全职太太。温丽华脱离了社会之后，胡建平几乎成了温丽华的另一种意义上的老师，他怕温丽华在思想上太落后，经常给温丽华推荐"百家讲坛"之类的文化普及节目，有时候带回来一大摞光盘，让温丽华操持完家务的时间里，看这些社会上所有的人认为是文化类的东西，这样温丽华也不至于是一个精神荒芜的人。

温丽华后来感觉到胡建平在他们之间画了一条界线，胡建平是胡建平，她是她。一次，她的一位同学从老家来市里办事，给温丽华打电话。这位同学曾经在温丽华妈妈住院的时候，帮助照顾了一段时间，温丽华和她一直相处得很好。温丽华给胡建平打电话，问他晚上有没有时间。胡建平问她有什么事，温丽华说想请她同学夫妇一起吃个饭。她做梦都没有想到胡建平说：我为什么要和他们一起吃饭。这句话一下子让温丽华愣怔在了那儿，温丽华的大脑出现了长时间的短路，居高临下的胡建平让温丽华一下子觉得，他与她是两个世界的人。

之后母亲去世，在答谢送葬的亲友时，胡建平坐在桌前，一动不动。温丽华举着酒杯去敬酒了。父亲年迈，已经不主事了，所有的事都由她张罗安排，她去给这些亲友敬酒，自然她也喝了几杯。没想到胡建平打发儿子来叫她了，说又不是开庆功会，喝什么酒？那时儿子小，照直把胡建平说的话说给了温丽华，当着周围那一桌子的人，温丽华恨不能有个地缝钻进去。胡建平在这样的场合让她难堪，温丽华能有什么表现呢？她什么也没有说，后来虚虚地晃着酒杯，好给胡建平一个交代。

在胡建平的眼里，这事都是因为温丽华没有觉悟发生的，而不是胡建平要主动给她难堪，这是胡建平的解释。温丽华为这样的事争吵半天，还是理屈着败下阵来。胡建平不愿意把她当回事，现在经过这么多年婚姻的培养和熏陶，她变成了他生活中的一个附属，胡建平还理直气壮地说温丽华是在小题大做。温丽华闹半天，哭半天，偶尔生气去外面逛荡一天，也不见胡建平急着找她。胡建平该打球打球，该应酬应酬，胡建平已经把她拿捏准了，她不会闹腾出什么动静来，她本来就没有占多大理。

吵完之后，平静下来，温丽华该干吗干吗，照例洗胡建平脱下来的袜子、换下来的内衣，照例在胡建平上班之前把衣服放在床头，把皮鞋擦得锃亮。她目送着胡建平出门，然后再继续睡回笼觉。有时胡建平倒是羡慕她，说你看你不用上班多好，想做什么做什么，什么事也不用操心。但她知道他并不是真正地羡慕她。

种种的迹象让温丽华陷入了一种苦恼中。有时候，她在大量时间的包围里，坐在镜子前端详自己，现在镜子里的自己是一个人到中年的女人。她能看到时间走过的痕迹，她清楚地看到时间在她的眼睛周围，在她的双颊，在她的脖颈，在她的侧影，抹去了一种光辉，曾经充满朝气的那种光辉不见了。呈现在她面前的是一张平淡无奇的脸，作为女人，看到自己韶华已去的光景，再没有什么比这更令人痛惜了。温丽华就决定去给自己充电，她报了各种兴趣班，她就是在兴趣班里认识吴没的，吴没教她们画芭蕉叶。

胡建平对温丽华去文化馆的兴趣班里学习不以为然，他说他了解那儿的师资，水平一般，温丽华去那儿学习，还不如在电脑上自修，或者买名家的授课光盘。温丽华很奇怪，这些事，胡建平倒是经常给予中肯的建议，好像很把这当一回事。温丽华说我喜欢去那儿学习，那儿有那么一种气氛，再说，自己周围还有那么几个同学，大家还能在一起交流。这么多年，她一直待在家里，也没有什么社会活动，再不活动活动，就老了。

我了解那儿，文化局的领导来汇报工作，说没有钱，请不到一流的授课老师，只能由他们馆里搞专业的工作人员代课，来听课的都是退休了的或者即将退休的老头、老太太，你现在就混在那么一些老头、老太太中间，不觉得别扭吗？

温丽华知道这是胡建平不同意她去，所以就把那儿说得一无是处。温丽华说我这样的水平，只是想去凑个热闹，而且我觉得再不济的老师，对于我来说，也还是老师。温丽华有点生气，她讨厌胡建平的那种腔调由来已久，主观臆断，以自我为中心，时时处处有一种高高在上的俯瞰她以及她周围世界的感觉。她有一种直觉，凡是在她周围的，由她组成的一部分，他就会去俯瞰，从本质上来说，他对她是一种俯瞰的态度。

没有说服了温丽华，胡建平也就任由她去了。温丽华倒是学得认真，闲暇的时候，在电脑上，在手机上，浏览各种画法、各种画派、各种名画，有的画派是吴没介绍的，她就认真地找来看，温丽华的兴趣是浓厚的，不过也许没有那么的浓厚，但她想让自己表现得那么浓厚，或者她想让自己热爱上它。这个年龄，温丽华发现要热爱上什么也不是一件容易的事，她比班里其他的学员有好的条件，年轻，会借助现代手段学习，吸收知识较快。她没有对胡建平讲，她是她们班固定学员里最年轻的，她知道假如她把这个信息讲给他，他的眼神里是怎样的奚落和嘲讽。她不用费什么力气，就能想象出他的神情，满是揶揄，混在一堆退休干部中说年轻，那年轻能年轻到哪儿去？

这期间出了一件事，让温丽华窥视到了胡建平的一个秘密。

胡建平要去深圳参加一个博览会，该到司机接他的时间了，司机打来了电话，说老婆送孩子上学途中被车撞了，他来不了了。胡建平打车去了单位集合，等到上了飞机，要关机的时候才发现手机没有带着。

胡建平的手机蜂鸣声响的时候，温丽华正在做水果色拉，她喜欢把各种新鲜的水果都切碎了，拌奶油和酸奶一起吃。她来到客厅，发现胡建平把手机落家里了，之后看到了乔师傅发来的短信，亲，我已经快到了，你观摩完来我住的酒店，春天咖啡馆。之后，顺着这条短信，温丽华看到了没有被删掉的其余的一些短信。上面显示的时间都是星期三，有两次胡建平发去的内容是，亲，今天有事去不了。顺着那些短信研究了半天，温丽华发现他们的约会轨迹，在星期三。

胡建平打来电话的时候，温丽华已经把所有的内容浏览过了，有的她拍了照片保存在她手机里研究，她把胡建平的手机关机了。

温丽华说没有落到家里，胡建平说那一定是落到出租车上了，走得急，什么时候丢的也不知道。刚才我试着给我的手机打电话了，已经关机了，说不定卡已经被出租车司机扔掉了。温丽华说你给出租车公司反映一下，让他们出面找找。胡建平说回去再说吧，我现在先去补办一张卡，买一部手机吧，要不太不方便了。之后匆匆挂了电话。

温丽华猜想胡建平一定急急地给乔师傅打电话去了。从乔师傅发来的短信里，温丽华一下子就明白这是一个女人，只不过胡建平把她冠名为乔师傅了。

那天温丽华没有去上课，她在通讯录里翻找到了乔师傅的手机号，把它保存在了她的手机里，她给乔师傅冠名为胡丽，意即狐狸。之后她把胡建平的手机卡取出来，藏在她的钱夹里，胡建平的手机，她把它放在床底的一个鞋盒子里，她舒了一口气。

人是一种非常奇怪的动物，都这时候了，温丽华想对策的时候，还是站在胡建平的角度，胡建平希望她怎么样处理身边的这样一件事才算智慧？或者同样的一个女人，遇到这样的事如何处理才得体，才能无伤大雅，才能既打败第三者还能挽留住自己的家庭？不断地有一个智者站出来，从温丽华的大脑里钻出来，给温丽华讲一些经典的道理。那一整天，温丽华觉得自己的精神无比强大，她知道她首先得战胜自己的冲动，然后才能战胜隐形人。她没有喝一滴水，没有吃一口饭，她的身躯仿佛不是一具五谷之躯了。

深夜的时候，温丽华一点睡意也没有，她脑中出现的一些影像让她的神经处于紧张工作的状态。她突然间想，自己为什么没有远赴春天咖啡馆，把胡建平抓一个现形？这个念头让温丽华仅仅冲动了那么几分钟，之后她想，何必呢？

想到在这样的夜里，胡建平与别的女人鱼水之欢，云云雨雨，回来在她面前，表现无能为力，这一点让温丽华受不了。他有外遇的可能她很早就意识到了，但这层纸真正捅破让温丽华面对，也是艰难的。

温丽华睡不着，只能起床，之后泡了一个热水澡。热水澡之后，温丽华为自己倒了一杯红酒，在红酒的作用下，她总算有了一些睡意。她关掉手机，关掉灯，强迫自己不要再想胡建平，不要再想这件事，她终于睡去了。

等到胡建平回来的时候，温丽华内心的风波平息了，温丽华没有什么变化，温丽华还是老样子。这是胡建平喜欢的一种状态，安逸，秩序井然。

从那一晚开始，温丽华患上了失眠症，为了不影响胡建平，温丽华提出分房睡。时间久了，胡建平纳闷，说去看看吧，调理调理。温丽华说去看过了，胡建平说什么原因呢？

温丽华说焦虑症，大夫这样说的。胡建平说你这样的人焦虑什么呢？除了担心芭蕉叶画不好，竹子画不好，你有什么好担心的呢？温丽华说，说出来我也不相信，我并没有焦虑什么，可偏偏大夫说我有焦虑症。胡建平探询地看着温丽华，温丽华赶紧说，大夫说这病有时潜伏着，不易发现，说我患这病时间久了。胡建平说以后你少喝茶，喝茶多了容易兴奋，不利睡眠。你这段时间不要喝茶了，试上一段时间，看有没有效果。温丽华说好的，我试试。

温丽华就搬到了靠阳台那边的卧室里。

睡不着的时候，她数过阿拉伯数字，数过星星，但数着数着，她的注意力就会集中在一个人身上，那个潜藏在暗处的女人。她是什么样的一个人？年龄多大了？她与胡建平是如何开始的？他们约会经常是在什么地方？为什么偏偏选在星期三？温丽华有时感到害怕，这个女人是不是未婚的单身女人呢？还是离异的单身女人？她对胡建平有什么企图？这问题真的让温丽华焦虑。还有一个问题她想不明白，如果这个女人足够年轻，那么她为什么要看上胡建平，胡建平是重金包养还是赠她豪宅名车了？温丽华在她的认知里猜测这件事，无数种可能，无数种不可能，就这样揣摸来揣摸去，不知不觉，天就亮了。

睡意通常是在天快亮的时候袭来的，天快亮的时候，所有的可能与不可能都失去了光彩，不再吸引她继续想下去了，她就有了睡意。不过她睡不多久就会醒来一次，之后继续再睡。

时间是最好的药。除了失眠，温丽华的生活恢复了正常。

她又开始去文化馆听课，她主要去听吴没讲芭蕉叶的画法。吴没画芭蕉叶的茎干、脉络，她几个星期不去了，发现自己快有点跟不上了。

吴没在休息的间隙问她干什么去了，几个星期都不来了。她说感冒了，身体不舒服。吴没说打了你的电话好几次，你都不接，想问问你有什么事，有没有我能帮忙的。温丽华说你打电话的时候我正睡着，没有听到，后来怕你上课打扰你。吴没说上完课你先不要走，我把上几节课的课件拿给你。温丽华说好的。

温丽华就去了吴没的办公室，她看出吴没是在关心她，但她羞于说出让她寝食不安的星期三，羞于说出她的焦虑，羞于说出她面临的尴尬处境。她几乎是一个被遗弃的人，这让她觉得很没面子。吴没见她什么也不愿意说，看出她形容有些憔悴，反而激发了他的好奇，他想帮帮她，从他与她见面开始，他就觉得她是一个病态的女人，他就想做点什么。

之后他们去吃了饭，在一个黑暗幽静的卡座里，吴没又一次拥抱了温丽华。吴没喜欢温丽华性感的嘴唇，这一点他没有说出来，在他想继续别的动作的时候，温丽华推开了他，当他再次缠绕在她身边的时候，温丽华再次推开了他。

之后吴没就约温丽华去他的工作室坐坐。吴没说了几次。温丽华能感觉出吴没这句话里的内容。

在兴趣班，温丽华经常帮助吴没做些小工作，建立电子档案，收发学员作业，与吴没的单独接触让她与吴没的关系拉近了许多，有事没事的时候，吴没喜欢叫她一起去吃饭。

私下里，吴没喜欢问她一些个人的情况，见温丽华不愿意谈，也就不问了。但吴没说看到温丽华经常在苦恼什么。

星期一吴没又约她的时候，温丽华说好的，星期三吧，如果星期三你有时间的话。当然如果吴没没有时间，那就算了。到底该不该去吴没的工作室？温丽华觉得大可不必那样紧张，吴没说那下午五点，怎么样？温丽华说好的。

午饭温丽华是一个人吃的，之后午休了一个小时，不到两点的时候她就起床了，泡了一个热水澡，看了看表，时间还早，她为自己泡了一壶阿根廷马黛茶。茶是胡建平带回来的，听说是一个从阿根廷回来的朋友送的。温丽华喜欢各种茶，家里摆放着泡茶用的各种茶壶，温丽华自己还学到了不少茶艺。这个下午，温丽华就坐在自己为自己装扮的茶桌前，消磨接下来的时间。

她的心情有点复杂，胡建平现在是一个什么样的人，吴没又是一个什么样的人？她有些一样的捉摸不透。自从脱离社会之后，吴没是第一个出现在她生活中的异性，当她在这样的下午回想他们相处的点点滴滴的时候，潜意识里她就知道他们之间要发生什么。如果要发生，温丽华愿意就在星期三发生。这个日子对于她来说是一个劫数，她要让胡建平在这个日子里得到了什么，再失去什么，她讨厌他想要什么就得到什么的那种嘚瑟，她想在自己的精神和意念里给予他狠狠的打击。

他不从科学的角度审视她对他身体的看法，而是欺骗她作为一个无知的人。马黛茶是他给予她的另一种安慰，白茶、红茶、绿茶，他以为这些茶就能平复她的那一个个怅惘的日子吗？他自以为是地认为，在各方面她都以他为荣，她对他言听计从，他就可以骗她，温丽华想到胡建平对她的阴损的招数的时候，给他捅刀子的心都有。

她以前一直害怕这样的日子会来，有一个看不见的第三者生活在她周围，取代她。被取代对于她来说是一件无法容忍的事，她无法与谁结成联盟去战斗一次。这生活，早在多年前她就有危机重重的感觉。胡建平说我们又不是小市民，想做什么就能做什么，没有自律意识哪能在领导身边做好工作？将来自己哪能做得了领导？温丽华喜欢胡建平用这些话麻醉自己，她有时乐意把自己腌泡在胡建平的谎言里。

温丽华倚在沙发上，脑袋里乱乱的，困惑，迷茫，不知所以。这时候她不知道胡建平在哪儿，她突然间非常想知道胡建平是不是又去约会了，他约会的女人是什么样的，她纠结于自己的好奇中。她突然间有一种不知哪儿来的力量，让她有勇气给胡建平拨出去了电话。

电话是通的，但没有人接。这是经常的事。温丽华的猜疑这时候无限地把她绑架了，她认定胡建平一定是去约会了。以前即使他约会，他都说是在开会，工作，应酬，让她对他的话不能有丝毫的质疑，你自己闲着没事干，以为别人也没事干吗？上班时间没事，你最好不要给我打电话。有事打过来我不接电话，那就是我不方便接。

胡建平不接电话，也没有发一条短信过来，说明他正在干什么，她可是好久没有在上班的时间给他打过电话了。在这样的下午，这样一个让温丽华感觉像凝固了一样的下午，胡建平把温丽华激怒了。不过，她想，胡建平肯定做梦也不会想到她现在在做什么，她在吴没的工作室与吴没约会。

温丽华现在一点也不犹疑了，她是来约会的。她为什么要走？不管吴没是什么心态，现在对于她来说一点也不重要了，哪怕他仅仅只是想与她上床，有这一点就够了，她要配合吴没完成一次彻底的约会，但一个念头不由得从她的大脑里冒出来，吴没是为什么？吴没是不是经常设计这样的约会？

之后她就用吴没的手机给胡丽发短信，想到胡建平与胡丽在一起，温丽华的胸口被点着了。她在短信中说，我捡到了一个手机，与你有关，里面有许多私密的短信，不知你想不想知道？短信发出去之后，温丽华舒了一口气，她一定要给他们放点烟雾弹，不声不响地，把他们给她的痛苦还给他们。

没有一点反应，温丽华以为对方在收到她的短信后一定会在第一时间做出回应，但没有，这个短信淹没在了寂然的时间里。现在，温丽华有点摸不着头脑了，如果对方没有回应，那她该怎么办？

不过温丽华突然有了一个主意，这个主意让她觉得像灵感迸发出火花一样感到眼前一亮，她总会让她开口的。之后她又发了一条短信，你好好想想，下周这个时间我会再与你联络。

之后她心情复杂地完成了与吴没的约会。

她问吴没这是第几次婚外情，她非常想了解男人什么状况下会发生这种事。吴没说第几次呢，我也不知道，不过我有过三次婚姻，前两次离婚的原因都是因为第三者，第三者成了我的下一任，我与一个女人无法保持一种固定长久的关系，时间一久，我就会喜欢上另外的女人。我喜欢与不同的女人保持亲密的关系，她们身上都有一种不同于别人的灵光，我就是被那种灵光吸引，我讲这些你一定会反感，没有一个女人能受得了我的这一点，现在我的第三次婚姻也名存实亡，所以我需要女人和约会，我的生活中不能没有女人。

哦，那么今天如果不是我，也会是别人？温丽华问吴没。吴没说你想听实话吗？温丽华说我就是喜欢你说实话。吴没说你结婚这么多年了，在床上为什么要那么拘谨呢？你以为男人喜欢这样吗？这是一个新鲜的非常刺痛温丽华的话题。温丽华说你说这话我可不爱听，不喜欢这样我就走人了。吴没说你不会走，走了就没意思了。我们一起看部电影吧。

吴没与温丽华一起看了一部大片，那是温丽华从来没有看到过的，在这部片的启发下，温丽华很快就放松了，之后她心甘情愿地投入了吴没的怀抱。

在把自己收拾好准备离开的时候，温丽华想起了她发出去的那一条短信，她有点后悔了。她告诉吴没她用他的手机发了一条短信，如果对方与他联系，让他不要搭理。吴没说好。

在从吴没的工作室出来的时候，温丽华觉得自己像贼一样，觉得到处有眼睛盯着她，到处有说话的声音议论她，她有一种无地自容的感觉。

温丽华回到家的时候，发现胡建平还没有回来，家里冷冷清清，现在，温丽华就是需要这种冷静，好梳理自己纷乱的心。

接下来的两节课，温丽华没有去，吴没给她打了一次电话，问她有什么事，为什么不去。温丽华说去了会觉得别扭。吴没说那我单独教你，你什么时候有空就来。温丽华说好。

胡建平好像比往常还忙，有时候晚上都不回家，不回家的时候会给温丽华发一条短信，有时候是加班，有时候是外出开会。只要胡建平不在家，温丽华就会觉得胡建平一定是去约会了，温丽华的心里就会打翻醋瓶子一样不是滋味。

又一个星期三，胡建平不在家，胡建平在周一就出去了，说是去调研了。温丽华就给吴没打电话，打电话的时候吴没在他的工作室。吴没约温丽华去，吴没说都一周不见你了，我还真想你了。

吴没在他的工作室作画，吴没在创作一幅大作品，要参加一个大的国展。温丽华很钦佩吴没的才气，但对吴没那种随便的生活态度和婚姻态度，又有点看不惯。吴没把他的作品讲给温丽华，他讲构图，讲色彩，讲画面传递的情感，讲画面里隐藏的恋爱。吴没说他崇拜土地，崇拜女性，崇拜子宫，凡是一切孕育生命的生物，他都崇拜。现在我崇拜你，崇拜你让我产生欲望。尽管这是疯话，但温丽华一下子就醉了。温丽华主动地脱掉自己的衣服，还没有等吴没像上一次一样命令她去脱衣服，她主动就把自己的衣服脱掉了，她不能让吴没看出她拘谨，她为什么要拘谨呢？

她与吴没完事后，她会在心里说，我得赶紧走，这是最后一次了。走到哪里去呢？她觉得从吴没这儿一走出去，她就会走在一种寂寞的虚空里。

吴没又去作画了，她查看吴没的手机短信，她发出去的那条短信还在，没有谁回复过。温丽华犹豫了很久，本来想就此作罢的，不回复就不回复吧，可是她觉得她无法忍受他们的心安理得，胡丽难道没有对胡建平讲过吗？一贯谨小慎微的胡建平知道后不会就这样袖手旁观，温丽华觉得他们做贼一点也不心虚，他们竟然这样沉得住气，温丽华现在都有点气愤了。

都一周了，你考虑得怎么样了？如果你不介意，我会把这张卡转赠给另一个人。想听听你的意见。温丽华又发了这样一条短信，蜂鸣声告诉她发送成功。这次她没有上次那么紧张了，发出去之后，她定定地盯着手机屏。她觉得在这个看不见的如大海一般的深处，一定会有一个泡泡冒上来，现在，她觉得胡建平和那个隐身女人就住在这个手机的深处，他们不冒一缕气，他们不在意有人知道他们在一起偷情。

没有任何回应。

天都暗下来了，吴没还在作画，吴没说一会儿与温丽华出去吃饭。自从有了这层关系之后，温丽华除了在吴没的工作室见吴没，别的地方她都觉得别扭，仿佛任何一个人都能看穿他们之间的这种关系，温丽华说她回去吃。内心里她是非常排斥这种关系的，这关系本身是见不得阳光的。她怎么还能这样与吴没相跟着一起去吃饭呢？吴没说回去不也是一个人吗？温丽华说经常一个人吃也习惯了。

温丽华说她又借用吴没的手机发了一条短信，如果有回复让他通知她，吴没说知道了。吴没说要不你晚上不要走了，一起看电影。温丽华说她得回去。吴没说那你什么时候还来？温丽华说大概下周三，吴没说这么久？温丽华说如果不回去行，那也是好的，可是终究得回去。吴没说那你回去吧。

温丽华走到楼底的时候，看到家里亮着灯，看来胡建平回来了。以前，胡建平不回家的时候，温丽华还要联系他，问他什么时候回来，吃不吃饭。最近这段时间，胡建平不通知她，她也不与他联系。见胡建平在家里，温丽华转身从家属院门口走去，以前遇到这种情况——他不打电话直接回家，她一定会很高兴，现在她想躲着他。

温丽华一个人来到附近的一间茶餐厅，进去了，她点了一份比萨，又点了一杯咖啡，静静地一个人用餐。她从来没有像现在这样把胡建平一个人扔在家里，结婚这么些年，胡建平是这个家里的圆心，她是围着胡建平转的半径，她从来没有像现在这样脱离她的轨道。

快吃完的时候，她的手机响了，是胡建平打来的。胡建平问她在哪里，问她什么时候回家，说他还没有吃饭。温丽华说她现在还回不去，她在外面吃饭，让胡建平自己想办法解决他的晚餐。胡建平说那我等你吧。温丽华说我可能得很晚呢，胡建平说，好，你先吃吧。胡建平甚至没有问温丽华与谁在一起，在哪儿。不管温丽华与谁在一起，胡建平大概是不屑的。他对温丽华都是不屑的，与温丽华在一起的人，他是更不屑的。温丽华懂得胡建平的那种心理，平凡像她一样的人，现在入不了胡建平的法眼了。

温丽华一个人坐在茶餐厅里，用完餐之后，她看了一下，时间还早，她又要了一壶水果茶，她本来是什么也吃不下了，但她总得去消磨这样的时光。现在她是一点也不敢想到吴没的，可是她又不可避免地不断地想他，她竟然与这样的一个人上床？除却他的三次婚姻，他曾经有过的女人他自己都不记得有多少了。想起吴没，温丽华有一种非常复杂的心情，她疼痛，不过这种疼痛比那种虚空感觉要好。

胡建平一个人坐在沙发上，电视空洞地开着，他有些心事重重，温丽华很少看到胡建平这样。温丽华说你怎么了？胡建平说没怎么，温丽华说你想吃什么我去做，胡建平说不早了，不用做了。要不我给你熬一碗粥去？胡建平说不用了，没有食欲。温丽华见胡建平这样，说你到底怎么了？胡建平说你别问了，什么事也没有。

温丽华看到胡建平有些反常，她知道胡建平不管有什么事也是不会讲给她的。温丽华现在觉得他们这种关系非常尴尬，她对胡建平越来越不了解了。他们现在这种关系，既不能同甘苦，也不能共患难。胡建平的世界是胡建平的世界，她的世界是她的，除了儿子，他们之间几乎没有共同的集合。

温丽华在卫生间洗漱的时候，胡建平敲了敲门，说单位有事，他去单位了。温丽华说都这么晚了，有什么事呢？胡建平说有事就是有事，你就别问了，我走了。温丽华没有吭声，她听到胡建平出去关门的声音。

现在，温丽华对胡建平的行踪是无法知晓的，胡建平不愿意告诉她，她便无从知晓。胡建平说去单位加班，就是去单位加班，胡建平说要去出差，就是要去出差。温丽华身边没有谁可以去问，或者温丽华把电话打给胡建平的单位，去打问胡建平到底是去干什么了。她知道她绝对不能这样做，这样做是胡建平不齿的。

从卫生间出来的时候，温丽华接到了吴没的电话。吴没说刚刚手机短信有回复了，对方问要什么条件，说想取回那张卡。问温丽华怎么办，温丽华说你先别回，我想想再做决定。吴没说到底怎么回事？温丽华说以后告诉你。之后不久，吴没又打来电话，说对方要求见面，温丽华说你先别理，吴没说对方打电话我没接，发短信问我要多少钱，让开个价。温丽华说知道了，他说什么你都别理，电话也别接，这两天你关机吧，重办一张卡。

重办一张卡倒是可以，要不你把这个手机拿去，这样你就直接去处理了，省得我还得向你汇报。吴没说。你明天来一趟吧，怎么样？温丽华说好，吴没说你到底干什么呢？让人莫名其妙。温丽华说你现在别问了，以后我告诉你。不过，你别担心，不会连累到你。吴没说我是担心你，你可千万别干什么傻事。温丽华说我知道。

胡建平一夜都没有回来。

温丽华对胡建平的彻夜不归做了几种猜想，她觉得他一定是通过胡丽知道了这件事，然后与胡丽一起想应对措施。他们以为那个发短信的人一定是一个诈骗分子，想从他们这儿捞一笔钱。接下来他们会怎么办呢？温丽华一整夜想这件事，想到这件事她就有点哆嗦。

第二天还不等她去找吴没，吴没就用一个陌生的号码打来了电话，说他刚从移动公司出来，让温丽华出去一趟。

吴没把那个手机给了温丽华，嘱咐她不要干违法的事。拿到这个手机后，温丽华不知为什么处在了一种焦躁不安中，手机是关机状态，连同充电器吴没给她一起带来了。温丽华不知该把这个手机放哪儿，快中午的时候，她去附近的超市买了一盒咖啡和两盒饼干，然后把这些东西连同这个手机一起放到了超市的存包柜里，她这才回了家。

中午胡建平没有回来，快十二点的时候她给胡建平打了一个电话，胡建平说有一个会议，他得加班，中午不回家了。从胡建平的声音里，温丽华能听到胡建平懒洋洋的，那晚上回来吃吗？温丽华问。胡建平说晚上说不定，到时我通知你。之后，胡建平就把电话挂断了。

他的声音说不出地叫温丽华难过，现在他通常这样，他说完就把电话挂了，没有一点耐心等她再说，也不问问她在干什么，或者一整天他不在的时候准备去干什么。她的存在对于他来说仅仅是存在而已。他好像很忙，与她说话仿佛是浪费时间，等着他去忙碌的都是些什么事，她不知道，但仿佛那些事都比她重要，他就这样让她觉得他忽视她，这种感觉她现在受不了了。

其实温丽华现在非常渴望胡建平回家，她想窥视他内心里的动静，她想看看他坐卧不安的样子，然后她会因此在他的这种虚弱里软下心来，她就再也不会通过那个电话威吓他，她知道，她想威吓的就是他。

温丽华是坐卧不安的。下午，她去了一趟超市，打开了存包柜，她的东西在，之后她看了看，又把它转存在了另一个存包柜里。她想把这个手机打开看看，看里面有没有新来的信息，但她还是忍了忍，之后她就去超市里继续逛。她漫无目的，又心事重重，时间如凝固的冰一样，窒息，毫无生气，让人厌倦。这期间，温丽华想，晚上是让它们继续在存包柜里放着，还是把它们拎回家，她犹豫不决。

快六点的时候，胡建平打来了电话，告诉温丽华他有事不回家吃饭了，还不等温丽华要问他什么，他就把电话挂断了。温丽华拿着手机从耳边缓缓地移开，胡建平的电话不知给了她一股什么力量，让她突然间有种想破坏什么的冲动，有那么一刻钟，她觉得自己非常强大。她什么也不惧怕了，也没有悲伤。就是在这种力量的驱使下，她从存包柜里把她的东西取了出来，打开手机，之后，手机里连续闯进来两条短信，一条是胡丽手机发来的，一条是一个陌生的号码发给吴没的。胡丽的短信还是问：你要多少钱？

温丽华定了定，仔细看了一番，胡丽一直在发短信问要多少钱，要她出个价。温丽华回复，问她愿意出多少钱。她的短信发出去不久，对方就回复过来了，说一万怎么样？温丽华无意与对方谈钱，说这不是钱的问题。对方说那你想怎么样？温丽华好久都没有吭声，对方又说五万怎么样？温丽华说这不是钱的事。对方说你说说，到底想怎么样？我们商量商量。温丽华还是不吭声，温丽华不知道自己该说什么。

那十万怎么样？见她不吭声，对方又给她加价。每加一次价，她的心就狂跳一阵。胡建平那个卡里留存的秘密，真的就值这么多钱吗？

温丽华的好奇心被胡丽不断的价码引诱着，最后胡丽与她约好了，星期三下午四点，胡丽会把一张存着十万元的卡放在"那年时光茶吧"的柜台上，让温丽华去取的时候把遗失的电话卡留在那儿。温丽华说晚上我们见个面交换吧，既然你把这个东西看得这么重要，我就奉还给你。胡丽说好。

到了约定的时间，温丽华在茶吧对面的酒楼里看着茶吧进出的人，当她接到胡丽的短信时，她朝茶吧的门前看了看，没有发现一个女子。胡丽说我到了，你呢？温丽华说你就在茶吧门口等等我，你穿着什么衣服？胡丽的短信马上就到了，她说我穿着一件男式的风衣。温丽华就定睛看，但她没有发现胡丽。

温丽华感到不对头的时候已经太迟了，警察来到了她面前，说他们接到了报警，她有诈骗的嫌疑，让她跟他们走一趟。

温丽华在被带出来的路上，一直在思考问题，她该怎么回答？她是谁？她要诈骗谁？为什么诈骗？温丽华没想到胡丽这么阴损，之后她又想到了胡建平，如果她必须交代，她该不该如实相告呢？

警车里谁也不开口，但温丽华觉得别人都把她看作了罪犯，她看到了来自别人的那种陌生的眼光，探究而鄙视的眼光。现在在警察面前，她好像觉得被剥光了衣服，连灵魂都赤裸了出来。

一定还会问到吴没，这事该怎样收场呢？

温丽华没想到这期间警察已经把吴没叫到了问讯室，她去的时候，吴没已经在那儿了。温丽华看了看，没有看到胡丽的影子。温丽华不知道她该如何陈述这件事，她不知道吴没说了什么，之后吴没走了，胡建平进来了。

关于对温丽华的问讯，一直没有开始，漫长的时间里温丽华想了无数个对策，但一个也没有派上用场。胡建平用一种陌生的目光盯着温丽华看，之后他出去了。温丽华在还没有开口交代的时候，就允许被胡建平带走。没想到温丽华说她不愿意走，既然来这儿走了一趟，她不能莫名其妙地回去。

我想见那个报警的人。温丽华说。警察与胡建平对视了一下，不知道该怎么回答她，末了警察走了，留下她与胡建平。胡建平说你不回家想怎么样？温丽华说你是怎么到这儿来的？谁通知你来的？我还没有交代清楚我的问题呢，现在，我觉得我被剥光了衣服，被所有的人嘲笑了一通，凭什么受到嘲笑的人是我？凭什么？

温丽华的脑筋混乱了，来一趟问讯室，她总觉得自己的衣服被剥光了，所有的人看到了她丑恶的一面，她丑恶的灵魂也置于众目睽睽之下，她从这儿走出去还怎么做人？

胡建平无法说服温丽华和他回去。在凝固的空气中，突然的手机铃声打破了寂静，胡建平下意识地拿出了手机，还是那个令他一度血脉偾张的神秘电话，打电话的人距离他这么近，就在问讯室的墙角边。

温丽华什么也说不出来，她恍然才明白与她短信联系的原来是胡建平，而不是胡丽。胡丽到底叫什么名字呢？她与胡建平为什么只在星期三约会？那些疑问如一片雾气弥散在她心里，遮盖住了她眼前的一切。

那片雾气就在那一刻，好像从温丽华的胸腔里飘散了出来，把胡建平严严实实地笼罩住了。

他们谁也看不见谁。

逃 离

在 2014 年与 2015 年交替的最后一个周末，研究生考试在她居住的这个城市开办考点，据说 1983 年设过一次考点，这是第二次，这次让她赶上了。想到这是第二次，她不由得要想到第一次，1983 年的时候，她还没有出生，这个世界还根本没有她。所以对于她来说，那是一个陌生而遥远的年代。想到那时她还没有出生，她就无端地有了一种兴奋，那时她的父母还不认识，她想，要是她的父母永远不认识该多好，那么就永远不会有她了。

如果这个世界不会有她，那么她在哪里呢？这是一个没有答案的问题，这个问题让她既好奇又头疼，就像她要面对的考试一样。

她本以为研究生考试一结束，紧绷在她大脑中的弦会松弛下来，她的心情也会随着这场考试放松，结果考试一结束，深深的失落抓住了她，以致后来她所做出的决定和人生之路都被那种情绪绑架，她必须做什么，来填充她空白的心和空荡的心。她不愿意一个人面对这个世界。

去年参加研究生考试的时候，她还在学校里，她和那么多同学一起参加了考试，在校园的时候，即使悲伤，她也没有那种孤立无援的感觉，一大伙同学在一起。忧伤不是一个人忧伤，快乐是大家一起快乐，集体生活衍生出了一种集体情绪，生活在那种环境里她有一种安适的感觉。成绩出来的时候，她离录取分数线差了二十多分。她本来想去一个地方继续寄居的愿望落空了。

母亲失望，之后就对她闲散的恶习大加指责。她早听够了，但还必须听着。有时候，她会在电话中对母亲大声嚷嚷：别说了！两人的情绪都平复之后，母亲说，我可能到更年期了，心中老有火苗在蹿，头上会不断地冒热汗，妈妈发火的时候，你不要顶嘴，让我逞逞强，骂你几句。说着母亲就哭了，呜呜咽咽……她听母亲这样，心里的虚弱和怜悯一下子涌上来，让她说什么好呢？她讨厌这种感觉，虚弱，无力，无望，之后她去网上查了关于更年期的一些常识，才明白她的母亲到了一生中另一个重要的时期，这个时期要安全度过，还得用一番心思。

她叫古小彤，继承了父亲的姓氏，身上流淌着父亲一半的血液，但她与他在一起生活的时间也就是四五年，是她幼小的那几年。她对他几乎没有太深刻的印象，离婚是母亲提出来的。母亲只有一个条件，要古小彤的抚养权，父亲本不想离婚，也争夺对她的抚养权，两人因为这件事而拉锯式地分居了两年，之后，父亲大概觉得和好是无望的，就答应离婚了。离婚之后，她很少见到他。

小时候，她不明白父母为什么离婚，稍大后，母亲说等你长大了再讲给你，现在讲了你也不懂。高考之后马上要上大学了，她问母亲，母亲说到底因为什么，我也不知道，这事很难说得清。父母离婚的事在她的心里一直是一个谜团，她暗暗观察母亲，暗暗观察母亲在这些年里不再婚是因为没有人喜欢她，还是因为母亲要等她长大，但她没有发现任何蛛丝马迹。有时候她会想，母亲的生活中一定秘密藏着一个男人，母亲只是不想让她知道罢了。从小她习惯了她们生活中的这种格局，两个女人的生活，但潜意识里她喜欢正常家庭模式的那种生活。坐在餐桌前吃饭的时候，她会在餐桌旁虚拟一把她父亲的椅子，三个人的交谈，有男人的交谈，一定会比她们俩的交谈内容丰富。

她站在母亲的角度想她的考试，灰暗一片，灰暗一片连着一片，失败的婚姻，失败的教育，进而会联想到失败的人生。古小彤不由得吸了一口凉气，想必母亲一定已经吸了一肚子凉气了。古小彤怀着怜惜的心情开始同情母亲，她想，做母亲也真累啊，将来她结婚，她宁愿不生孩子。

考完最后一节，刚走出考场的大门，手机就响了，古小彤一看号码，有点意外，她以为是母亲打来的，这次不是，是宋立波打来的。宋立波也参加今年的考试，早晨来到考场走廊里的时候，她看到许多人不进教室，还站在走廊里翻看手机，翻看资料。

十二月末的深冬，天阴着，他们借着走廊里的灯光继续复习，其中有一个人有点面熟。古小彤走近一看，是宋立波，她高中的同学。毕业几年后他们升入不同的大学，再没有联系过。这个间隙，他们彼此留下了联系方式，不过，她没想到宋立波一考完就给她打电话。

去哪儿坐坐？宋立波用征询的口气说，隔着这么多刚刚结束考试的鱼贯而出的身影和噪音，古小彤想起了无数次小学放学时的场景。母亲有时加班，来得迟，她只能在这种乱哄哄的声音中等下去，有时候回到家，那种嘈杂的声音要在耳边滞留很久。家长的声音，同学的声音，许多声音混杂在一起，形成一个很强大的声音的世界。

好啊，随便去哪儿坐坐。古小彤隔着听筒，对宋立波说。宋立波说你在马路对面公交车站牌下等我，那儿人少，我马上就出来了。古小彤说，好。

能接到宋立波的电话，古小彤有点高兴，这时候她很想有一个人与她聊聊。考试结束的那种突然的空荡荡的感觉让她暂时还无法适应，主要是这场考试她依然没有任何把握，趁着对未来缥缈不定的绝望还没有到来之前，赶紧来一场及时行乐的约会，而且是岁末。

宋立波把古小彤带到了肯德基，肯德基的嘈杂与刚才考场的嘈杂不相上下，点餐的人排着队，有许多大人带着孩子。古小彤在这种环境中感受到即将要到来的新年的那种节日的气氛，到处是彩气球和漂亮的彩带。这种气氛让古小彤受到了感染，离2015年的新年还有三天，这三天之后，2014年就该成为永远的过去了。她突然间想到，这三天是2014年的尽头，竟然会让她感受到一种要逃离的快感。

终于有座位空下了，她与宋立波过去坐下，宋立波说我去点餐，你在这儿给咱们占着座。古小彤说，好，我喝一杯热饮，奶茶吧，吃一包薯条，咱们AA制吧。上大学的时候，同学们习惯了AA制，没有谁对这个模式有异议。说着古小彤从包里去拿钱，宋立波说别，我打工赚钱了，我请你。之后宋立波就去点餐了，古小彤看到宋立波突然有种不愉快。

等宋立波点完餐回到座位上的时候，嘈杂声小了不少，古小彤看着宋立波，他坐下来，脱外套，这里面的气温与外面的形成了很大的反差。他们北方的小城，外面滴水成冰，里面的服务员却穿着一件半袖衫，完全是季节混乱了。古小彤期待宋立波先开口说点什么，她不希望他提考试，她希望他提一个有趣的话题。宋立波说难得我们在一个考点考试，而且还遇着了，对于我来说，还很新鲜呢，很久我都没有见过咱们班的老同学了，你呢？古小彤说我和许小红经常能见面，别的人也很少见到。许小红现在做什么呢？宋立波问古小彤，古小彤说在实验中学当老师。

找男朋友了吗？宋立波问古小彤。古小彤说找了，又吹了，你呢？宋立波说我目前还没有吹，说实在的，也不牢靠，指不定什么时候就吹了。古小彤说你怎么这么悲观呢？宋立波说不是悲观，是现实，我女朋友现在在上海，她家在南方，毕业后她一直在上海打工，我也曾在那儿干过一段时间，倒是经常保持着联络，偶尔见一面，现在联络得越来越少了。是不是做了别人的女朋友也未可知，我很怀疑这一点。古小彤说还是外面好，你回到咱们这地方有什么好呢？那儿有地面交通工具、地下交通工具、海底隧道。宋立波说在那儿看看风景还不错，但生活在那儿，很累。

那你现在干什么呢？古小彤问宋立波、宋立波说在一家教育机构做辅导老师，给个体做。这个古小彤没有想到，她何尝不了解教育机构的辅导老师是干什么的？高三那年，她上过那种一对一的辅导班，她的辅导老师是一个大学刚毕业不久的男生，给她讲高三物理电学，那时便宜点，一小时五十元，一星期她上两小时。母亲的钱没有少花，但她的高考成绩并没有见效，她分明觉得那个辅导老师有很系统的知识，她提的问题他几乎都能给她在第一时间解答出来，可是那效益并没有反映在她高考的成绩上，不知为什么。

你辅导什么？古小彤问宋立波。宋立波说数理化，主要是高中生，这个教育机构的牌子已经创出来了，有许多学习差一点的学生在学校请了假，家长就送到这儿进行一对一学习，效果还不错。在正式的工作安排之前，我觉得这儿打工还是不错的选择，你呢，毕业了一直干什么？

我在一家杂志社做见习生，古小彤说，在办公室打杂，倒是不忙，时间大部分是自己的，不过，很无聊，我也是没办法，我妈非要我在这儿见习一年，感受机关的气息。一个月给你发多少工资呢？宋立波问。古小彤说到现在还没有领到一枚铜钱，据说是一个月一千五百元。宋立波说机关有什么好啊？瞎浪费时间。你一个月赚多少呢？古小彤问宋立波，宋立波说五六千，不过没有自己的时间，一会儿七点半还得去辅导班，要不这样的时刻一起去看一场电影感觉一定很不错。古小彤听宋立波还得去工作，说晚上还不能休息吗？宋立波说我现在是白加黑，五加二。古小彤明白宋立波连星期天也没有，古小彤说那你还不赶快崩溃，这都过的是什么日子？宋立波说是啊，有时候我都觉得自己快崩溃了。

做见习生以来，古小彤一周打扫一次办公室，她通常在周一打扫，除了她，办公室还有一个快五十岁的妇女，姓聂，叫聂春梅，古小彤叫她聂老师。起初她还琢磨着怎么称呼她，叫聂姐吧，不合适，她与她妈年纪差不多；叫姨吧，这是在机关，也不合适；叫老聂吧，更不合适。后来她就想还是叫她老师合适一点。没想到聂春梅很不适应，说除了一大把年纪，我并没有可以称为老师的地方。后来古小彤了解到聂春梅在编辑部因为没有专业，一直是干着打杂的工作，年纪渐长，打杂的工作干得不耐烦了，单位就从人事局申请了她来。现在她每天干的，就是聂春梅以前一直干的活。

编辑部一共三个人，加上她，四个，四个人的一个单位，从来都是冷清的。聂春梅偶尔来，来了看看报纸，喝喝水，与古小彤有一搭没一搭地说会儿话。古小彤发现她们两个没有有趣的话题可谈，主要是谈不到一起。聂春梅对她来编辑部做见习生有点不屑，有时还叹气，说你来这儿除了消磨时间什么也学不到，而且她还喜欢问古小彤，你找对象了吗？准备考哪儿的单位？古小彤说在大学找了一个，吹了，考哪儿的单位还不知道，能考上哪儿算哪儿，考不上拉倒。她就会继续追问下去，你大学找的是哪儿人？为什么吹呢？小伙子现在干什么呢？是他要吹还是你要吹？大概聂春梅无聊到再没有别的可关注的了，所以她会抽这么一会时间关注古小彤的情感思想和古小彤对未来的规划。古小彤起初有板有眼地回答聂春梅的问话，她说大学里找的对象百分之八九十都吹了，能走到一起的也就是少数的几个，这很正常，不是谁要吹谁的问题，是生活要让我们吹，就算是一门青春的必修课。恋爱，失恋，挫折，打击，这样才能成长啊。聂春梅说只是我感觉现在年轻人谈恋爱太轻率，明知道走不到一起，还要谈，还要住在一起。古小彤说大学生在外租房一起同居很正常，这话我不敢对我妈说，只对你讲讲。聂春梅说我和你妈是一个时代的人，我们的看法是一致的。古小彤说你们的看法只能是你们的看法，你们的看法已经影响不了谁了。聂春梅说你们这一代孩子按说还是我们生的，我们养的，我们教育出来的，可是离我们已经太远了。

聂春梅有一个女儿很优秀，在北大上研究生，她喜欢在古小彤面前谈她女儿。古小彤能感觉到聂春梅的优越感是从哪儿来的，所以她很反感聂春梅一次又一次问她的想法。聂春梅说现在就业这么困难，考试是唯一的出路，你还是该把书本拾起来好好看，那才是根本。古小彤说我一点也不想考，一提考试我心里就发怵，不过做样子考考，考不上只能拉倒。聂春梅说拉倒怎么办呢？你将来做什么呢？古小彤说什么也不做，聂春梅说你总得养活自己，将来还有孩子。古小彤说那样还不如不要孩子，聂春梅就会瞪起和她妈一样的眼睛，古小彤就会有一种强烈的快感。

古小彤接听电话，领取文件，偶尔去编辑部楼下的院子里逗留一下，有时去邮电局寄送刊物，这是她分内要做的事。偶尔编辑部主任会通知她去参加一个会议，她就去听一听，领会一下精神。

她来这儿见习都三个月了，她只是觉得她是附着在编辑部四周的一株爬藤植物，闲暇的时候，她的忧虑会深深地爬上来。明年见习时间结束之后，正好是九月，当然如果她考研成功，那么她就随便在哪儿再寄居几年，如果考研不顺利，那么明年九月之后她去干什么呢？那种没着没落的茫然涨满着她的心，她就会对寂然的编辑部有一种厌倦。

楼道里有声音，有脚步，有时候古小彤坐在电脑前，上QQ聊聊，他们大学的群里很少有人在，她有时候只是隐在那儿，一言不发，看着别人偶尔说一两句话。毕业半年的时间，不断有崭新的消息传来，这些消息传递着他们之间的那种变化势不可挡地发生着。

乔建军考上他们市里一个部门的公务员了，正式上班的时候才发布这个消息：哥们正式上班了。她喜欢乔建军的就是这点，他毫不隐瞒他的情感和他的情绪，之后陆陆续续有人发出祝贺，向他讨教这一路而来的心得。她知道那句话里的感叹，他一定付出了很多的努力。她没有向他祝贺，她隐着，看他们热烈地交谈着。但她由衷地为他高兴，尽管她知道从此后他们之间更不可能有什么交集了。

与乔建军分手，谁也没有提，就分了。她没有吹乔建军的意思，乔建军也没有吹她的意思。想到他们第一次同居在一起的时候，乔建军的羞涩，她没有快感的茫然。之后的时间，那种感觉和状态没有变，就那样持续着。这种状态让她们的恋爱那么别扭，他怀疑她对他的期待，怀疑她是不是有什么心理疾病，之后就不由得有了一种对她的愧疚。她的恋爱就这样，不热烈，不深入，随着毕业就那样不了了之。这种状况她当然觉得还是快点分手的好，乔建军一定也有与她相同的想法，后来她不由得有了一种恐惧，这恐惧不好说给谁听。

元旦放假的时候，别人都有事，就安排她来单位值班，她也同意了，在家里无非也是待着，假期里待在母亲眼皮底下，唠叨是少不了的，她避免引发母亲的唠叨。

新年的鞭炮声在城市的上空传递着节日的讯息，古小彤坐在办公室的沙发上喝茶。清静的时刻，她会漫无边际地想一些事。假如她是这儿的正式员工，她可能会爱上这个岗位。她的心会落下来，她不会想着去参加正在城市中酝酿的一场场考试。生活的内容、生活的主题都会有新的变化，那么她就会又回到那种安适的状态中，她喜欢那种状态。

阳光照在窗玻璃上，窗外的树枝里，麻雀在跳来跳去，她凝着神，看它们飞来飞去的样子。这时候她的手机响了，是宋立波发来的短信：新年快乐。就这么几个字。她随手复制又转发给了他，她突然间想起也许他元旦放假，就随手又给他发了一条短信：在哪？他说去上海的火车上，放三天假。哦，他这是趁假期去会女朋友了，她说约会快乐，他说谢了。

宋立波要去会女朋友还顾得上问候她让她觉得有点古怪，也许火车上太无聊了。现在她才觉得有许多无法避免的无聊的时光，就像这时候，大家都扎成堆迎接新年，她则是一个人守在单位值班，这单位还不是自己的单位。古小彤喝着茶，心情有点黯淡，她想起了乔建军，这时候他干什么呢？他的下一任女朋友他有没有给过她快感？他在她这儿的挫败在别处是否有另外不同的感受？她希望他的下一任女朋友与她一样没有快感，那么她的茫然乔建军也就有了，她希望他也经历一下迷茫的感觉。

古小彤喝着茶，发着呆，偶尔看看玻璃窗上的阳光，有时候她的大脑里一片空白，2015年不期然就来了。她的心钝钝的，什么感觉也没有，时光仿佛不是从她身边走过一样。下午的时候她又收到了宋立波的短信，问她干什么，她说一个人在单位值班。宋立波说他晚上八点到站。古小彤说你看一趟女朋友真辛苦，不过你一定是甜蜜的。宋立波说这种恋爱你又不是没有谈过，古小彤就讶异了，这是哪一种恋爱？她问。宋立波说悲摧的恋爱，古小彤说恋爱不如结婚，宋立波说可是婚又结不了。古小彤说什么也感觉遥遥无期，宋立波说我对这种感觉也非常厌倦。短信上聊了一会，两个人又不说话了。之后古小彤接到了许小红的电话，许小红邀请她晚上一起吃饭，要给她介绍一个帅哥。

这餐饭古小彤吃得很别扭，小伙子起初对她还有点兴致，但知道古小彤只是一个见习生，不像许小红一样已有了稳定的工作，注意力就分散了。古小彤现在非常敏感，聂春梅给她的那种感觉在这时候又冒出来了，她的身份的不确定性让她一下子对生活没有热望了，古小彤的心里五味杂陈。

从饭店出来，许小红男朋友说四个人一起去看电影吧，古小彤马上说还有事，她甚至后悔答应来吃这顿饭。许小红见古小彤情绪欠佳，就没有坚持，古小彤就仓皇回家了。一路上，眼泪不期然就下来了。

第二天、第三天，古小彤一个人坐在办公室里，她给自己还是泡了一杯玫瑰花茶，楼道里是寂然的，一个人的世界，冷清的空旷。她翻开书，她觉得她应该准备面试的相关东西，心里说，过两天吧，现在她不知她陷入的是一个什么样的世界，她被一种像聂春梅那样的目光和声音包围，心情灰暗。

对于奋斗一个什么样的未来，毕业后这么些时间，她想了无数次，哪样的一个未来她都得历经真正的跳跃，现在她真正要面对的一个难题是她无法说服自己，她无法沉下心来认真地看书，她寄希望除此之外另有一条道路可走。

但所有的道路都被堵死了，没有任何一种可能。她对于宋立波所选择的那一条道路，倒是觉得新鲜，但她又有一种瞧不起。在最初的起点上，宋立波就为自己定了这么低，如果回来在她们这种小地方搞教育培训，那么在上海那样的地方不同样也能搞吗？任何一个地方不是都能搞吗？出路在哪里呢？将来会有什么前途？想到宋立波，她觉得宋立波现在与开服装店的没有什么区别，他把知识变成了一种可以出售的商品。她想，即使让她去干那种活，也赚那么多钱，她不一定乐意去。

3日下午的时候，宋立波的短信又来了，问她在哪，她说她在值班。宋立波说一个人吗？她说一个人，你在哪呢？她问宋立波，宋立波说我快到站了，再有二十分钟。她没有想到宋立波这么快就回来。宋立波说一会儿咱们见一面，有时间吗？古小彤觉得有一种什么倒转不过来，这时候宋立波与她见面，让她觉得宋立波太奇怪了，她犹豫着如何回复宋立波，去见还是不见，宋立波什么意思呢？难不成是与女朋友分手了，想找一个人谈谈？古小彤思忖宋立波的处境，觉得她的猜想有可能，那么她觉得他自己应该一个人好好静一静，一个人好好过一段时间，只有这样，该结束的才能结束。

古小彤看着手机，反复看了几次宋立波的短信，她没有回复他，她想，一会儿再决定吧。天气太冷了，她哪儿都不想去。冬至之后，她觉得白天还是延长了，夜晚稍稍来迟了，如果宋立波失恋了，她知道那种心情很不好，她经历过那种感受，她同情他，但真正要从失恋的坏心绪中走出来，还得靠自己。见了面说什么呢？她又不想安慰他，她不想看到一个男人失落和失意，她现在见惯了失落的人，见多了失落的事，所以，宋立波的伤痛应该藏起来。

　　古小彤拖延着时间，她又泡了一杯水，她看着天色渐渐变暗，四周一片安静。这时候电话响了，是综合办打来的，通知一个会议，她接了电话，之后又通知了编辑部的主任，主任见她这么晚了还在单位值班，说你还在单位呢？辛苦了，现在不早了，可以回家了。

　　这便是她三天来值班唯一的意义，在最后一天的最后时刻，她接到了一个电话，一个公务电话。她庆幸她一直在，没有把这个哪怕不重要的电话漏掉，她的心情突然愉快了一下，要不三天来她什么意义也没有，古小彤突然又觉得自己悲怆，反正她突然间有点瞧不起自己。

　　她又坐回到沙发上，她决定给宋立波拨一个电话，估计他应该出站了。正当她要拨的时候，手机响了，是宋立波打来的，宋立波说你在哪呢？古小彤说我还在办公室，我刚接了一个电话，有会议让通知，刚刚通知完，正要给你打电话呢。宋立波说现在能走了吗？他不征询她有没有时间，古小彤说能了。那我快到了，你出来好吗？古小彤说好。古小彤现在竟有了一种好心情，她还没有想好，宋立波就给她决定了。

车上除了宋立波，还有宋立波的两个朋友，一男一女，一对儿。宋立波的朋友开着车，那一对儿坐在前面，宋立波坐在后面。古小彤说那么远的地方，你怎么不多待两天呢？宋立波说该办的事都办了，就一秒钟也不想待了，古小彤能感受到宋立波的失意，便再没有多说。

　　四个人到了一家安静的餐馆，宋立波把他的朋友和朋友的女朋友给古小彤做了细致的介绍，他们都在一家大型私企打工。那家私企古小彤知道，他们问古小彤干什么，古小彤说她在一家编辑部做见习生，听他们在私企打工，古小彤不知为什么一下子就觉得他们与自己很亲近。受聂春梅的影响，古小彤现在觉得她受聂春梅的影响很深了，见着与她年龄相仿的年轻人，她就想在第一时间知道他现在做什么，考进公务员单位了，还是考进了事业单位，还是考进了一所学校，要不是考进了国企，或待业，或打算下一步考，就想知道他们准备如何规划他们的人生。起初，这些外部的环境刺激着古小彤，她希望自己在这种刺激中受到触动，不过她发现这种热望在渐渐降温。

　　还顺利吧？宋立波的朋友问宋立波，宋立波说顺利，古小彤安静地听着，她也不知道宋立波是去办什么事了。很伤感吧？那个女孩问宋立波，宋立波说人生之一种，伤感难免有。那女孩又问宋立波，你们两个谁的伤感更多一点？宋立波说都有，都不严重。古小彤还是安静地听着，大约知道了他们谈的是什么。见着面有没有对自己的决定想到了动摇？那个女孩问，宋立波说没有。古小彤说你们说什么呢？

　　那女孩说他去上海与他原任女朋友搞分手仪式去了。

哦，古小彤说，不是自己找苦受吗？要分手大老远跑一趟，何必呢？宋立波说这样才能确信已经分手了，才会有新的开始。哦，古小彤说，对于这个说法她无法赞同，那现在呢，真的就不会去惦记她了吗？宋立波说真的，你们相信吗？现在我才觉得这种仪式很重要，但我还是有点心情糟，所以我们大家聚一起喝点酒。

两个男生喝的是白酒，古小彤和那位女生喝的是红酒，古小彤对宋立波有了一种怜惜的感觉，她了解那种痛楚，宋立波说出来的时候，她感受到了。古小彤说我们为新年干杯吧，2015年快乐。宋立波说2015年快乐。

他们一杯接着一杯喝，两个男生都喝多了。出来的时候，那个女孩说我们先打一辆车送宋立波回去吧，于是就先送宋立波，宋立波一个人住十五层，父母在镇上，之后宋立波挽留他们，谁也不许走。古小彤说我得回家，我不回家我妈会担心。宋立波说你们得陪我，那个女孩说我给你妈打一个电话，我们都在这儿陪宋立波吧，如果我们全部走光了，他心里会更不好受。于是古小彤打通电话，向她妈请了假，她妈听到她和一个女同学在一起，就答应了。

面对一个酒醉的男人，古小彤是无所适从的，她看着那个女孩热水，给两个男生泡茶，让他们醒酒。两个男生倚沙发上抽烟，古小彤第一次看到宋立波抽烟。烟雾弥漫在房子里，宋立波说，古小彤，你过来坐这儿，古小彤说我看着你喝多了，我有点怕你，我不敢过去。宋立波说怕什么呢？我又没有喝醉！古小彤说你先喝点茶水吧，醒醒酒。

你过来坐我这儿吧，古小彤。宋立波说。那个男生用眼光示意古小彤去坐下，古小彤就过去坐下了。宋立波说从火车上回来的时候，我就想结婚了，我不想一个人孤单地生活了，你愿意不愿意嫁给我？宋立波抓住了古小彤的手，古小彤低声嘀咕，我说你喝多了你还说没有喝多，这不是醉话是什么？

虽然她是小声地嘀咕，宋立波还是听到了，他说我真的没有喝多，你问他，我是认真的，你愿意不愿意嫁给我？那个男生这时候就说话了，他说虽然我们第一次见面，但我不止一次听宋立波提到过你，他喜欢你。宋立波说胡说，我不是喜欢她，我是想娶她过日子。古小彤说我现在还没有打算结婚，从来没有打算。宋立波说那你从现在开始好好想想，古小彤说还早着呢。宋立波说从结婚开始就是另一种人生了，我现在特别想早点过另一种人生，这种现状让我现在过腻了。古小彤说你今天心情不好，缓缓，过两天就好了。

因为酒精的原因，古小彤看到宋立波眼睛迷离，神情倦怠，再加上长途火车的奔波，他大概累了。那个女孩招呼他们喝茶，给他们端热水洗漱，之后他们分别去睡了，两个男生一屋，两个女生一屋。回到房间后，那个女生感慨地说，看宋立波多好啊，结婚的房子已经准备好了，我们早就想结婚了，现在还不知道结婚了去哪儿住。之后就与古小彤聊她的恋爱史，她说他们从高中时就好上了，大学在两个不同的城市上，现在毕业好不容易到了一起，那个男生本来已经考上研究生了，但放弃了。她一直很纠结，不知道哪一个选择是对的。

如果是你呢？那女孩问古小彤，古小彤说我不知道，我没有谈过像你们这样的恋爱。那你谈的是怎样的恋爱？古小彤说我分手了，没有像你们这样一直好下来，分手也没有太多的悲伤，还有一种暗暗的庆幸，还是早点分手好。

我看宋立波可能是喜欢你了。那女孩说。古小彤说是吗？我们毕业这么多年后这是第二次见面，以前也没有什么来往。那个女孩说宋立波这个人很不错，脚踏实地，古小彤说我们也不了解，但因为是老同学，就觉得亲近点。我听到他问你了，问你愿意不愿意嫁给他，古小彤说他这是醉话。

半夜的时候，两个男生在卫生间折腾的声音惊醒了她们，古小彤听到声音没有动，之后那个女孩穿衣服出去了，好半天没有进来。听到开水的声音、走动的声音，古小彤还是没有动，醒来的时候发现已经快八点了，她赶紧起床，那个女孩正在厨房里准备早餐呢。奶茶，面包片，两个男生洗漱后已经不是那种醉酒的样子了，一个个神清气爽。

接下来之后是四个人的早餐，然后各自上班，匆匆忙忙。之后几天宋立波每天会在电话中与古小彤联络，有一天中午他约她一起吃饭，问她想不想结婚，古小彤说还没想，宋立波说我不是让你想一想吗？古小彤说不愿意想，宋立波说那我帮你想想，行不行？古小彤说行。宋立波说你嫁人也挺不错，有房子住，有人赚钱养你，有什么不好？说着宋立波就拿出了一枚镶钻的白金戒指，给古小彤戴手指上。

这是一种很新鲜的感觉，第一次，有人郑重其事地给她戴一枚镶钻的戒指。古小彤认真地把玩了一番，戒指是新买来的，商标还在上面，古小彤认真地看了一下，这枚戒指的款型叫玫瑰之约，售价六千多元。这名字一下子打动了古小彤，那枚玫瑰型的镶钻戒指也一下子打动了她。宋立波说我正式向你求婚，嫁给我吧？古小彤说你得去问我妈，我自己做不了主。宋立波说都什么年代了，还要父母之命吗？古小彤说要不你找一个人上门提亲吧，看看我妈怎么说。宋立波说真这么复杂吗？

古小彤的母亲没有提什么不同意见，古小彤就和宋立波张罗结婚的事宜，忙碌，新鲜，期待。古小彤想让自己逃遁在宋立波的世界里，她要把自己这之前的所有芜杂的东西清零，在甚至顾不上谈恋爱的忙碌中，古小彤草率地为自己的单身画上了句号。

疼痛感

迟小立在九楼的大厅里徘徊，思绪异常混乱，本来想去卫生间那边抽支烟，又担心刘锐办公室的人出来他不知道。他边在大厅里徘徊，边拿眼瞅走廊里是否有人穿行。楼道里静悄悄的，让他有一种说不出的压抑感。

刘锐是公司的副总，是迟小立的分管领导。不只这样，刘锐与迟小立是一所大学毕业的，迟小立就觉得与刘锐关系近些。

快九点了，刘锐办公室的门纹丝不动，这扇门紧紧关着，迟小立便只能在大厅里等。他把手插在口袋里，手里捏着一个信封。时间如果太久，他担心有别的同事会来九楼找刘锐，那么他还不知道自己几点才能见上刘锐，他现在非常迫切见他一面，他所有焦虑的思绪就只有这么一个出口。

怕什么有什么，正当迟小立向九楼的窗外眺望远处的城市时，电梯门哐的一声开了，林志军从电梯里走出来。林志军一眼就看到了回过头来的迟小立，迟小立想躲也没地方躲去。林志军在这时候碰到迟小立也有些意外，与迟小立一样有些回不过神来。不过，迟小立意识到林志军与他一样，也是找刘锐来了。林志军说你在这儿干什么呢？不是在九楼上看风景吧？迟小立说想找一下刘锐，里面有一个人，在这儿等着呢。你呢，也找他？林志军说有一份文件要给刘锐阅处。于是林志军也站在迟小立的身边，两人偶尔不约而同地朝刘锐的办公室那儿瞅一眼。等了几分钟，林志军说走吧，我先进去了，我没有别的事，把文件给他就行了。迟小立说那你先进去吧，我再等等。林志军就进去了。

林志军一进去，就从刘锐的办公室出来一个人，刘锐还从门口把那个人送了出来。

迟小立就猜想，林志军放下文件后会不会与刘锐说这件事，他无法猜测刘锐的想法，在他和林志军之间，他更倾向于谁？据他了解，林志军与他一样，没有什么社会关系，就靠自己一个人奋斗打拼。说实在的，迟小立以前一直把林志军当作自己的好朋友，后来渐渐发现同事之间是难做朋友的，比如这次，昨晚他和林志军他们还一起喝酒，林志军问他这事准备如何操作，他还很认真地与林志军讨论了一番，但他没有说出自己准备操作的实质的内容。在林志军面前如此虚伪，他一晚上心里都非常不安，一晚上都在想这件事。这一次，不管成不成，他都要以他的方式试一试，主要是，他只有这一种方式，如果连这种方式都放弃，那么他就会觉得他与这个世界隔着的，是万千的距离。

迟小立觉得如果这个世界给他巨大的疼痛感，那么他就觉得他与这个世界的距离是近的。上大学的时候，为了方便周末出去打工，他买了一辆二手的电动车，那辆车花去了他大半年勤工俭学的钱，但还没有用了一个月，就被小偷撬锁偷了。那一晚，当他站在他停车的地方四处寻找而徒劳无功时，他的心如锥刺一般疼痛，他第一反应是去附近的派出所报案，他心里怀着一种无来由的侥幸，等这种侥幸落空的时候，他开始不断地诅咒那个偷他车子的小偷，有好几个星期，他被一种非常坏的情绪操控着，后来又觉得自己太虚弱了，这么一件小事都经受不起，他太有必要让自己好好磨砺了。

工作后，第一次玩牌输掉五百元的那一夜，那种似曾相识的坏情绪又笼罩在他四周，就是那种疼痛感让他的心情坏到了极点，他觉得他一次就输掉这么多钱有点受不了，决定以后要离赌远点。后来几次，他输输赢赢，当他对一次性输掉五百元不再耿耿于怀的时候，他觉得自己已经迈出了很大的一步。

迟小立这次遇到的事说复杂也复杂，说简单也简单，公司组织了一场考试，要提拔一批科级干部。这种考试迟小立来公司之后已经参加过两次了，一次笔试通过，面试也通过，民主测评的时候被涮下来了。那次迟小立抱了很大的希望，公司不少认识的人都对迟小立很看好。迟小立自己也认为他是一个称职的职员，对领导交办的工作总是能不折不扣地完成。他没有想到民主测评的时候，没有人给他说话，有不少领导对他的情况还不了解，他的票数没有过了半票。这次也是这种情况，又要提拔一批科级干部，迟小立笔试过了，面试也过了，这两项迟小立都是凭自己的能力通过的，所以马上就要进入民主测评的程序了，经公司一些过来人的点拨，迟小立觉得自己这次必须得下一点以前没有下的功夫。

林志军没有待多久，就出来了，招呼迟小立进去。迟小立就进去了。刘锐见是迟小立，问他有什么事，迟小立还没有说什么，刘锐就说哦，我知道了，为你这次的事吧？我心里有数呢。迟小立说这件事还得你多为我费心，上次我笔试面试都过了，就是因为民主测评的时候被涮下来了，你知道，我们宣传科与别的领导接触得少，别的领导可能对我没有什么印象，还得你多提提我。刘锐说我这儿没有问题，你要不和他们也打打招呼。迟小立说合适吗？刘锐说有什么不合适的？好酒也要多吆喝呢。迟小立说好。之后迟小立就把口袋里的那个信封拿出来，放在了刘锐的办公桌上，说这是我的一点心意，还不等迟小立话说完，刘锐马上就说，你这是干什么？收起来，我们之间没有必要这样。迟小立说我知道，本来我是想给你带两瓶好酒的，但又觉得不方便，这样你喜欢喝什么自己去买。迟小立怕刘锐与自己推搡，赶紧就走了。直到进入电梯，迟小立看到刘锐没有跟在身后，才长长地舒了一口气。

回到办公室，林志军就过来了，林志军问迟小立怎么样，迟小立由于紧张，脸色有点不太好。迟小立说现在什么也不知道，会怎么样呢？林志军说也没有给你分析了分析？迟小立说没有，说真的，刘锐真还没有帮他分析了分析，进入测评的有十人，最后有五人会提拔。林志军说他还帮我分析了一下，说竞争激烈，要做好思想准备，还说我们还年轻，机会一定会有。迟小立说他这不是暗示你没有希望吗？林志军说那倒不见得，他也是客观地分析了一下，别人背后有什么样的关系，我们也不知道。迟小立说你知道不知道别人怎么操作呢？林志军说真还什么也看不出来。迟小立试探地说，你说别人会不会去送礼？林志军说我看不见得，班子里好几个人，还有科室里的负责人，那么多人参与，送得过来吗？迟小立想了想，觉得也是，林志军的话让他安心了一些。

迟小立有些心神不宁，他不知道接下来他该怎么办。下班的时候，林志军来叫他，要与他一起去楼底下的面店吃午饭，他推辞了。他拿着公司内部人员的那张电话表，逐个逐个地看，每个电话后面是一张面孔，有的熟悉，有的很陌生。他想，去找别人说情总得带点礼物吧，要求别人办事总不能光嘴说吧，还有，什么时候去找合适呢？迟小立有这么一个毛病，眼前有什么事的时候，他的注意力就一直会在这件事上。

林志军回来的时候，给迟小立带了一份盒饭，林志军说吃吧，放办公桌上就走了。迟小立的歉疚感又出来了，当然这种歉疚感很快就消失了，他从窗户上看到了他们老总进入公司大门了。迟小立的灵感就是这时候来的，他决定去六楼的电梯口等。

迟小立是爬楼梯上到六楼的，来到电梯口，有点气喘，还没有隔了一分钟，电梯门就打开了，老总从电梯里出来了，还有老总的秘书。迟小立赶紧说张总好，张总点了点头，径直朝前走去。迟小立也跟在他们身后，秘书回过头来，问他有什么事，他说想见见领导，谈点事。秘书说张总没有时间，一会办公厅要来一位领导，有重要的事情商谈，迟小立说我也用不了多久，一分钟就行了。秘书说今天不合适，脸上有了愠色。迟小立说那好，只好转身又下了楼。他本以为自己抓到了一个机会，没想到这个机会不属于他。

迟小立埋头吃林志军给他带回来的盒饭，边吃边思忖这件事，他在心里自己给自己鼓劲。不管如何，他都得在这两天内分别见见有关的人。见不上面的，他就发一条短信向他们介绍一下自己。主意打定之后，迟小立的心情顿时好转了，他为自己有了方向感而欣慰。

这事要不要给林志军谈谈呢？哪怕不去送礼，去面见一下那些参与测评的各位领导，见不上的，就打个电话，或发个短信。林志军会不会想到这样做呢？迟小立犹豫了半天，他不知道林志军怎么想，如果林志军自己来问他，那么他就把他的真实想法告诉他，如果他不来问他，那么就算了。他的理由是他这样做也还不知道有没有胜算的可能。一整个下午，迟小立就在办公楼里四处走动，他看到别人都在有条不紊地工作，反而觉得自己有点不在轨道上。

迟小立把自己的工作业绩归纳了一下，拉了几份，又去茶店买了好几桶新上市的龙井，无论如何，他觉得空着手去找别人请求帮忙有点心虚。他想好了，把工作简历和龙井装进一个文件袋里，这样谁也不会看到他是在送礼。为了不引起别人的注意，他在晚上就把这些东西分别装进了文件袋里，又去了一趟单位，把这些东西全部锁进他的柜子里。这些东西花了迟小立的一笔钱，收银员只消在他的卡上划一下，他把密码输进去，他的钱就飞到别人的账户上去了，这种消费方式削减了迟小立的疼痛感。对于钱的消失，他总是无来由地就会有那种疼痛。

这一切准备停当，已经很晚了。迟小立出来的时候，门房的大爷把大门都关上了，迟小立只好又返回办公室。整幢楼里静悄悄的，没有一丝生气和声息。静寂中迟小立整个人就陷入了一种虚无中。茫茫的夜色，外面急驰的车流，无力的盲从，他要挑战什么呢？他只是知道他不能总是这样原地不动，所以他只能奋力地往前走。

从来没有这样的时候，在深夜，迟小立一个人待在这座空寂的办公楼里，他想这样也好。这样他明天早晨就可以早早地站在窗玻璃前，向楼下观望，他就能看到纷纷来上班的人，然后他瞅机会就去找他要找的人。意外的收获让他又有了一丝好心情，他搬来六把椅子，为自己搭了一个比较满意的睡觉的地方。这时候他想喝一些酒，他总是在有了意外的收获的时候想喝一些酒，想喝酒的时候他想起了苏小毛，苏小毛是他的女朋友。

他想给苏小毛打电话，发现手机上有好几个未接来电，其中有一个就是苏小毛的，苏小毛的手机关机了。他看了看时间，已经深夜一点多了，苏小毛一定已经睡了。他不知道苏小毛打电话找他有什么事，不会又要提买房的事吧，他最烦苏小毛提买房，按揭买也烦，主要是他觉得现在不是买房的时候。苏小毛的家境比他的好，苏小毛的父母都有工作，又是独生女。他的父母都是农民，他还有两个弟弟上学。所以付首付他也不能指望家里。苏小毛为这事与他急了几次，她总是想给他压力。

迟小立入睡的时候夜已经很深了，孤寂感让他有那种挥之不去的虚弱。作为男人，他非常讨厌这种感觉，坚硬的椅子让他尝到了另一种滋味。

第二天还不到六点他就醒了，醒了再也睡不着，他索性也就不睡了。晨曦的微光一点点从玻璃窗上爬进来，一点点爬上了窗棂，爬到了房子的每个角落。迟小立站在了窗前，看晨曦中的光亮，晨曦慢慢地照亮了他。这时候他觉得这生活如此清亮，这早晨如此清亮，这种清亮让他受到了触动，这感觉很好，他喜欢这种清亮的感觉。

　　大门终于打开了，他站在窗前，一动不动向下看。他第一个看到的是林志军，林志军从大门进来了，但林志军去了门房。之后有人陆续又进了大门，楼内开始有了新的生气和声音。

　　迟小立有些焦灼，还有深深的不安，总有什么地方感觉不对劲，但除了这样等待，他不知道自己该做什么。这时候他看见办公室的梁主任从大门进来了，林志军从门房里出来，随梁主任走向了大楼。迟小立的心扑通扑通跳了几下，这一点，林志军与他想到一起了，林志军也是借这个机会寻求领导们的支持。现在迟小立的歉疚感消失了，他还以为他有想法没有讲给林志军有些对不起林志军，现在他们两个扯平了，林志军不是也没有讲给他吗？之后他看到任副总进来了，没有谁相跟，任副总的办公室在七层，迟小立就赶紧去七层的电梯口等。

　　迟小立手里提着他准备好的文件袋，恭候在七层的电梯口，任副总出来了。迟小立迎上去，与任副总握了握手，说他在这儿等候他，想找他谈谈。任副总年龄是公司最大的领导，有那么些慈祥的感觉，任副总说好，你是什么科的呢？迟小立就赶紧报他的情况，说他是宣传科的，叫迟小立。任副总说哦，想起来了，你们进公司的时候我是主管面试，你很优秀嘛。任副总这样一说，迟小立内心一片温热，说实在的，现在他急需听到这样的表扬，让他对自己能够充满信心。之后他随任副总进了办公室，他从文件袋里拿出他的简历，递给了任副总，然后他把那盒茶叶赶紧拿出来，放在任副总的办公桌上，说一点小心意，感谢任副总以前对他的关照，还望在这次的测评中继续关照他。

任副总说你的情况我知道了，你们这批进来的年轻人都很不错。之后任副总就不作声了，迟小立说我进步慢，我们那一批进来的有几个已经到了总公司了，还有几个当科长了。任副总说哦。之后迟小立问任副总测评什么时候进行，任副总说今天下午。迟小立就出来了。他在脑子里盘算了一下，赶在上午之前他该把能见的人都见一下，见不上的无论如何得发个信息。

他在楼梯里碰上了林志军，林志军也是走楼梯。林志军说你怎么走楼梯？迟小立说去了一下九楼，等不着电梯。迟小立说你呢？林志军说看到任副总进来了，想去找找。迟小立说在刘锐的办公室，我要进去，见他们谈事情，我就出来了。林志军说哦。迟小立说我想去找一下梁主任，不知道在不在？林志军说在呢，在办公室。迟小立试探林志军，林志军没有撒谎，林志军听说任副总不在办公室，也随迟小立走楼梯下来了。迟小立说你去找什么也不带吗？林志军说带什么呢？迟小立说工作简历之类的。林志军说哦，我还以为带什么呢？迟小立说带一个美女去。

迟小立问林志军什么时候测评呢？林志军说我问梁主任

了，今天下午。林志军对迟小立毫无芥蒂，让迟小立的歉疚感又冒了出来。迟小立心想，我这是怎么了？为什么我的眼睛只盯着林志军，朋友反而成对手了？到了四楼，林志军说你去吧，梁主任在。迟小立说我得回一趟办公室，拿一份工作简历。你有什么消息通个信息啊，迟小立对林志军说。他很鄙视自己，既把林志军当作战友，又把林志军当作对手。

迟小立回了办公室，科长正好找他，安排他一项工作，要他赶紧着手准备。迟小立接受了任务，但心里非常烦乱，这下他的计划全部打乱了。他坐在电脑旁，看见林志军不在线，这时候谁还能在办公室坐住呢？迟小立的心绪一下子乱了。他觉得有许多股线头在他大脑里绞着，他活活地被围困在这些线头里。他觉得自己没有了清晰的思维，有什么操控了他的大脑，他提着一个文件袋出了办公室，去找梁主任。梁主任办公室有一个人，他等不及那个人出来，就进去了。碍于有第三个人在场，他不好与梁主任说什么，只能把文件袋交给梁主任，说里面有一份关于他的工作简历，让梁主任看看。梁主任接过去，他就出来了。

一上午，迟小立徘徊在各个楼层里。后来他几乎没有见到谁，他提着一个文件袋，慌乱而不安，碰着任何一个人，微微点一下头，生怕对方开口问他什么。他从来也没有发现自己这么阴暗和卑微，心中只有一个念头，他要把这个机会抓住。可是他要找的人有的出去开会了，有的几个人在一起商讨事情。后来迟小立就回了办公室，坐在桌前编短信。

迟小立的心无法安定下来，迟小立觉得这是一个不好的预兆，他从来没有这么急迫地想看到一件事的结局，现在他非常想看到，他竟然希望这一天早点过去。他的电话响，是苏小毛打来的，他把电话摁了。之后，苏小毛继续打，他继续摁。要往常，不方便接苏小毛的电话，他会马上回一个短信，现在他没心思给苏小毛回短信，这件事的出现削减了他对苏小毛的感情，苏小毛无非是要问他想好了没有，美丽家园的楼盘到底交不交首付？到底交不交？

有一刻，迟小立坐在桌前，过度的焦虑让他突然间有了一种顿悟，又不是天要塌下来了，何必把自己弄得这么紧张？有必要吗？忍受也是一种磨砺，连这样的挫折都忍受不了那还算一个男人吗？迟小立想。如果自己再次被涮又有什么了不起呢？这样一想，迟小立的心安定了下来，他坐在桌前，开始着手科长布置给他的工作，不过，他的心不由得悬在半空，思绪没有受他的意志力控制，他就开始调集他的意志力，他希望自己超越血肉之躯。

迟小立步入社会之后，越来越感觉到自己的渺小，村里的大爷大娘觉得迟小立能在一个大都市工作，已经是一件很荣耀的事。那是他们的看法。他的父母就知道他的虚弱，虽然他在大都市了，大都市的房子贵得吓人，儿子娶媳妇都是问题。村里像他这样年近三十还没有结婚的人几乎没有，每每他回去过年的时候，母亲就不由得唔叹，说供他读书反而害了他，三十岁了还结不了婚，他几乎成了村里人集体关注的焦点了。

有一段时间，迟小立对苏小毛非常紧张，害怕苏小毛突然与他分手。他浑身每一个细胞都觉得苏小毛跟了自己是一个错误，他什么也没有，什么也不是。苏小毛看上他哪一点了？有一次他还就这个问题问了一下苏小毛，他问得很委婉。苏小毛说我觉得你是一个有定力的人，现实，不毛躁，有思路，做事按部就班。苏小毛还说了许多，苏小毛说出来的那些优点他仔细地做了对照，看看自己身上是不是真有那些优点，说实在的，他从来没有留意过，被苏小毛发现了，他才明白自己还是一个闪闪发亮的人。

一次他问苏小毛，跟了我，你可能得不停地忍受一件事，你的忍受力如何呢？苏小毛说你是不是现在就想出轨呢？苏小毛问他。他说错了，那只是偶尔需要忍受的一件事，这是需要不停忍受的一件事，不停。苏小毛说你让我想一想，我用排除法，我看我最最忍受不了的事是什么。苏小毛说我最最忍受不了的是劈腿，其次是平庸，再次是穷困。迟小立说我就怕你跟了我之后无法忍受穷困，你可要真的好好想一想，如果后悔了，现在还来得及。

苏小毛说看你那点出息，好歹还是一个知识分子，动不动就把一个穷字挂在嘴上。你真有那么穷吗？迟小立说房无一米，地无一垄，赤条条一个人。苏小毛说我相信一句名言，面包会有的，一切都会有的。苏小毛对未来充满信心，这一点，让迟小立有点惭愧。

当然迟小立是偶尔没有信心，大多数时候他也还是对未来充满信心的，像现在这样的时刻，虽然他大脑一片混乱，但他还是相信什么的。他磨砺自己有一种方法，他害怕失去什么，他就让自己对什么不在乎，有一段时间，他对苏小毛表现得有些满不在乎，事实上，正是他非常害怕失去她的那段时间，那段时间他发现自己爱上苏小毛了，担心别的人把她抢走。苏小毛以为迟小立有别的想法，调查了一番，发现迟小立是因自卑而产生的疏远，不是别的原因。后来迟小立发现了一个真理，真正属于你的，就是你的。

下午的时间，迟小立边做科长交办的工作，边猜测测评的结果。会议在九层会议室进行。时间过得真慢啊，办公室里静悄悄的，他去走廊里看了看，也没有看到林志军。想必，林志军也像他一样，心绪不安地在等待中。这个间隙，迟小立觉得有必要给自己打一支预防针，如果自己被涮下来了，一定要以平常心对待，千万不敢把那种不满写在脸上。但迟小立还是怀有一种侥幸心理，刘锐这次一定会给他关照，这次不比上次，上次打了一次无准备之仗。

随着时间一点点流逝，那种无法自控的紧张感又来了。

为了转移自己的注意力，他给林志军打了一个电话，问他忙不忙，林志军说正忙着。林志军的声音听起来与平常一样，迟小立说会议开完了没有？林志军说测评结果已经出来了，你不知道吗？迟小立说不知道。林志军说我们两个都被涮下来了，今晚一起喝酒再谈。迟小立有点不相信林志军的话，他问你听谁说的？林志军说我给刘锐发了一个短信，他给我回了一个信息，我们科光头了。迟小立说真的吗？林志军说要不你给他发一个信息，问问他。迟小立就给刘锐发了一个短信，刘锐的短信几秒钟之内就过来了，说遗憾。两个字把迟小立包围在一片绝望中，迟小立的预防针到底还是起不了作用，他的冷汗不断地从额头冒出来。

之后不久，散会了，科长从九楼回来了，看到迟小立，说你来下。迟小立就去了他的办公室。科长一脸愤青，说我们科光头了，你和林志军都被涮下来了。迟小立说因为什么呢？我们到底哪点还不够格？科长说也不要问为什么，会上我和刘锐都陈述了你和林志军的工作能力，别人不了解，你们两个我们是了解的，但现在我发现，你们的工作能力以后要让更多的人公认，要让其他领导了解，光我和刘锐在那儿推荐，有点人单力薄。

迟小立在心里骂开了科长，科长的意思很明白，涮下来为什么呢，责任还在你们，你们还不够优秀。迟小立心里的无名火一股股往上蹿，这时候迟小立的手机在响，他仿佛没有听见一般，科长不解地看了看他，看到了迟小立满脸的眼泪。

迟小立对自己在科长面前流泪非常意外，这让他感到了羞愤，可是他无法把这些眼泪咽回去。科长给了他一张面巾纸，他下意识就接过去了，科长出去了，出去的时候把门关上了。迟小立心里暗暗地说，我怎么这么丢人呐？这都是一件什么破事？值得掉眼泪吗？他真想甩自己两个耳刮子。

平静下来的时候，他回到了办公室，他给林志军打了一个电话，说喝酒去。林志军说好啊，我们去哪喝？迟小立说你跟我走，今晚不醉不归。林志军说好，不醉不归。现在迟小立觉得林志军是他的难兄难弟，他又有许多心里话想对林志军说，主要是他觉得对不起林志军。可是在那种情况下，他的大脑受不了他的意志力的控制，往往这时候，他觉得林志军是他的联盟，现在他想把他的胸膛敞开，让林志军看看他其实是一个很阴暗的人。

酒酣耳热之际，迟小立与林志军已经把正题说腻了，他们两个总结了一下他们失利的原因，他们没有怪谁，还是觉得自己不够强大，自己该做的工作没有做好。当然他们两个都没有一丁点社会关系，什么根基也没有。迟小立说在这个地方，除了你，我还没有一个更亲近的人。林志军说我知道，我们要更好地生存下去，其实应该扩大我们的圈子。迟小立说虽然我觉得你是一个关系很近的人，可我对你隐瞒了许多事。林志军说你别说出来。为什么？迟小立问林志军。我们对彼此都该留有一些隐私，留有一些空间。迟小立说我现在就想撕开自己，让你把我真真切切地看一遍。林志军说无非与我是一样的人，我觉得我们两个到了这个地步，情商和智商谁也高不了谁多少，你说呢？

让我剖开自己的心，让你看到真正的我。迟小立说。我现在有了一种习惯，一种可怕的习惯，就是想在你面前以真面目出现，出现不了的时候，歉疚感就会在我心里生根，搅得我不得安宁。因为酒精的原因，迟小立现在觉得自己是一个强大的人，一个真实的人，这一刻，是一种很美好的时刻。小酒馆虽然乱哄哄的，但迟小立觉得这个世界除了他和林志军，别人都不存在，他们喝着酒，谈着心。迟小立就把这两天来他的秘密的心理活动和秘密的行动讲给了林志军。他讲自己感受到的那种阴暗和卑微，那种东西让他内心异常疼痛，还有他花出的那一笔钱。那一笔钱有的变成了茶叶，躺在了他的柜子里，他甚至没有能力把他们送出去。迟小立说我现在有些混乱，非常混乱，我真的不知道这些事该怎么做。

林志军说为这事，我很早就开始操作了，我们那地方有一种酒，很有名，我托我哥给我快递了两箱，我们俩这么好的关系，我都没舍得给你喝，我自己也没有喝过那种酒，我送给了咱们科长和刘锐。我听别人说主要是自己身边领导的推荐，要与自己身边的领导处好关系，现在看来也是扯鸡巴蛋。林志军说着又喝了一大口酒，我不知道真正的内幕到底是怎么样的。

迟小立说这事怎么这么复杂？搞得我很混乱，你送酒给他们，目标那么大，你怎么送去的呢？林志军说很简单，我问到了他们家的住址，让快递公司直接给他们快递去了，他们只需接收一下就行了。迟小立说这倒是一个不错的办法。

喝到饭馆打烊的时候，他们才散去。林志军随迟小立到了迟小立租的房子里，两个醉酒的人，谁也顾不上房子的杂乱，一进房，不约而同地跑到卫生间里，把胃里不舒服的东西哇哇地吐了出来。

迟小立觉得，他身体里的那种疼痛感，让他与这个世界的距离是近的。作为一个想要站立的男人，他必须得迎着这个世界给他甩过来的耳光。

他不知道林志军怎么想。

我们的城市

再等一等。

迟美兰拨通弓长安的电话，她还没有开口，弓长安在电话中扔过来一句话，之后电话就挂了。

迟美兰本来想问一问还得多久，她的嘴唇只是在电话线旁无声地翕动了一下，还没来得及吐出一个音符，那边已响起了嘟嘟的忙音，迟美兰只好搁上了电话。

弓长安的等一等概念很模糊，有时候是十几分钟，有时候是半个小时，甚至有时候是两三个小时。迟美兰在这个等一等中消耗着时间，有时她在各个网页里浏览，有时挂上QQ，不咸不淡地和网友聊几句，但这时候她通常有点心不在焉。眼看着黄昏渐渐地越过松树梢，像幕布一样挂在了玻璃上，楼道里没有了任何响动，她还只能等弓长安。电话线的那一头，弓长安忙什么，迟美兰不清楚，办公楼里的公务员，经常有随机的任务要完成，时间就不规律了。迟美兰知道只能安心等。

这一次，弓长安也没有让她等太久，差不多半个多小时后，弓长安的电话来了，说他要出发了。迟美兰嗯了一声，然后关电脑，穿外套，拿包，收拾妥当之后，她要站玻璃窗前看看，屋内的灯光遮蔽住了她的眼睛，她什么也看不到。她看不到是不是有风在松树的枝杈间缠绕，看不到麻雀是不是还在枝杈上跳跃。一切有生息的东西，在黑暗里都消失了。迟美兰要这样静默几分钟，然后估计弓长安快走到她楼下了，她就往出走。

临出门前，她通常先关灯。锁门的时候，要确定灯是否已被关掉，她锁一半的时候还会停下来，然后再把门打开。屋子里是暗的，不过也不是彻底的暗，不知哪儿的光亮照出了她屋子里的一些轮廓，她甚至在这点光亮里看到了松树的暗影了，一天里，她不知要抬头几次注视这株长过楼层的松树，所以连它的暗影她都是熟悉的。

之后她才安心地下楼。

与弓长安一起回家，不是坐在自行车的后座，也不是坐在摩托车的后座，是坐在转动着四个轮子的丰田车里。因为钓鱼岛事件，这车租用了一个车位闲置了很久。风声过去了，弓长安才敢握着方向盘出入了。他一个同事给了他一张纸，上面写着：请不要对我愤怒。因为钓鱼岛事件，日本车被砸了好几辆，4S店被迫关门。风声之后，一切恢复了正常。同事给的那张纸贴了一段时间后，撕掉了。那段时间，几乎所有的日本车上都贴了一张纸条，上面的字一个个那么胆怯和虚弱，有点卑躬屈膝。不过，好像缓和了空气中的那种愤慨，那种愤慨渐渐地大江东去了。

虽然弓长安是公务员，但迟美兰说不上来为什么有些讨厌公务员，特别讨厌公务员学小市民的做派，小市民车上插小红旗，贴那样的字条，公务员也效仿。迟美兰嘴上不说，但对这种做派嗤之以鼻。前面有一辆车堵着他们的道，弓长安鸣喇叭示意他快走，迟美兰看到车屁股上写着：越催越慢，再催熄火。一定是个新手，弓长安也意识到了，弓长安又开始骂着粗话，迟美兰不舒服极了。

冷空气在车窗外面，在街道上，在车流里。尽管是深冬的天气，迟美兰不觉得冷。自从买了这辆私家车后，迟美兰对季节的反应不是那么强烈了。

在车里，迟美兰一句话也没有。她厌倦什么呢？最近这段时间，她觉得她身体的某一处被什么屏蔽了，对什么都没有兴趣，没有说话的欲望，没有闲聊的欲望，看什么都有一种潜意识的厌倦，对弓长安，对家务，对厨房里的那些菜肴。有一次她从超市里买回了黄瓜，放冰箱里，第二天发现黄瓜在保鲜膜里又长了一截，她对这个世界有了一种非常强烈的忧虑。她看那根黄瓜看了很久，表面上它是那么光洁，那么水嫩，实际上它里面藏匿着一种可怕的生长素，尽管它已经进入了冰箱，但丝毫阻挡不了它的生长。迟美兰恐惧地想，说不定吃进肚子里之后，它不被及时地消化排泄掉，它会在她身体的某一处疯长。迟美兰有一刻甚至看这根黄瓜不是黄瓜，而是一个怪物，后来她就把它扔掉了。

迟美兰不说话，弓长安也不说话。从货源街穿过滨河路，从滨河路穿过永宁路、建设街，迟美兰目不斜视，看着前面一辆辆的车屁股，偶尔能看到路边骑摩托车、自行车的人。他们在寒冷的风里，有时候是一家三口坐着摩托车，消失在他们的车后面。迟美兰不由得要在倒后镜里搜寻他们的身影，一家三口紧紧地搂在一起。这情景让迟美兰非常怀念过去的一些时光。那时，她与弓长安都还年轻，孩子也小，她觉得她们的生活崭新崭新的。现在，有了一些年纪之后，生活中出现了许多乏味的气流，萦绕在四周，越来越稠密。

弓长安在机关里工作，虽然没有什么官职，但不大不小还当着一个科长，自然认识的人多。以前，迟美兰的乡下老家有来城里谋生的乡邻，做些小本生意，走哪儿卖哪儿，几次被城管没收了秤去。他打问来打问去，让迟美兰想办法。迟美兰不认识城管，只能找弓长安，几次之后，弓长安不耐烦了，弓长安说有意思吗？因为一杆秤的事，张口说一杆秤的事，翻来覆去，换你试试。迟美兰只能小心地解释，她说乡里乡邻的，他们赚一杆秤的钱都不容易，要不他们也不会开这样的口。几次之后，弓长安说这是最后一次了，后来果真不答应了。

秤的事消停了，别的事又冒出来了。三轮车违章被扣了，要去找交警，孩子转学，办暂住证，找居委会。总之总有一些鸡零狗碎的事，看似琐碎，却又事关重大。找到迟美兰，有的或多或少与迟美兰还能扯点亲戚关系，让迟美兰帮忙。乡下人有一个本能的认识，认为城里工作的与城里工作的都是一伙的，办事好通融。迟美兰为难，自己经常要为这些事四处托人。一次，表弟儿子要转学，要办个暂住证。迟美兰去居委会找人，第一次，办公人员说拿章的人不在，第二次还是那个人说拿章的人不在。后来迟美兰间接找了街道办的一个人带她去盖章，很顺利，那个盖章的人就是那个两次都说拿章的人不在的小伙子。他看到再次出现在他面前的迟美兰，一点也没有脸红。迟美兰却脸红了，那个谎言不期然被她发现了，出来的时候，她把前两次来的情况讲给街道办的那个人，那个人仿佛不理解地看了她一眼。事虽然办了，但迟美兰心里很不舒服。迟美兰心想，怪不得大小事乡邻都要托关系，找人，也渐渐理解了弓长安，现在，别说办大事，就是办小事，都不容易，有时候甚至很闹心。

以前，只要有人找她，她会说试一试，想想办法。后来她就开始推脱，她说她不认识残联的人，不认识民政局的人，她帮不了他们的忙，他们失望地看着她，继续在那儿说。迟美兰听着他们的诉说，为难地听着，心里打着鼓。

有一件事弓长安给她讲了几次，说有一个人，收入低，就去镇里申请低保，镇里说没有名额了，他不相信，以为得送礼，送了一大袋土豆给民政员。民政员说真没有名额了，你要是有关系，就找民政局去批。那个人说没有关系，民政员过意不去，说那我给你推荐一个人试试，就带他去找民政局一个低保中心股长，偷偷给人家口袋里塞了二百元，领了一张申请表，填好交了。年底的时候，下来了一个困难户救济，领到了二百六十元钱。弓长安说看看，值吗？

弓长安与迟美兰出身不同，弓长安生长在城市，干部家庭，从小生活条件优裕。迟美兰来自乡下，农民家庭，社会关系几乎是零。农民每天与土地打交道，没有关系。他们把迟美兰看作他们的关系。有时候他们辗转能找到迟美兰家里，来的时候提着土豆、小米、南瓜等地里种的一些特产。有时遇着迟美兰不在家，他们就站她家楼前等，等不上就拨迟美兰手机，迟美兰听他们就在她家门上，就像要债的来了一样不舒服。迟美兰说什么事呢？你电话里说说。来的人说出大事了，儿子赌博被抓了，要罚三千元，想托你的关系，能不能少交点罚款？迟美兰脑袋就大了，这是派出所管的事，她连去派出所的路都不知道怎么走。

弓长安有时揶揄迟美兰，说你在你们村一定有神通广大的名声，什么事都想来找你，以为你是大领导。迟美兰说还不是劳你大驾，沾你的光。弓长安说幸亏我只是一个办事员，要不门槛早被他们踏破了。迟美兰说那你还是当你的办事员吧，千万别升职当了领导，要不门槛真的会被踏破。弓长安说看你文化程度不低，与他们的见识也差不了多少，你身上沾染着许多他们的气息。还说以后办事归办事，别让他们来家里，左邻右舍以为我办事图的就是他们拎的那点东西，那不是埋汰我吗？迟美兰嘴上没有说，心里狠狠地骂，放屁。

迟美兰怕弓长安吗？也并不是。只是不愿得罪他，乡下的枝枝蔓蔓与她有着千丝万缕的联系。父母一直在乡下，左邻右舍抬头不见低头见，相处很好。家里没有劳力，春播的时候，秋收的时候，只要父母去了地里，左邻右舍的人就主动跑去帮忙了。左邻右舍的好经常被父母提起，有时他们在电话中对迟美兰讲，迟美兰就被乡里乡邻那种淳朴的关系感染着。说真的，那种感觉只有她生活的乡下才有。她内心里很柔软的东西就是在这种感觉里滋养出来的。

所以为了他们，她也不能得罪弓长安。弓长安对迟美兰的迁就很领情，有时候，自己疏通不了的关系，找同学、朋友、同事，愿意发挥他的主观能动性，尽量把事情解决了。迟美兰有时想，弓长安的身后，有一张看不见的关系网，一直铺展到这个城市的末梢。

回到家，对弓长安来说，是一条归来的船停在了港湾。在这个宁静的港湾里，他可以恣意地进行休养。他通常坐在电脑旁，浏览新闻，看到与生活沾边的新闻，他会冲厨房里的迟美兰喊，猪肉不能吃，有瘦肉精。迟美兰的餐桌上就好久不出现猪肉的影子。隔一段时间，风声过后，猪肉上桌了，弓长安又看到了别的新闻，说吃猪肉等于慢性自杀。迟美兰问为什么呢？弓长安说饲养员每天给猪吃安眠药，每吃一餐，就喂安眠药让它睡觉，好长膘长肉。迟美兰说好好的科技都用在这上面了。弓长安说科技也是双刃剑。

偶尔这样讨论一下。平常的时间里他们都是各忙各的，迟美兰在厨房里煮粥，烤面包，蒸馒头，有时做鸡蛋灌饼，她有时非常乐意把粥煮得香喷喷的，煮葡萄干、枸杞、花生仁、核桃仁，然后盛一碟自制的酱菜，有时她喜欢把酱菜与酸菜拌一块。这时候弓长安在电脑上，有时候起草材料，写讲话稿，忙单位里没有忙完的事，有时则是在电脑上玩。她叫弓长安吃饭，弓长安要磨蹭半天才能来到厨房，在厨房里的时间也非常有限，吃饭就不是吃饭，好像是完成一件不得已的任务，之后又赶紧坐在了电脑旁。迟美兰非常讨厌他这样，但又无可奈何。她一个人收拾厨房，然后准备第二天的早餐。要在夏天，天黑得晚，吃完饭他们还会出去散步。冬天天黑得早，即使收拾完，离睡觉的时间还早得很。从初秋凉意渐浓开始，他们就不出去散步了。弓长安窝在电脑里，迟美兰找些事情做，喝豆浆的黄豆拣一拣，用水泡，从乡下带回来的花生得去皮，她就坐沙发里，一颗一颗地扒皮。她能从花生皮上闻到一股新鲜花生的味道。皮扒完之后，她装进一个空袋子里，袋口敞开，让风把这些皮吹干，她想把这些皮送给楼上的小玲。小玲母亲住在郊区，还生着炉子。小玲说她妈节约了一辈子，吃完的中药渣子都要晾干，当柴烧。后来迟美兰就把核桃皮、花生皮攒一块，让小玲给她妈带去。

　　冬天的夜长，还不到六点，天就完全黑了。弓长安如果在单位有事，迟美兰就一个人回家。夏天的时候，她心血来潮，步行着回家，好打发空余的时间。她工作的地方离家有很大一截距离，从城东到城北，几乎能绕小半个城市。夏天天黑得迟，她可以去沿街的商店里转转，有时在地摊上看看。她知道自己这是以另一种方式消磨时间，她回去一个人做什么呢？她没有像其他的主妇一样有那些爱好，打麻将，练瑜伽，美容，去广场跳舞，踢毽子，着迷地料理农场牧场，或者开着实体店、网店，做点小生意，或者坐电脑旁拱猪。当然弓长安也在其中之列，他玩她不懂的游戏。她看到所有在家的时间，弓长安就这样消磨掉了。迟美兰很不解，她看到时间就像烛火一样一截一截地燃掉，她心里的恐慌和不安日益胀满她的身体，下一步的出路在哪里呢？

　　这种状况是什么时候出现的呢？迟美兰静下来的时候，不由得要想，以前她不这样，突然间到了这样的状况一定有原因。迟美兰一截一截地往回想，她还真找到这种状况开始的时间了，是孩子上大学之后。她甚至在仔细的回想中理清了她当初心理的变化，孩子高考完她舒了一口气，之后，填报志愿纠结忙碌了几天，选择一线城市重要还是二线城市重要，选择学校重要还是选择专业重要，定夺了几天，最后儿子被北京的一所大学录取了。等通知书收到的时候，她被喜悦填得满满的，兴致勃勃为儿子开学做准备。

之后，生活渐趋平静，而且内容从儿子升入大学的那一天开始发生了变化。以前迟美兰生活的核心是儿子，早晨五点半起床，为儿子准备早餐，晚上十点半儿子下自习回来，为儿子再准备宵夜。她的时间排得满满的，生怕有一丁点浪费。与有考生的家长还要联络讨论，偶尔还要去学校对儿子进行盯梢。她在盯梢中发现他出入学校附近的网吧，回家后在极度的愤怒中用笤帚狠狠地敲了他几下。他还反抗她，他终究夺去了笤帚把，嘿嘿笑了，说偶尔，只是偶尔，你放心吧。她带着怒气走开了，发狠说他的事她不管了。

像要前去冲锋陷阵的战士，高考的哨声一响过，战斗也就结束了。迟美兰以为这下全身轻松了。但渐渐地，她发现自己有找不着北的感觉，家里也渐渐变得暮气沉沉了。她与弓长安，可以聊的话题少之又少。她一个人，在一个又一个冬日的晚上，有些百无聊赖，什么也不想去做。她甚至看弓长安都不顺眼，她发现他除了工作与电脑一点都没有情趣。

还有她对找来要办各种杂事的乡人，没有了以前的那种热络，她现在不觉得他们说的天大的事就有多大。公安要罚三千元钱，去交啊，没有钱，去借啊，借了再流几身热汗去赚了还啊。谁做的事谁就去负责，为什么与她毫不相干，她赔着小心一次次找弓长安说。弓长安的数落，弓长安的怨气，弓长安的牢骚，这些年，她以为它们烟消云散了，结果没有。它们藏在某一处角落里，终于逮着她有了大把的工夫，一点一点冒出来，如雾气一样缠绕在她四周，亲密地看着她。她发现这些年，都是因为这些与自己毫不相干的杂事，决定了自己与弓长安之间的关系，让她一直对他赔着小心，让她觉得他不是她的老公，而是债主。

生活还没有平静多久，事情就来了。她接到了初中同学吴小娜的电话，吴小娜说你还记得我们班的吴军吗？与我一个村的。迟美兰说记得啊，他坐在我后排。吴小娜说他给我打好多次电话了，他今年在这儿打工，想把家安这儿，孩子转学的事一直解决不了，我托了几个人都办不了，突然想起弓长安，让你家弓长安帮帮忙吧。迟美兰说弓长安那德行，怕他办不了。吴小娜说试试吧，吴军说了，现在办事都得花钱，转学去一中听说得五千。迟美兰说这样吧，我把电话给弓长安，你和他说。吴小娜说好。于是迟美兰就把电话递给了弓长安，吴小娜说弓科长，有一个事要请你帮忙。弓长安与吴小娜熟，也不好驳吴小娜的面子，说试试。吴小娜说这是我侄儿的事，要不也不会这么劳心，电话中还说明天我就把钱送过来，该请客请客，该送礼送礼。弓长安说不必，我问问情况再说。

挂了电话，弓长安说现在转学怕不好办，这两年流动人口多，城区入学压力大。迟美兰说尽力吧。弓长安就开始打电话，他好像打给教育局的一个人，那个人问他谁转学，他说一个亲戚，要去初二。那个人说二中班容量不超，一中班容量现在就超了。弓长安说想去一中。那个人说听说去一中局长都说不进去，还得分管教育的副市长批。弓长安说这么麻烦，你不是蒙我吧？那个人说蒙你能蒙来二两银子吗？弓长安说我怎么没有听说。那个人说你问问就知道了，你也算是衙门里的人。弓长安说那个太麻烦了。

第二天晚上，吴小娜来了，见迟美兰一个人，问弓长安呢？迟美兰说加班。吴小娜说我是专程来找他，和他落实那件事。迟美兰说怕不好办，昨晚搁你的电话后，我就听他打电话了，好像是问了教育局的一个人，那人说现在卡班容量，都超了，转学得找分管领导批。吴小娜说那怎么办？吴军为这事心急火燎，拿着猪头找不着庙门，又生怕这钱打了水漂，这钱送不出去事不好办哪。说着吴小娜就把一个牛皮纸信封搁迟美兰茶几上。迟美兰看到那个信封上印着一行字，城乡建设管理局，是吴小娜单位的信封。见吴小娜真拿钱来了，迟美兰说你千万别这样，这钱万万不能放下，等事情有了眉目需要花钱的时候再说。迟美兰把信封塞向吴小娜包里。吴小娜说这是怎么了？这钱又不是给你，是给弓长安请客送礼的经费。迟美兰说这事得有了眉目，钱才敢花，没眉目钱花了事办不了可怎么办？你先拿着。吴小娜说你别推了，自打吴军把这钱放我那儿，我还没挪过地方，这钱放我那儿我就心慌，暂且放你这儿，万一有眉目了让弓长安赶紧运作。迟美兰见推脱不过，只能由着吴小娜放下了。

吴小娜说，这事吴军指望我，我不是没想办法，想了，但不是不成吗？现在只能指望弓长安。弓长安在政府部门，认得的人多，还有点门路。迟美兰说他也就是个办事员，又不当什么领导。吴小娜说那也比我们强，你好好督促督促他，让他把这事当一回事。

弓长安还是说没有进展，迟美兰说那钱呢？送出去没有？她惦记那钱，事情还没有眉目，钱是不是去打前站了？弓长安说不是钱出去了事情就能办了，得等机会，事情有眉目了再说钱。迟美兰说我也是提醒你，我是怕这钱打了水漂不好给吴小娜交代，吴军打工赚钱不容易。弓长安说我知道，这事如果办不了一分不差给吴小娜退回去。迟美兰说不花钱就能办了这事该多好，弓长安没有说话。

吴小娜是真着急，她隔三岔五就给迟美兰打一个电话，她还没问，迟美兰就赶紧告诉她那个事还没有眉目，弓长安说再等等，吴小娜说那就等等吧。

迟美兰说不过，你放心，我给弓长安说清楚了，如果办不了，这钱一个角儿都不能动，你再原封不动给吴军退回去。吴小娜说你也别这样对弓长安说，这让弓长安多闹心啊。我知道，现在办事很麻烦。

这之后不久，吴小娜打电话，通知迟美兰同学聚会。迟美兰说几乎没有多少同学，与谁聚会呢？吴小娜说有好几个呢，我负责通知你，其余的吴军通知。迟美兰说好，我一定去。吴小娜说把弓长安也叫上吧。迟美兰说不用，吴小娜说我给弓长安打电话。不一会儿，吴小娜的电话来了，说弓长安走不开。

地点名很有趣，叫摸错门，在城西开发区，迟美兰没有去过。吴小娜打车接上了迟美兰，迟美兰见吴小娜买了不少东西，瓜子和一些水果，还有两瓶酒。

谁张罗呢？迟美兰问吴小娜。吴小娜说吴军张罗，他说他以后要在这儿安家生活了，与老同学联络联络。吴小娜说吴军在工程上开车，他说他大儿子已经不上学了，学电焊，小儿子在她们上过的中学上初二，学习不错。今年正月我回去的时候遇到他，他就和我说了这事，这不几个月过去了，我也帮不了他，觉得很歉意，所以吴军张罗，我买单。

吴小娜说现在只能把希望寄托在弓长安身上，你回去多督促着他点，不巧他今晚出不来，实际上吴军主要是想请他迟美兰说能帮忙，他一定会尽力，有消息我马上会通知你。

聚会的同学有八个，五男三女。除了吴小娜和吴军，还有另一位女同学章一彤，另外四个男生迟美兰一点印象也没有，说了半天，才知道原来初一时两个班在一起合了一个学期，那时他们在一个教室里学习过，初二时两个班从大教室里分了出来。吴军说我们男生在后面坐着，联系多，你们当时在前面坐着，大概时间也短，想不起来也怪不得你们。

人到中年的缘故吧，气氛还挺不错。和章一彤是初中三年从始至终的同学，迟美兰却不知道章一彤也在这座城市里。章一彤女儿来这儿读高中，她陪读来了，向原来的单位请假了。那几个男生有税务局的、路政所的、公安局的，还有一个是交警队的。迟美兰听他们的口气，吴军之前与他们都有联络，但没有聚过。迟美兰暗暗观察了一下，这几个人中最兴奋的是章一彤和吴军，他们俩同桌了一阵，有许多共同的回忆。他们讲某位老师有什么样的讲课风格，有什么样的特点和打动人的地方，那几名男生则有他们的话题，逃课被罚站，写检查，揪女生的头发，当然还混淆着这个城市里的物价、时政。因为没有共同的往事，迟美兰只能与章一彤、吴小娜私谈。他们有一个共同的感慨，就是他们离开乡镇中学已经二十多年了，这二十多年，他们度过了人生中最重要的一个阶段，现在人到中年，他们的儿女也处在了他们当初的年纪。

要说话题，他们可谈的确实也不少，当时教室非常短缺的中学，现在盖楼了，也有了操场，只是师资仿佛还不如从前。他们上学那会，他们的镇中学在全县也是鼎鼎有名的，现在日渐式微了。他们当时管理严格的班主任老师，不仅对每个学生的情况了如指掌，而且对家长的情况也很清楚。这些年，迟美兰还是第一次这样缅怀她的那一段逝去了的岁月，她一直以来，对这段生活忽略了。前些年，他们高中的同学一起聚过，毕业十年后，大学的同学一起聚过，唯独初中的同学没有聚过。时间太久了，曾经这个集合的人都不知流落到了什么地方。

饭毕，吴小娜抢着买了单，吴军过意不去，说那我请大家去唱歌。男同学都已经浸泡在了酒精里，正处于亢奋中，对这个提议很赞同。迟美兰说不用了，不早了。迟美兰是心疼钱，她觉得把钱花在这样的地方不值，对于这样的消费，迟美兰一直是抵触的，钱都是辛苦赚来的。吴小娜和章一彤与迟美兰的意见一致。但吴军很坚持，她们就只能随吴军去了一家似水年华的地方。

那地方乱哄哄的，不唱歌的，就在那儿喝啤酒。迟美兰没想到吴军唱得还挺好。章一彤和吴小娜两人搂着跳，被另一位男生拉开了，交给了两名男生。迟美兰连着喝了两杯啤酒，头就开始晕了，被大家滋生出来的那种情绪所感染，也被吴军唱的那句"永久永久"所感染，二十多年过去了的岁月，仿佛就在这一夜的聚会中重新走了一遭。

歌唱完的时候，吴军说，初中毕业后，我没有再升学，就进入了社会，我没有高中同学，没有大学同学，只有你们。迟美兰头晕，但记住了吴军脸上的那种表情。

到总台的时候，另一位男生让服务生结账，服务生说六百八十元。吴军赶紧跑过去，账单也没看，赶紧结了。那位男生说我结，不用你结，你赚钱不容易。吴军说这次是我张罗的，我结，下次你结。吴军再三坚持他结账，那个男生也抢不过吴军，就任吴军结了。迟美兰看到吴军有一种特别真诚的东西。

隔了一些日子，吴小娜来迟美兰家里，迟美兰知道吴小娜着急，还不等吴小娜问，赶紧解释说弓长安正在想办法。迟美兰其实并不知道弓长安想什么样的办法，只知道与校长联系了，校长让等机会。等什么机会？迟美兰也并不知道。吴小娜说我真害怕这事闪空。迟美兰说我的心也老悬着，不过弓长安让等等说明有希望。来的时候，吴小娜还给迟美兰带来了一条纯毛围巾，花色很好看，还带了一袋黑芝麻，说是吴军从乡下带来的。迟美兰不好推辞，都收下了。

弓长安回来后，迟美兰问他有没有进展，弓长安说还没有，再等等。迟美兰把吴小娜送来的东西给弓长安看，说这样，要不，咱们去一趟校长家，把这些东西和钱全带上，打电话的时候，校长还在学校，两人就拿着东西和钱直奔学校。

校长推辞着不肯收钱，他说，东西我收下，这钱你千万不能放下。弓长安说我亲戚家的一点心意，你运作比我方便。校长说实在不好意思，你说了这事后，我一直操着心，但没有合适的机会。说话的间隙，弓长安把那个吴小娜送来的信封塞进了校长的抽屉里，那个信封有点皱了，但鼓鼓的，里面有吴小娜送来的钱。

迟美兰说，校长，你可得帮帮忙，现在父母都在这儿打工，只孩子一个人在老家，这样下去会耽搁了孩子，还请你多多想想办法。校长说弓科长说了，我心里一直记着这事，我尽量想办法。闲聊了几句，有人叫校长开会，他们就告辞了。

这事总算开了头，迟美兰心想，作为一个校长，主要管这些事，还能办不了吗？她不害怕这钱打了水漂。回家后，弓长安坐电脑旁，她就打电话把这事说给了吴小娜，她说她也去了，还见了校长，把钱也给校长放抽屉里了。吴小娜听到这个消息很高兴，代吴军说了许多感谢的话。

一周后，弓长安打电话给迟美兰的时候，迟美兰正在上班。弓长安让迟美兰通知吴小娜，让吴军第二天带儿子去一中，可以转学了。迟美兰听到弓长安这样说，长舒了一口气，心情还有点激动，马上通知了吴小娜，由吴小娜通知吴军，吴军儿子转学的事总算落实了。

后来迟美兰听弓长安说有一名女生辍学了，因为成绩差，老师让学生叫家长去，学生怵于老师的威严，就辍学不上了，吴军的儿子便顶了这个名额。

迟美兰整理弓长安的书桌时，看到桌子上有一中的一叠资料，里面夹着吴小娜送来的那个信封，她看到信封还是鼓鼓的，她点了点，不多不少正是五千元。一个念头马上闪过她的脑际，校长把这钱退回来了，校长不收这钱。迟美兰对校长不由得心生敬意。她想这钱她应该退给吴小娜，让吴小娜退给吴军。

她被校长的善举感动了，一种非常美好的心情支配着她，让她迫不及待地给吴小娜打了一个电话。她甚至有些兴奋，她问吴小娜吴军的儿子上学正常吗？适应不适应？吴小娜说还行，我去过他家，全家都高兴。这得感谢弓长安，吴军两口子还说要专程去你家道谢呢。迟美兰说谢什么呢？还有一个好消息要告诉你，校长是个大好人，钱一分不差又退回来了。吴小娜说，什么？还会有这种事吗？迟美兰说你带来的围巾和芝麻我一起带过去了，东西他留下了，钱又退回来了。吴小娜说你不是说钱也放下了吗？什么时候退回来的？迟美兰说我也不知道，我只是见弓长安的桌子上有你送来的那个信封，说到这儿的时候，迟美兰有点心虚，她说，你先不要着急说，我问问弓长安再说。晚上迟美兰拿着那个信封问弓长安，这不是咱们送到校长室的吗？怎么又到了咱们家？弓长安说一中要扩校，让我给他们起草一个可研报告，当作我的劳务费送回来了，你明白什么意思吗？迟美兰说是不是把吴军儿子转学的钱退回来了？弓长安说你说呢？

迟美兰说我还以为校长把钱退回来了，退回来我们该退给吴小娜，让吴小娜退给吴军，连校长都这样好心肠，我们更应该义不容辞帮忙。

弓长安说那你把这个可研报告起草的任务一起退给吴小娜，让她和吴军去起草得了。

迟美兰被弓长安的话噎在那儿，她想问问弓长安，起草这样的一个东西就值五千吗？但她没有问出口。

易拉罐里的江豚

　　吴小美接到了蒋彤的电话，蒋彤说明天苏阿姨要给我介绍一个对象，你去帮我参谋一下。本来吴小美接蒋彤的电话有点勉强，听蒋彤说苏夏是苏阿姨，吴小美一下子乐了。她喜欢蒋彤偶尔这样颠倒一下规矩，颠倒一下是非，要不生活实在是太没有意思了。

　　吴小美说什么样的呢？你说来我听听。蒋彤说什么样的她也没有说，如果你感兴趣我再问问她。吴小美说给你介绍对象我感什么兴趣？吴小美的话里有一种隐藏的味道，蒋彤的话让她有点反感，吴小美认为她与蒋彤虽然都是剩女，但剩和剩的程度还是有差别的。在思想上，她不喜欢与蒋彤混在一起。蒋彤说我的条件在男人眼里不吃香了，你陪在一起，挑不上我，挑上你，一样也是苏阿姨的功德，我给她掉面子，你给她撑面子，也不要让她难堪了找碴发脾气。吴小美说你这人也是，给你介绍对象，什么样的也不问就去见，你先问问再去见，如果没有必要，何必见面呢？蒋彤说她说把人带到单位去，聊一聊，让我早点去单位，我说不合适，要见面了就找个见面的地方，于是她就改了地点，去第二客厅，下午下了班一起去喝茶，怎么样？吴小美说我就不去

165

了，蒋彤说你陪我去一次吧，吴小美说现在我最怕去这种场合。蒋彤说我答应苏阿姨之后就后悔了，我本来已经亮明我的人生态度了，我独身主义，可偏偏他们要多事。吴小美说你还真要独身主义吗？蒋彤说我从来不说假话。

电话中，吴小美听到蒋彤那边的音乐声，是小提琴伴奏曲，蒋彤喜欢听钢琴曲，喜欢听小提琴伴奏曲，这一点，连吴小美都受到了她的影响，吴小美有点喜欢蒋彤，就是觉得她身上有一股文艺的气息，而且蒋彤确实也好看。虽然这样，她对蒋彤还是怀有另一种心理，喜欢是有那么一点喜欢，但她还对蒋彤有一些反感。不过因为她们是一起的同事，她虽然反感，但尽量让自己不要流露出来。不过，第六感觉，蒋彤对她也是有距离的，所以相亲这样敏感的事，蒋彤要叫了自己一起去，让吴小美觉得并不是什么好事，就像蒋彤怀疑苏阿姨要介绍男人给她一样，还会真心地为她好？

吴小美自己都有点怀疑，什么时候起，自己就这样变得多疑了，总觉得没有谁会真心为自己好。主要是处了好几个男朋友，什么感觉也没有，让她非常受挫，心情也很灰暗。同事见了她提得最多的就是这件事，如果说不处着，别人就要张罗着介绍，如果说正处着一个，他们就要打破砂锅问到底，多大了？在哪儿上班？父母是干什么的？吴小美答也不是，不答也不是，他们多无聊啊，好像很关心她似的，背地里还不知嚼什么舌头呢？她就听他们背地里说蒋彤的情况，说蒋彤以前处了一个男朋友，已经确定关系了，也住进了男方家里，住了有一段时间了，后来又吹了。听说那期间她男朋友得了急性阑尾炎，发病的时候，父母不在家，只有蒋彤在，蒋彤就赶紧带着去了医院，取了自己的工资，垫付了医药费，出院以后，谁也不提医药费的事，蒋彤就把这事说了出来，钱要到之后，他们就吹了。吴小美觉得蒋彤也没有错啊，还没有结婚，一个姑娘家，也没有多少积蓄，说不定那些钱是当作嫁妆陪呢。吴小美发现，大家讨论归讨论，谁也不对蒋彤的做法做什么评判，吴小美说了两次，她说蒋彤也没有什么错啊，可就是没有人接她的腔。

渐渐地，吴小美发现，人多的时候大家偶尔会提蒋彤，因为蒋彤的话题多，单身女人，长相也不差，还沾着文艺气息。但大家只是说某件事，也不对蒋彤的做法发表评论。吴小美后来只是听，她也不评判蒋彤是对还是错，吴小美从这件事上，第一次觉得机关里的人城府深，后来她发现，尽管她不给蒋彤帮腔了，但别的同事把她与蒋彤划在了他们之外。有时候他们正说着什么，见吴小美进来了，视线在吴小美身上扫一眼，视线一掉转，话题就变了。

吴小美发现他们对蒋彤有共识，在他们的圈子里他们一定言无不尽，谁让自己与蒋彤一个办公室呢？本来单位新来的人都要在大办公室待两年，大办公室待两年才能晋升到两个人一间的小办公室。吴小美来的时候，刘红已经在大办公室待了两年，但刘红说大办公室待惯了，她就在大办公室待着，让吴小美直接晋升到小办公室，吴小美看了看大办公室的环境，大办公室有四只电脑桌，四个人相对而坐，靠墙的地方有一组沙发，有一组文件柜，其他科室的人经常来大办公室接打电话，收发文件，有时召开会议，根本没有自己的私人空间。听刘红这样一说，吴小美非常高兴，后来和蒋彤一个办公室之后，她才听蒋彤说和刘红吵过一次架。吴小美说为什么吵架呢？蒋彤说也不为什么，鸡毛蒜皮的事，蒋彤也没有给吴小美讲什么原因。吴小美觉得捡了便宜的心理大打折扣。

渐渐地，吴小美发现蒋彤非常自我，比如单位开会，领导已经坐在会议室了，蒋彤看会还没有开，就叫一声离她不远的吴小美，说小美，我刚买的衣服，你看看行不行，衬不衬我的发型。这样几次之后，吴小美反感到了极点，她后来在会议室就不敢拿眼睛看蒋彤，生怕吴小美让她看发型、她的新衣服。吴小美不看，她就叫别人看，苏阿姨有时会背着蒋彤翻白眼，讨厌蒋彤的那种嘚瑟劲，生怕蒋彤被领导点名点出来，让她们科室丢人。

文艺归文艺，有那种文艺的气质和细胞，但工作中这些小节却让人受不了。吴小美知道刘红不进小办公室的原因之后，觉得自己并不是捡了一个便宜。在一个科，苏阿姨是科长，蒋彤是副科长，吴小美是科员。蒋彤不在，苏阿姨直接就把工作安排给吴小美了，有的上次是蒋彤做的，资料不在吴小美这边，苏阿姨让吴小美联系蒋彤，吴小美就给蒋彤打电话，吴小美说苏阿姨让你完成一份工作，蒋彤问是什么工作，吴小美就在电话中对她说一声。蒋彤什么也不说，也不说让吴小美去她的电脑里找资料，吴小美知道她的电脑设置了密码，不经蒋彤同意，是打不开的，就把工作推给蒋彤。吴小美自己揣摩，自己这样做对不对，有点心虚。苏阿姨安排完工作之后，办公室要落实，就联系吴小美，吴小美说这件事蒋彤负责，办公室就打电话给蒋彤，蒋彤说谁也没有安排我啊，她们科室不和睦的闲话就这样传开了。

蒋彤设置电脑密码，吴小美也设置了一个，办公室人员有一次要给优秀青年进行电脑投票，来她们办公室，一台电脑只能投一次。正好她们都不在，电脑打不开，只能打电话问她们密码，费了一番周折，办公室的小唐问吴小美设置密码有什么用呢？吴小美说也没有什么用，设置着玩呢。小唐说单位所有的人谁也没有设置电脑密码，就你们两人设置了，你们这是谁受谁的影响呢？吴小美听出了话里的那点意思，但她偏偏说，设置一个密码怎么了？大惊小怪。她讨厌他们的口气，他们非要把她与蒋彤归类，偏偏打心眼里，她还不想与蒋彤归为一类。可是潜意识里她又要为蒋彤帮腔，好像她真的与蒋彤成了一类。

什么破地方呢？吴小美心里骂道。

吴小美就这样有了情绪，两年之后，她觉得她还没有真正地融入他们，那个大环境。刘红升职了，成了办公室的副科长，人还在大办公室，吴小美发现刘红自己就乐意在大办公室待。吴小美暗自观察，觉得刘红与蒋彤绝对不是同样的人，而且与她吴小美也不是同样的人。有时候本来是别的科室的工作，刘红负责通知一下，别人就推到了办公室，刘红也不气不恼，就答应下来了。吴小美见蒋彤骂刘红工作狂，吴小美也跟着骂，无非是多评几次先进嘛，现在这先进有什么意思呢？

吴小美觉得自己在一个气场之外，觉得当初自己到大办公室待着，也许是另外一种境况。蒋彤在的时候，电脑里就放着钢琴曲、小提琴伴奏曲，有时蒋彤讲一些电脑上看到的新闻，吴小美听着，有时不想听，就借机去走廊里走走。经常有人来找蒋彤，异性居多，他们来了一支烟一支烟地抽，隔着他们，吴小美书也看不进去，就走掉了。有时候她倒希望蒋彤不来上班，又生怕苏阿姨把工作全安排在她一个人头上。

苏阿姨其实还不够阿姨级别，是蒋彤发明的戏称。她又不想称她苏科长，蒋彤觉得苏阿姨只是个阿姨，没有多少能力。吴小美对蒋彤的话半信半疑，蒋彤还说苏阿姨与单位的领导有暧昧关系，所以才被提拔为科长。吴小美第一次听蒋彤这样说，还不好与别人去印证蒋彤说的真假，许多的八卦吴小美都是从蒋彤这儿听来的，听来的全都是八卦，起初还感兴趣，后来觉得这八卦也没有多少意思，又有点怀疑蒋彤说的真实度，可是她就这样受到了影响。

蒋彤倒是没有什么八卦，从同事这儿听不到，吴小美从别处就更听不到了。世界大了，谁顾得上关心谁呢？蒋彤倒是关心吴小美的婚事，还主动帮她物色过对象，但吴小美都拒绝了。吴小美觉得蒋彤的价值观有问题，她更注重物质，吴小美不是物质第一的人，所以这件事上不想与蒋彤谈。有时吴小美想走进蒋彤的内心，谈谈她的私生活，但蒋彤不给她打开任何一丝缝隙，甚至她的患了阑尾炎的曾经的未婚夫，她都闭口不谈。吴小美就觉得这一个个人真得像一个个密封的容器，不冒一缕气。

蒋彤这样，吴小美起初有点气馁，后来想激发一下蒋彤，觉得蒋彤要不是思想太落后，就是打不开自己，她不相信蒋彤的生活一直处于空白，特别是蒋彤的情感生活。吴小美觉得假如没有固定的情人，露水的情人蒋彤应该有，要不那么多空寂的时光她怎么打发呢？吴小美特别想了解真实的蒋彤，因为她想知道她剩下来的原因，但蒋彤把自己封闭得很紧。

所以，别的同事以为她们俩走得近，事实上，除了知道蒋彤喜欢听钢琴曲和小提琴伴奏曲，吴小美对蒋彤知之甚少。一次，下班临走的时候，吴小美说，今天我请客，我们一起聚餐然后去看电影。蒋彤顿了顿，问吴小美有什么喜事。吴小美说有喜事，蒋彤说那就好，我和你一起去庆祝。坐在茶餐厅卡座里等待上餐的时候，蒋彤问吴小美有什么喜事，是不是婚姻大事快要定下来了。吴小美说正好相反，终于把一个不合适的人甩掉了，终于甩掉了，我心里有说不出的轻松。蒋彤说还没有听你说起，是不是上次打电话想约你出去的那个人，就是打电话打了老半天。吴小美说就是那个人。蒋彤说那个人我见过，我从楼上往下看，看到你和他相跟着从大楼出去了。吴小美说什么时候呢？来找我的人多了，我也记不得是不是他。蒋彤说我只看了一下背影。为什么不合适呢？蒋彤问，吴小美说简直是一个色魔，还没有见了两面就想着让你和他上床，你说这种人可怕不可怕？蒋彤说呵呵，就为这个啊，说明人家对你有意思。你没有听说过一句话吗？男人对女人最大的赞美就是和她上床。

吴小美听蒋彤这样一说，扑哧笑了，她说这是什么理论？一个强奸犯那怎么解释？蒋彤说我也是听来的，说明这个男人是喜欢你的，如果一个男人不喜欢你，他都懒得和你上床。吴小美说本来我对他还有点好感，这样一来，每次约会，都得提着小心，心里不停地揣摩他的心思，神经绷得紧紧的。蒋彤说这有什么呢？婚前同居的人多了，怕什么呢？吴小美说问题是我还不确定他是不是我要结婚的对象。什么样的条件呢？吴小美知道蒋彤要问这个，吴小美说条件很不错，但性取向有些太随便了。蒋彤说男人和女人是有区别的。假如是我，只要我觉得他还不错，我就顺着他，和他上床。万一两人无法结婚，你不是成了受害者了吗？吴小美说。蒋彤说该冒险的时候得冒险，况且现在谁还介意你是不是有过男人呢？吴小美听蒋彤这样一说，觉得蒋彤是一个有现代观念的人，比她超前。吴小美说人人嘴上都这样说，事实上很在乎对方的过去，还要表现得无所谓。蒋彤说既然你们俩吹了，你就把他介绍给我吧。吴小美说他是一个大色魔，我已经对你说过了。蒋彤说我还就喜欢大色魔。吴小美说这个人不提恋爱，不提结婚，就提上床，蒋彤说正与我的风格吻合。吴小美说你没有一点正经，你怎么这样啊？蒋彤说每天正儿八经的，有意思吗？我喜欢不正经的生活。

这是吴小美喜欢蒋彤的一面，她的生活中缺少这种气氛和话题，当然她知道蒋彤只是说说，她不一定就是这种人生态度。吴小美说，说真的，你现在有处的对象吗？蒋彤说几乎每天有人介绍，现在麻木了，不知道什么样的能与自己过在一起。吴小美说看别人一个一个没费什么周折就结婚了，轮到自己却这么难。你说我的情商是不是有问题？蒋彤说那你说我是什么有问题？吴小美说我们这样，总是哪儿出了问题，一定是哪儿出了问题。

我们喝点酒吧，蒋彤说。吴小美说我喝不了酒，但我陪你，我喝少点。蒋彤说好。她们就要了一小瓶酒，吴小美说要不喝红酒吧？蒋彤说白酒好，味道浓郁，有点像真正的爱情的味道，我们就喝白酒吧。于是俩人就喝白酒。吴小美想与蒋彤讨论一下爱情，吴小美说你有过真正的爱情吗？蒋彤说有过，但真正的爱情不会长久，你信不信？吴小美说不信，蒋彤说你不信我说的话吗？吴小美说不信，蒋彤说呵呵，你还是可以挽救的人。不过，不一定每个人都能拥有真正的爱情，你信吗？吴小美说这个我信。

茶餐厅里飘荡着小提琴伴奏曲，低沉，悠扬，吴小美听出来了，她问蒋彤听出来了没有，蒋彤说一进来就听出来了。卡座里有不少年轻人，像她们这样的极少，大都是情侣。吴小美说我来这儿有过几次约会，很喜欢这儿的环境，安静，你觉得这儿怎么样？蒋彤说挺好，只是我觉得我已经老了，不合适来这样的环境消遣了，幸亏是和你在一起。吴小美说你才多大呢？再大也是单身青年。蒋彤突然间有点黯然神伤，爱情之路上，吴小美还在一段，她已经到了三四段了，她很羡慕吴小美的那种心态，她已经回不到那种心态了。吴小美随时都可以开始，她不行。

谈谈你有过的真正的爱情吧，吴小美说，我很好奇，真正的爱情是什么样的呢？蒋彤一听吴小美说这话，说不出的厌恶就从喉咙里升上来了，这一点，她有点受不了。她觉得她受不了吴小美的就是这种装幼稚，蒋彤不相信吴小美没有谈过恋爱，可吴小美口口声声说她没有谈过恋爱，说她不知道恋爱怎么谈。蒋彤觉得这样她就无法与吴小美交流，她想与吴小美谈谈她认为的好男人，不是像她表面说的那样，要这个条件，那个条件，而是心灵相通，配合默契，但她知道吴小美无法意会她的意思，说了也是白说，所以，她不想说她心里想的，就随口说，真正爱你的人，他非常乐意给你花钱，你有没有遇到这样的人？吴小美说我没有遇到。吴小美说你一定遇到吧？蒋彤知道吴小美一定会这样问，就说，我遇到不止一个，你看看，我戴的这条手链就是他送的，你猜多少钱，吴小美说猜不出来，蒋彤说都上万了，吴小美就仔细看蒋彤的手链，镶着钻。吴小美说那他都肯这样为你花钱，为什么你们又分开了呢？蒋彤说所以我说真正的爱情不长久。

蒋彤打了一个马虎眼，吴小美知道她不愿意说，吴小美讨厌蒋彤这样，这致使她与蒋彤无法有一次深入的交谈，蒋彤酒酣耳热之际，也没有对吴小美讲一点体己话，之后两人就去看了电影，那晚的电影尽管不太适合她们看，她们还是拖到了散场。

吴小美有点意兴阑珊，一点也不尽兴，吴小美觉得这是自己的问题，不光是与蒋彤，与周苗苗也是这样。周苗苗是她高中时的闺蜜，两人那时有许多可说的话题，而且聊得又非常尽兴，自从周苗苗嫁人生子以后，俩人的联络就少了，偶尔聚在一起，周苗苗的话题就成了奶瓶、尿不湿、丁桂儿脐贴。她看着不是羡慕，而是说不出的烦和难过，现在她要约周苗苗一起出来看一场电影，都不大可能，唯有蒋彤还能聊在一起，但她与蒋彤也不在一个阶段上。

工作后，吴小美很少这样单独与同事一起小聚，她心里有一种说不出的感觉，集体也没有集体的样子，组织也没有组织的样子。她发现这单位死气沉沉，与她想象中的单位的样子不同。吴小美本来想把她的这番想法与苏夏讲讲，看看苏夏是什么认识，后来又觉得苏夏就是她的组织，讲出来说不定苏夏还得数落她一番。没事的时候，苏夏在苏夏的办公室，她们很少见面，听蒋彤说苏夏脾气比较暴躁，可能更年期临近了，蒋彤还感叹，等我们到了苏夏那样的年纪，我们的青春也就该散场了。吴小美倒不怕，她与那样的年龄还差了一截呢，蒋彤说不要不以为然，你信不信，也只是一眨眼的工夫。吴小美说说得像放电影似的，我现在只能幻想，假如到了苏夏那样的年纪，我的人生不知到了什么样的状况。蒋彤说不也一样吗？老公孩子车子房子，唉，你说，你羡慕苏阿姨那样的人吗？说实在的，吴小美觉得苏阿姨有些古板，苏阿姨给吴小美的印象是她是钟表，机械得很。吴小美被母亲教育惯了，在同事面前不要议论领导的长短，就说苏阿姨挺不错啊，蒋彤说你觉得她有女人味吗？吴小美说你说说，我有女人味吗？蒋彤说去你的。

你看什么呢？吴小美见蒋彤的电脑屏幕上放着一幅画，蒋彤说你也看看，吴小美一看，确实是一幅画，《安娜在赛马会上》，还有一幅《列文向凯蒂求婚》，那段时间，蒋彤正与一位画家相处，那位画家想让蒋彤给她做模特，想画半裸的蒋彤，蒋彤下不了决心，每天在电脑上研究名画。吴小美不明所以，问蒋彤怎么突然间又对名画感兴趣了？蒋彤说了解了解。蒋彤问吴小美，你觉得做裸体模特怎么样？吴小美说挺好啊，不是谁想做就能做得了，那也是艺术。蒋彤就有点沾沾自喜，说有人想让我做半裸模特，你说怎么样？吴小美盯着蒋彤看了几眼，说都让谁看呢？只在我们这样的小地方，我觉得有压力。蒋彤说我正犹豫呢，做一次模特给多少钱呢？那些模特不是很赚钱吗？蒋彤说这不是钱的问题。

吴小美内心希望蒋彤出名，蒋彤是她身边的人，她希望蒋彤不一般，她觉得她与蒋彤仿佛是联盟，想让刘红她们看看，不过，又为蒋彤担忧，你未来的老公知道你做过半裸的模特会怎么看你？蒋彤说再过几年你自己想做，也没有画家会看得上你。吴小美说那你去吧。要不你问问苏阿姨。蒋彤说问她？我拿不准主意的时候从来没有想着要问她，她与学究一样，她一说话，我就被灭了。你觉得她代表着什么？蒋彤问吴小美，吴小美说代表着什么呢？代表着规矩。

蒋彤，楼道里有人叫，是苏夏的声音，蒋彤没出声，叫到第三声的时候，蒋彤拉开办公室的门，说我在呢。苏夏说半天不吱声，我还以为你不在呢，你来一下。蒋彤就去了，回来的时候，拿着一份文件，让每个科室写一篇调研报告，蒋彤说你看看，你起草，我把关，最后让苏阿姨修改。吴小美说我从来没有写过调研报告，我不懂怎么写，蒋彤说照着文件上的要求，电脑上抄一篇。吴小美不乐意，她那段时间正复习着功课，准备考研，她不想在这些无关的事上浪费时间，她说你抄吧，即使抄，你也比我抄得好。蒋彤把文件又从吴小美的办公桌上拿走了，说那算了。她与吴小美再没有话。蒋彤觉得吴小美没有觉悟，不管如何，她还是副科长呢，她说的话吴小美居然不听。这让蒋彤对吴小美有了意见。

吴小美知道蒋彤不爽，就不吱声了，一个人看了一会考研的信息，就去了大办公室，去了见刘红正通知其他科室写调研报告的事，刘红问吴小美，你们的安排下去了吧？吴小美说安排下去了。刘红说是不是安排给你了？吴小美说没有，我哪能胜任了这么重要的任务呢？刘红说遇到这些事各科室都是安排最年轻的人做，这也是锻炼的一次机会，吴小美说我们科安排给蒋彤了，刘红说这样啊。结果过了一周，单位催着让各科室往回交的时候，蒋彤说她忘记了，她在外面办事回不了单位，还得两天。苏夏就给吴小美打电话，吴小美推脱了半天，推脱不掉，给单位留下了不愿做工作的名声。

吴小美有一种非常不好的情绪。她所处的环境与她曾经向往的生活完全是两回事。坐在办公桌前，她从苏夏开始回想，她第一天来上班，遇到单位的第一个人，她希望他们与她友好相处，她抱着这样的希望，可是几年之后，她发现所处的现实根本不是那么回事，她满怀理想的热情像悬在空中的一个气球，无处着地，无处生根，无处发芽。再加上处对象又不那么顺利，所以，吴小美觉得有一种四面楚歌的感觉。

吴小美按照文件上的要求在网上搜寻相关的调研报告，满脸不高兴。这工作吴小美不认为就该她做，吴小美该做什么呢？实际上她也不知道，有许多工作她总有一种与己无关的感觉，尽管不乐意做，吴小美还是认真做了一番准备，并向有关部门咨询了一些数据，整理好之后，她就给苏夏送过去了。

苏夏正坐在办公室，手里拿着一张报纸，桌前有一杯茶。吴小美发现苏夏从来不上网，听蒋彤说苏夏差不多是一个电脑盲，更不用说在电脑上查资料、写文稿了。苏夏就喜欢看报纸，像六七十年代的干部那样，说实在的，吴小美瞧不起这样的领导，现代技能什么也不懂，却要在单位领导有现代技能的年轻人，理所当然的样子。蒋彤说苏夏不会用电脑，凡是电脑上要做的工作都是指挥别人给她做，吴小美说应该自己的工作自己做，为什么她的工作老要让别人给她做？蒋彤说你这观点新鲜，我还从来没有敢这么想过，谁让人家是科长呢？等你当科长了，有许多事你就不想自己动手了，你一定也想让别人代劳。吴小美说我当科长了，我就什么也不做，就在网上看电影、听歌，再欣赏欣赏名画，比她会享受。

你当科长了你想怎么样？吴小美问蒋彤，蒋彤说想让苏夏给我当科员，让她看看她是不是比我做得好？吴小美说你的想法不好，不是自己找罪受吗？她电脑也不会用。蒋彤说就是让她别扭别扭。吴小美说我是替她遗憾，有许多乐趣她体会不到。

苏夏看了吴小美写的调研报告，非常欣喜地夸奖了吴小美半天，说写得好，结构好，文笔好，有思路，说吴小美不愧是科班出身，功底扎实。被苏夏一夸，吴小美反而有些不好意思。之后苏夏就问起吴小美的个人问题，问吴小美想找什么样的男朋友，她帮吴小美留意。吴小美说不出来的一种不自在，她看出苏夏尽量想与她拉近距离，想关心她，对她好，吴小美反倒非常别扭，她看出苏夏有一种想与她长谈的架势，她怀疑，苏夏与她是不是就像她与蒋彤要谈谈的那种心理呢？那么苏夏好奇什么？苏夏对她一个小科员有什么好奇的？

其实吴小美是骄傲的，特别是在这些青春已逝的人面前，在她眼里，苏夏是青春已逝的人，蒋彤也只有青春的尾巴了，别看她们现在一个是科长，一个是副科长，她们是赢不了她的。看着苏夏想与她谈心的样子，吴小美赶紧借机走掉了，她对苏夏一点也不好奇，而且与苏夏没有谈心的欲望。苏夏说你们年轻人事多，那你忙去吧。

吴小美几天没有见蒋彤，心里挂念她是不是去做半裸的模特了，就给她打电话，蒋彤的手机通着，但没有人接。几天后，蒋彤回来了，吴小美问她干什么去了，蒋彤说相亲。那你还不如去当模特呢？相亲有什么意思？蒋彤说没有什么是有意思的，什么也没有意思。一看就是心情不好。

对了，上次很抱歉，我有急事，就没能跟你去相亲，苏阿姨给你介绍的人选怎么样？吴小美问蒋彤。蒋彤说这事啊，你不说我差点忘了，对方有事推掉了，说再联系，就再也没有联系，不说了。

周末你干什么呢？蒋彤问吴小美，吴小美说相亲，蒋彤说别我说什么，你也说什么，讨厌。吴小美说我得赶快把自己嫁掉，要不我就成了别人的话题了。现在都有人给我介绍离异的男人了，你说我要不要去见。蒋彤说去见吧，你总得经历一些男人，然后你才能分辨出来哪一种男人适合你。吴小美说我发现我不会谈恋爱。蒋彤说接过吻没有？吴小美不说话，蒋彤说如果你连接吻都没有过，你的青春真的是白过了。你懂不懂青春是什么呢？我觉得你连现在的初中生都不如。现在的中学生都知道如何不虚度青春。吴小美说你这话让我吓一跳。蒋彤说都这个年龄了情感还是一片空白也未必是好事，我觉得。吴小美说我找男朋友喜欢找一个像我这样的，情感上也是一片空白，我们彼此为对方守身如玉，我向往这样的爱情。

但愿有吧。蒋彤说。

吴小美这样，蒋彤就更不愿意向吴小美敞开她的心扉了，即使已经当了一周的模特生涯，她也不愿意给吴小美讲。当然她的生活远远要比这丰富复杂得多，吴小美也许还理解不了。

蒋彤不来单位，吴小美会觉得有些无聊，有时候她去大办公室，看到大办公室的刘红和小唐她们忙，分发报纸、文件。一次，她领到她们办公室的报纸，刘红说还有一封信，是蒋彤的，吴小美就给蒋彤领走了。这封信在蒋彤的办公桌上放了差不多一周，蒋彤才来单位，蒋彤说这是谁给我的信？这年头，谁还这么稀罕？蒋彤打开信，看完，气得脸都白了，吴小美看到她把信撕了个粉碎，出去了。吴小美好一阵纳闷。

之后不久，报纸里又夹着一封信，吴小美看报纸的时候发现了，笔迹与上一封出自同一人之手。吴小美就给蒋彤放到了办公桌上了，蒋彤几天也没有来。刘红看到这封信还原封不动在桌子上放着，问吴小美蒋彤干什么去了？吴小美说不知道。刘红有点不相信似的看了吴小美一眼，刘红说办公室也有一封这样的信，我看了，你看看吗？刘红就拿给吴小美看了，信里写到蒋彤给一名画家做了小三，还给画家当裸体的模特，说如果单位不纠正蒋彤的行为，下一步将会把蒋彤的裸体画在网上发布。刘红说你们一个办公室，她有没有对你讲过这件事？她最近是不是与一名画家处着？吴小美说她没有说起过，我们两一般不谈私生活。

那你们谈什么呢？我看着她和你还是谈得来的。刘红说。我也不知道我们谈什么，我们从来没有深入地交谈过。就像我和你一样。就像你和我一样？刘红说这不可能。吴小美说实际上差不多，就像这样，就这种关系。刘红说我本来还是想让你把这封信转给她，让她看看怎么处理，惊动了单位的领导就麻烦了，我也不想与苏科长说。这合适吗？我觉得不合适，吴小美有些为难，上次就是这种笔迹的信，很久后她才看到，看完一句话也没有说，脸都白了，之后撕碎扔掉了，我不知道是这种信，还问她怎么了，她理也没有理我。刘红说要知道是这种信，我也就不看了，这可是件麻烦事。要不你与她谈吧，吴小美说，毕竟你在办公室，这封信又让办公室收。刘红说你不知道，之前我们吵过一架，我觉得我说不合适，谁知道她会怎么想呢？那你与苏科长商量一下，吴小美说。苏科长毕竟也是领导。刘红就去找苏科长了。

一会苏科长叫吴小美，让她打电话叫蒋彤，让蒋彤来单位。蒋彤起初不接吴小美的电话，吴小美就给蒋彤发了一个短信，之后，蒋彤打电话问吴小美有什么急事，吴小美说你给苏科长回一个电话，她找你，吴小美还说有你的一封信，放你办公桌上了。蒋彤说你先帮我收起来。

吴小美不久听到蒋彤的脚步声，直接去了苏科长的办公室。之后不久，蒋彤拿着刘红给吴小美看过的那封信回了办公室。蒋彤不说话，吴小美也没有说话，蒋彤嘴里骂骂咧咧，吴小美说怎么了？你的信我帮你放抽屉了，蒋彤说没怎么，吴小美也只能装作不知道。

一周后，一条特大新闻在单位传开了，蒋彤的裸体画上网了，据说是从一条微信开始转发的，下面还有图片说明。吴小美知道这条新闻的时候，已经是第二天了，她接到了一个好久也不联络的朋友的电话，问她单位有没有叫蒋彤的人，吴小美说有啊，怎么了？对方说你还不知道吗？上网了。吴小美说我不知道啊，之后，对方就要去了她的手机号码，给她发过来一条彩信，她放大看了，是蒋彤，但不是裸体画，半裸着，一个半裸的侧影。

这是一幅黑白的油画，吴小美仔细看了，这幅画把蒋彤画年轻了，略去了蒋彤脸上的淡淡的皱纹，把那些皱纹略去，蒋彤舒展的面容焕发出了一种青春的光芒，这根本不是对蒋彤的诋毁，而是给蒋彤做宣传，吴小美甚至对蒋彤生出了妒忌，知道蒋彤上网之后，吴小美就去了一趟大办公室，她想看看别人是不是知道了这件事，但谁也没有说。她就装作不知道。

吴小美的母亲经历过"文化大革命"，吴小美的外公那时是一个小干部，因为说错了一句话被抓走了，抓走后，吴小美的外婆去世，母亲作为家里的老大，拉扯着几个年幼的弟妹，就是在那个年代，吴小美的母亲受了影响，经常小心翼翼，战战兢兢，什么话也不敢说，是一个没有态度与想法的人，还经常教育吴小美少说话，特别是要远离是非。吴小美受到母亲的影响，有时候话说到一半，觉得可能不该说，就停下来了，还说，我也不知道，偶尔听来的，有时候话说得颠三倒四，单位的人就觉得她怪怪的。

蒋彤知道她的半裸画上网了吗？吴小美看不进书去了，她在手机上看蒋彤的画，蒋彤知道了会怎么想？用不用告诉她一声？苏阿姨知道吗？苏阿姨知道了会怎么想？单位的领导呢？这期间，吴小美又接到了一个电话，是她们家属楼里的陈小军，和她父亲在一个单位，陈小军说蒋彤还在你们单位吗？吴小美说在。陈小军说她是不是被一个画家包养着呢？吴小美说我不知道。陈小军说你帮我打问打问，吴小美说我上哪去打问呢？陈小军说这件事事关重大，你一定要帮我打问一下，吴小美觉得陈小军说得有点夸大其词，说关你什么事呢？陈小军说回头我告诉你。

蒋彤还没有来单位，吴小美几天了都没有在单位看到蒋彤，而且单位什么反应也没有，像什么也没有发生一样，令吴小美很失望。苏夏来找蒋彤，不见蒋彤的人影，问吴小美蒋彤呢？吴小美说我也不知道，苏夏说你们俩在一个办公室，你知道不知道她最近都与什么人来往？吴小美说不知道。苏夏说最近网上上传了一张她的裸体画，你知道吗？吴小美说不知道啊，裸体画？她在苏夏面前表现得很惊奇和意外，苏夏说你怎么什么也不知道呢？苏夏就在她的手机里给吴小美找那幅画，吴小美和苏夏一起欣赏了蒋彤的裸画，吴小美说画得挺好啊，把蒋彤画年轻了。苏夏说你什么觉悟呢？一个机关职员，靠裸体画出名，还有没有廉耻之心？吴小美说大概她不以为会上传到网上。苏夏说单位领导也知道了这件事，让我找她谈话，要不咱们单位的名声还要败坏在她的手里。吴小美想到蒋彤说的话，说苏夏与单位领导有暧昧关系，仔细看了苏夏几眼，觉得苏夏这样没有一点情趣的人，怎么会有这种绯闻呢？

你给蒋彤打个电话，让她找我，就说有重要的事找她谈，苏夏对吴小美说。吴小美说好。这时候刘红在楼道里叫苏夏，说有她的电话，苏夏就出去了。

吴小美就给蒋彤打电话，办公室的电话蒋彤不接，她就用手机给蒋彤打，这次蒋彤接了，问吴小美什么事。吴小美说苏阿姨找你，要你现在找她。蒋彤说你就说我关机了，联系不上，吴小美说这不好吧？蒋彤说这两天我有一件麻烦事，不想到单位露面，你帮我应付一下，吴小美还没有表态，蒋彤就挂电话了。

吴小美再打过去，蒋彤已经关机了，吴小美感觉非常不舒服，她去向苏夏报告，说无法联系上蒋彤，苏夏说不在服务区吗？吴小美说关机了。苏夏说继续打，吴小美说要不我发一条短信给她，让她开机后与你联系，就说有重要事找她。苏夏说也好。吴小美就又编了一条短信，发给了蒋彤，她还有她的重要事要做呢，关她什么事，要她打电话，吴小美对苏夏恨恨的。

一时间，蒋彤成了单位的名人，有许多电话打进来，询问蒋彤的情况，吴小美觉得这些人也是太无聊了，不就是画了那么一幅画吗？用得着大惊小怪吗？

下午，苏夏叫吴小美，问她蒋彤联系上了没有，吴小美说短信也给她发了，还没有回音，电话还是关着机。苏夏说你知道她住在什么地方吗？吴小美说不知道。苏夏说她是我们科室的人，出了这样的事，第一责任人是我，外面的舆论对我们单位很不利，必须尽快与她谈谈，看她得罪了什么人，做做工作，消除一下负面影响。吴小美说她一直关着机，会不会出了什么事？苏夏说能出什么事呢？她一定是躲着不愿意见什么人，听说一个女人与她争风吃醋呢。吴小美说她住什么地方我还真不知道，你也不知道吗？苏夏说不知道。吴小美说那刘红她们知道不知道？她们一起工作的时间久一些，苏夏说我问了，不知道。单位没有一个人知道她住在什么地方。苏夏就让吴小美打问蒋彤住在什么地方。

吴小美知道蒋彤住在十八米街上，而且她还知道蒋彤住的是公路局的家属宿舍，她觉得只要去公路局的家属宿舍问一问，是不难问到的，但她没有对苏夏讲，她担心她讲出去了，苏夏会觉得她与蒋彤关系走得近，会把她与蒋彤画在一条线上，她不知道蒋彤的住处，苏夏也没有意外，吴小美心想，你们在一起久了还不知道，我怎么会知道呢？

吴小美当然没有去打问，那还用得着打问吗？苏夏再来问吴小美的时候，吴小美说蒋彤的圈子我不熟悉，也不好打问她的住处，我又给她打了几次电话，她还是关着机。苏夏对吴小美的工作进展很不满意，就安排办公室的刘红打问蒋彤的住处，刘红说我试着问问吧。吴小美去大办公室，刘红就与吴小美打问蒋彤平时都与谁有来往，吴小美说我也不知道。

刘红说蒋彤这么久也不露面，手机也关着，单位领导还担心她，怕出事。吴小美说我看那幅画了，你看了没有？刘红说看了。吴小美说我看着裸得也不是那么厉害，用得着这样紧张吗？刘红说一个单位总得对自己的人进行管理，都在网上上传半裸的画了，下一步还不知道会干出什么事来呢？

哦，吴小美说，我觉得就这件事本身而言，没有那么严重。刘红说你千万别这样说，你的观点会吃批评的，吴小美说这是蒋彤自己的私事，她自己都不着急，单位着急干吗呢？刘红说苏科长让我打问蒋彤的住处，我该向谁打问呢。

不知道刘红是怎么打问的，刘红还是打问到了蒋彤的住处，苏夏来找吴小美，说打问到了蒋彤的住处，下午一起去一趟，与吴小美下午在单位集合。吴小美说好。吴小美心里怀着一种期待，不管如何，这是单位的一次拜访，她还没有这样与单位的人一起有过这样的拜访呢。吴小美想把这个情况通报给蒋彤，但蒋彤关着机，吴小美心想，这样也好，她也想看看这次突然地造访蒋彤是什么样子，在这件事上，她又一次对蒋彤充满了好奇。

说实在的，在人生之路上，吴小美与蒋彤不在一个阶段上，吴小美知道蒋彤对她有些不屑，想到蒋彤对她的那种态度，吴小美就有一种很不舒服的感觉。她其实并不是没有谈过恋爱，她只是不想讲出来而已，她不想让蒋彤认识真正的她。在蒋彤面前，她想做一个没有经历的无知的人。

下午来上班之前，吴小美一直很不平静，她有一种什么就要开始了一般的感觉，更确切地说，她有一种什么就要撕裂了一般的感觉，这种感觉让她有一种说不清原因的兴奋。她早早来到单位，坐在办公室等苏夏来叫她。在这个间隙，她想看看书，却一个字也看不进心里去。既然单位很重视这件事，想干预这件事，吴小美很想看看有单位的作用力这件事最终会变成什么样子。苏夏与她真的会在这件事中起到什么作用吗？她有一种置身事中的兴奋。

她和苏夏打车来到了十八米街，来到了公路局宿舍，向家属院四单元走去，来到单元楼门下的时候，苏夏吩咐吴小美给蒋彤打个电话，吴小美就拨蒋彤的手机，蒋彤还是关机。苏夏说那我们走，两个人爬上了四楼的楼梯，吴小美跟在苏夏的身后，吴小美觉得苏夏是科长，应该走在她的前面，苏夏来到四楼偏西的单元房前，停住了，她敲门，她敲门的声音很优雅，连续敲了两次，这时她们同时听到了蒋彤从门里传出来的声音，她问谁呢？苏夏看了一眼吴小美，没有吭声，示意吴小美回答。吴小美说是我，吴小美，蒋彤就打开了门，看见了门口的苏夏。

　　吴小美看出蒋彤一下子僵住了，她脸上的表情一下子仿佛冻住了一般，之后，她说进来。苏夏和吴小美就进去了。吴小美在这种氛围中突然有种紧张，苏夏一句话也不说，蒋彤说你们坐。吴小美看到蒋彤的客厅里乱哄哄的，茶几上摆着几个空了的酒瓶，放着几个还没有洗的碗碟。苏夏环顾着蒋彤的房子，蒋彤把沙发收拾开让她们坐，沙发上散落放着几件衣服。在这个间隙，蒋彤说你来一下，她拽了一下吴小美的手臂。吴小美看了苏夏一眼，苏夏的脸上没有任何表情。

　　你们来干什么？蒋彤把吴小美带进一间卧室，蒋彤把门闭上了，进到这间卧室之后，吴小美看到了好几幅油画在画夹上撑着，看上去都快要完成了，之后，在一个画夹下面，吴小美看到了一双男人的腿，画夹遮住了他的身体。吴小美看到了他的腿在椅子下面，吴小美被自己看到的情景吓住了。她迅速调转了目光，把目光落在了这一幅幅画上，每一张画画的都是蒋彤，色彩有点像西洋画的色彩。

蒋彤说你们来干什么？蒋彤拽了一下吴小美，吴小美说要与你谈谈，蒋彤说谈什么呢？吴小美说你的一幅画上网了，你不知道吗？蒋彤说我知道啊，是我自己上传到我的空间的，吴小美说是你自己上传的吗？吴小美有点不相信自己的耳朵，蒋彤说是我自己上传的。你不知道现在有许多人还在转发吗？这样会坏了你的名声，蒋彤说我还是分得清好坏的。

本来来之前我打了你的电话，要告诉你一声，但你关机。吴小美说。蒋彤说那你犯不着把她带到我这儿，吴小美说不是我带她来的，是她自己问到了你的地址。蒋彤说单位除了你知道我的地址没有人再知道，蒋彤有点不相信吴小美，吴小美这才发现，这是一种根深蒂固的认知，她们之间永远不可能有那种毫无芥蒂的友好与信任。

你们俩谈什么呢？苏夏敲了敲门，蒋彤说马上就来了，于是就拉了一条门缝与吴小美一起出来了。显然苏夏对蒋彤无视她的存在与吴小美嘀咕有些不满。苏夏说，我们先谈点正经事，一会你们再谈你们的私事。蒋彤说我先给你们倒点水，起身要去倒水。苏夏说不用，摆了摆手，苏夏有非常不耐烦的表情，蒋彤又坐回了沙发上。苏夏说最近你不上班，手机也关机，你待在家里干什么呢？蒋彤说前些天我去了一趟单位，要找你请假，却没有见上你，我最近有点事。苏夏说网上在转你的一幅画，你知道吗？蒋彤说知道，苏夏问蒋彤知道不知道是谁发上去的？蒋彤说知道，蒋彤说是这样的，我一直不是嫁不出去吗？最近和一个画家谈恋爱，他让我当模特画这幅画想参加全国的一个比赛，画本来是通过邮箱传给了组委会，他过去的一个女朋友打开他的邮箱，就故意传网上了，威胁我与画家断绝关系，如果我与画家断绝关系能消除这种影响，那我就断绝关系，现在不管我做什么，这种影响都不好消除。蒋彤说。前几次寄到单位的匿名信就是这个女的写的。那个女的与画家是什么关系？苏夏问蒋彤，蒋彤说一起生活了几年，后来感情不和，就分开了。苏夏说他们有没有领结婚证，蒋彤说我不知道。

苏夏说本来这都是你的私事，作为同事，我们也不好过问，但现在你没有处理好这件事，它给我们单位造成了不好的影响，所以单位领导让我出面与你谈谈，妥当地处理好这件事。蒋彤说其实我没有觉得有那么严重，我也不知道你们怎么想，就这样一张画，能让单位名誉扫地吗？我是什么人物，我又不是单位的重要人物。除了别有用心的几个人关注之外，谁会关注一个小人物的这些桃花事呢？蒋彤说话的语气里有许多的火药味，很呛人，苏夏大概听着不舒服，说我觉得你的觉悟有问题，你想想，怎么别人不来找你谈，偏偏是我们来找你谈？不是领导几次三番找我谈话，你以为我大老远地想来与你谈吗？你别把好心当作驴肝肺。蒋彤说那谈吧，能谈出什么来呢？我们的认识有很大的距离，你以为我们能谈得拢吗？苏夏大概很讨厌蒋彤的这种态度，蒋彤一贯地对她满不在乎，这让苏夏很不舒服。

吴小美不出声，她静静地坐在沙发上，她不看苏夏，也不看蒋彤，她有些局促地听着她们的对话，这件事上，蒋彤的不以为然让吴小美很意外，她喜欢蒋彤的这种态度，她希望蒋彤永远对抗，她喜欢看到她与什么对抗的样子，即使蒋彤是错误的，她也希望她对抗下去。为什么要像所有的人一样合乎规范呢？为什么要像所有的人一样处在一种秩序中呢？

吴小美的手机响，吴小美一看是周苗苗打来的，就挂了，之后周苗苗又打过来了，吴小美看了一眼苏夏，苏夏盯着蒋彤，吴小美又看了一眼蒋彤，蒋彤低着头，手里握着手机。这时候，吴小美想借机走掉，她看着苏夏与蒋彤气氛紧张，就出去给周苗苗打电话，她问周苗苗有什么事，周苗苗说为什么挂电话呢？赵兵回来了，想见你一面，晚上约我们一起吃饭。赵兵是唯一与吴小美谈过恋爱的人，吴小美还珍藏着赵兵送给她的那块葡萄石。吴小美说见什么见呢？他不是结婚了吗？周苗苗说又离了。吴小美说好，见就见一面吧，听听他有什么婚姻感言。

苏夏和蒋彤的谈话还在继续，大半个下午过去了，吴小美也不知道她们谈到了什么程度。吴小美说苏科长，有个人找我，我出去一下。苏夏说我该说的也说完了，我也要走了，蒋彤说那你们慢走。这种局势让苏夏觉得吴小美和蒋彤都不耐烦了，她还没有不耐烦，她们反而就不耐烦了，她对她们的表现非常反感，现在的这些年轻人，太不像话了，都以自我为中心，对领导没有起码的尊敬。

苏夏对吴小美的表现很不满意，她看出这种时候，吴小美与蒋彤在一个立场，吴小美看来也是想与她搞对立。出来的时候，苏夏问吴小美，谁找你呢？吴小美说一个中学时期的同学，从省城回来了，想约我见一面。苏夏说那他跑了这么远来这儿找你？吴小美看出苏夏面有愠色，这关她什么事呢？吴小美说是啊，他说如果我在这儿待得久，那他就来找我。苏夏很不愉快地看了吴小美一眼，吴小美想说耽误了这么长的工夫，蒋彤未必领情，但她又咽回去了，嘴里说，苏科长，你苦口婆心一下午，也累了。因为要见到赵兵了，吴小美心中觉得有光亮，就愿意这样与苏夏说话。

苏夏说，我在蒋彤的房子里偶尔听到了两声男人的咳嗽声，觉得很奇怪，是不是有男人在她家里呢？或者是那个画家，吴小美说是吗，我没有听到，苏夏说蒋彤单独与你说什么了？吴小美说她问我咱们来家里找她干什么，苏夏说我本来也不想来，我才懒得管她的这些破事呢，单位的领导找我谈话，在单位见不着她，只能来家里找她。你看出来没有？蒋彤现在是破罐子破摔，没有一点廉耻之心，吴小美没有吭声，苏夏说其实蒋彤发不发这样的裸画不关我的事，哪怕她名声扫地，她自己不在乎，谁会在乎呢？我还不是因为领导找我谈了几次话，我才来找她谈。现在的思想工作不好做，每个人有每个人的想法，很难一致。

吴小美说蒋彤不知道接下来怎么办呢？苏夏说她应该去找一下领导，检讨一下她自己的错误，吴小美说那多难为情，苏夏说蒋彤名声不好，你与她相处还得注意一点，别受她的影响。吴小美说幸亏我是一个女生，如果是一个男生，说不定还会爱上她，我觉得她有些与众不同，苏夏说你的思维有问题吧。

赵兵出现在吴小美眼前时，吴小美有一种深深的失望，他的个子好像更矮了，还有一种说不出的落魄，不过他的那种大大咧咧的性格没有变。吴小美又一次发现，这个人，她一点也喜欢不起来，她甚至怀疑她以前是因为自己一个人太寂寞了，还是因为虚荣心作怪，才与他相处了那么一段时间。她特别不能容忍的还有他太嗜酒了，她讨厌他酒后说那一大堆无用的话。这一次他又喝高了，他说他这一生唯一对不起的人就是吴小美，他辜负了吴小美。周苗苗示意吴小美坐在赵兵身边，劝他别喝了，吴小美不乐意。

吴小美冷漠地看赵兵又说那一大堆空话。赵兵说我答应吴小美一起去一趟西藏，小美，你定一个时间，我陪你去。吴小美说我都快结婚了，还和你一起旅游像什么话？我男朋友知道了会不高兴的。赵兵说你要结婚了？你不是还没有男朋友吗？吴小美说不清的讨厌从胸腔里涌上来。赵兵说，我对不起你，很对不起。吴小美最讨厌的就是赵兵说这句话，他好像故意在昭示吴小美把自己的身体给过他，正因为这是事实，吴小美才讨厌他这么说。

把赵兵送到宾馆的时候，赵兵突然拉住了吴小美的手，让吴小美陪他坐一会，吴小美使劲从赵兵手里挣脱了出来，吴小美说你都结婚的人了，不要这样。赵兵说我又离婚了，我来就是告诉你这件事的，吴小美说我知道了，周苗苗见吴小美不乐意和赵兵在一起，说小美还有事，你上去早点休息吧。赵兵说那你明天来看我，吴小美说好，如果有时间我来看你，她对初恋的印象变成了厌恶，她心里想，以后都不用回忆了，她对这段往事可以直接埋藏了。她特别讨厌他在离婚以后来找她，当然他与她相处的那一段时光，她无法避免就会产生厌恶，甚至讨厌男人。

周苗苗说你对他是不是太冷淡了？我觉得你有点过了，吴小美说那怎么着？让我上去陪他，做他泄欲的工具？周苗苗说你怎么了？吴小美说酒后乱性，他就是这种人，我讨厌他，他第一个老婆就是他酒后的产物，是一个宾馆的服务员。我现在条件反射，看见他就讨厌，没办法。周苗苗说我以为你们说不定还存在某种可能，既然这样，那就不多事了。吴小美说我从来没有想着要嫁给他，你信不信？内心深处说不清有一种没有缘由的抵触。他居然一点也没变，是我讨厌的那种样子。

吴小美接到蒋彤的电话，赶到了蒋彤的住处，蒋彤的客厅里一片狼藉，空了的酒瓶子堆满了茶几，蒋彤一副醉酒的样子。吴小美说你怎么喝成了这样？你怎么了？蒋彤说他跑了，他带着所有的画跑了。蒋彤用手指着门的方向，蒋彤说我几乎什么都答应他了，可是他居然跑了，你说为什么呢？吴小美说说不定他还会回来，说不定他有什么急事呢，蒋彤说不是这样，那个女人要挟他要自杀，他是怕那个女人真的会自杀，因为这个原因，他就离开了我，他让我声名狼藉，然后离开我。蒋彤泣不成声，吴小美不知道如何安慰她。

平静下来的时候，蒋彤说，这是他的手机号，你给他打个电话，就说我喝敌敌畏了，得赶紧送医院，让他马上过来。吴小美说这不好吧？蒋彤说他一定不会来，我只是试试他，今天晚上我必须做个决断，我不能再这样下去了。吴小美就拨那个陌生的电话号码，结果关机。吴小美把提示音给蒋彤听，蒋彤说他居然学我，关机，他妈的！蒋彤在沙发的扶手上拿到烟，点燃了一支，蒋彤说我本来是想认真地开始的，我不想再这样继续漂下去了，这个狗娘养的，他只在乎什么他妈的灵感，他完全不怜惜女人。吴小美说你就当作没

193

有见过这个人，让生活回到原来的样子，蒋彤说你怎么这么无知？事情都成这样了，怎么还回得去？吴小美说我不是让你心里变得好受点吗？你总不能老和自己过不去，自己难过吧？蒋彤说我懂，吴小美说你别抽了，对身体不好。说着吴小美就帮蒋彤收拾茶几，她把那些散落的烟蒂和空酒瓶子都收拾进垃圾桶，吴小美说你还是振作点吧，蒋彤说我快要死了，真的，我一点也不想活了。吴小美说你不是独身主义吗？你怎么这么快就动摇了？蒋彤说我也不知道怎么了，现在特别害怕失去，但我不能就这么算了，我一定要找到他，与他谈谈，我可不能让他白白玩弄。你是不是和他已经有了爱情了？吴小美问。蒋彤说爱情是狗屁，你千万别相信爱情，它会让你变成傻子。

　　吴小美和蒋彤的一番交谈，让吴小美的思维陷入了一片混沌，她不知道蒋彤到底是怎么回事。

　　之后蒋彤上班了，单位的人都用一种异样的眼光看她，连吴小美都能感觉到。好在吴小美知道蒋彤的创伤远远地超过了别人表面了解的那样，觉得蒋彤的日子难熬。有人旁敲侧击向吴小美打问蒋彤的情况，吴小美说她不知道。

　　陈小军问吴小美问到蒋彤的情况没有，吴小美说问到了，不是传闻中的那样。吴小美说你这么惦记她，到底为什么呢？陈小军说我的一个朋友与蒋彤认识，有意与她相处下去，侧面了解一下她的情况。吴小美把这事讲给了蒋彤，蒋彤什么也没有说。

　　这之后，陈小军相跟着一个男子来找吴小美，正好蒋彤也在，四个人就坐在那儿聊。介绍给蒋彤的那个男子叫马伟，有过婚姻，持续了一年，感情不和，分手了，论年龄，这个男子与蒋彤差不多。

吴小美看到蒋彤一点兴趣也没有，为了不冷场，她和陈小军尽量找话题聊，陈小军说一起去吃饭吧，出来让吴小美问蒋彤有没有兴趣相处。蒋彤没有说话，吴小美也摸不着蒋彤的心思。吴小美知道对于蒋彤来说这个时间段谈这些不合适。

蒋彤手机关机，有时人在办公室，有时人不在办公室。苏夏见蒋彤一副失意的样子，以为蒋彤得到了教训，正在自省呢，她认为这才是蒋彤应该流露的情绪，所以也没有过问蒋彤的事，叫马伟的男子把电话打到办公室。通常接电话的是吴小美，吴小美说蒋彤出去了，回来我让她回电话给你。几次之后，马伟就要问吴小美蒋彤是什么状况，是不是有相处的男人，吴小美说没有发现有相处的人。蒋彤回来，吴小美就把马伟打电话的事告诉蒋彤，蒋彤一副爱理不理的样子。

后来马伟的电话打到办公室的时候，如果蒋彤不在，吴小美就任它响下去。一次，刘红与吴小美聊天，电话响着，吴小美就是不接，刘红说接电话呀，吴小美说找蒋彤的，蒋彤不在，刘红说那也接电话说一声，刘红就接起了电话，问找谁，对方说找吴小美。刘红说找你的，刘红把电话给了吴小美，吴小美非常不自在，说喂，马伟说是我，吴小美说蒋彤不在，马伟说刚才接电话的是谁呢，吴小美说不是蒋彤，你打她手机吧，说着就把电话挂了。

蒋彤也不知怎么了，手机关机，这个电话经常找不着她，就打到办公室了。我都接了好多次了。吴小美说。刘红说蒋彤就是有些怪怪的，不一会儿，电话又响，吴小美一看还是刚才的号码，让刘红接，就说她也出去了，刘红就接起了电话，问找谁，说找吴小美，刘红说出去了，你打她手机，对方说好。吴小美以为马伟不知道她的手机号，不久，手机就响起来了，确实是马伟，吴小美只能接了电话，问什么事。

当着刘红的面，吴小美非常不自在，觉得她好像隐藏着一个谎言一般，这个谎言不偏不倚让刘红揭穿了。马伟说想找你帮个忙，下班的时候见个面。吴小美说我帮不了你，我知道你要让我帮你做什么，马伟说见面再说。

因为与蒋彤联系在一起，所以吴小美就觉得有些说不清道不明，刘红一定对她有看法，挂了手机，吴小美自嘲地说，找不着蒋彤，就改找我了，这个人也真是奇怪。刘红说这是个什么人呢？吴小美说给蒋彤介绍的一个人，上次来过办公室，蒋彤一点也不干脆，愿意处了就认真处一处，不愿意处了就告诉这个人一声，省得麻烦，现在都给我造成麻烦了。刘红说蒋彤就那样，一直处在混沌中。

已经下班了，吴小美还坐在办公室，她不想见到马伟，也不想在马伟面前谈蒋彤，她觉得马伟之所以想与她谈谈，是因为他找不到蒋彤，他一定是想从她这儿刺探蒋彤的私生活，她讨厌这样的人。

吴小美翻着书，拖着时间，在这个间隙，她又梳理了一下自己的思路，她也不知道她下一站的去处，是考研去进修呢，还是结婚成家呢？她的婚姻在哪儿解决呢？她对爱情有自己的理想，但现在想来她觉得这个理想也难以实现，吴小美在回想往事的时候不由得有些顾影自怜，她潜意识里非常清楚自己考研是为了逃避目前的窘境。

门被敲响了，打开门，吴小美看到了门口的马伟，马伟说你怎么还在办公室呢？我在楼底下等了你好长时间了。吴小美说哦，我看书都忘记了。吴小美说你是不是要我帮你找蒋彤，我说过我找不到她，她只要关了机我就无法联系上她。马伟说你在办公室干什么呢？吴小美说看书，马伟说都看了一下午了不累吗？吴小美说也没有看了多少，现在脑子笨，看完后就忘记了。马伟说女孩子家看书多了有什么用呢？还不是要回家看孩子做家务吗？吴小美说问题是现在没有孩子可看，没有家务可做。

马伟说到现在都不找对象，到底为什么呢？吴小美说大概时机未到。吴小美说你呢，你怎么还单着呢？马伟说我的原因很简单，自己的问题，情商不高。之后马伟约吴小美一起去吃饭，吴小美不肯去，吴小美觉得自己和马伟去吃饭有些不伦不类。吴小美说你请我去吃饭我也帮不了你，马伟说什么思维呢？我不一定非要找蒋彤，你怎么就不能理解为这样，我是借口找蒋彤来找你。吴小美说没有道理，你一直关注着蒋彤，陈小军好久前就打电话帮你对蒋彤进行盯梢，我就是你盯梢的那条线，你现在反倒让我喧宾夺主，让我情何以堪？马伟说我没有必要骗你。从楼里出来的时候，马伟接到了陈小军的电话，让他带吴小美一起去吃饭。

吴小美就是这样与马伟开始相处的，那次席间，陈小军郑重地把马伟的工作情况和家庭情况向吴小美作了介绍，吴小美也没有太在意。之后马伟就经常叫几个人一起聚会，一次星期天，约了吴小美一起去野营。就在这种相处中，吴小美了解到马伟离过一次婚，马伟说结婚一年，他前妻考上了省外的研究生，执意要去进修，两人意见无法达成一致，就离婚了。问到吴小美的感情史，吴小美说她谈过恋爱，但讨厌那个人经常酗酒，之后就分手了，工作后，先后介绍过几个，没有遇到合适的，就拖延到现在。

自从与吴小美正式相处之后，马伟就直接打吴小美的手机，有时蒋彤在，吴小美就觉得有一种不自在，幸亏蒋彤那段时间无暇顾及吴小美，吴小美在电话中简短地说两句，马伟听见吴小美不方便，猜想蒋彤在，就挂了。

一次，吴小美又接到了马伟的电话，吴小美说蒋彤在，你与她说吗？没想到马伟听到蒋彤的名字，紧张的情绪瞬间就从电话那头传递了过来。他说，我找她没事，不说，吴小美就呵呵笑了，说逗你的，你紧张什么呢？马伟说以后不许开这种玩笑，吴小美说你以前找蒋彤那么急迫，现在提蒋彤就紧张，太不可思议了。马伟说你在她面前也少提我，吴小美说人家蒋彤才不稀罕你呢。

直到与马伟订婚后，吴小美才知道蒋彤是马伟的前女朋友。吴小美是在布置新房的时候发现一张旧相片，几个人中，有马伟，有一个女孩很像蒋彤，她就问马伟妹妹，这个女孩是谁呢？马伟妹妹说是我哥的前女朋友，后来吹了。吴小美说这个女孩很漂亮，为什么吹呢？马伟妹妹说本来两个人挺好的，我哥病了一次，不知为什么就闹了矛盾，后来就分手了。

知道这个消息后，吴小美心中说不出的不痛快，世界怎么这么小啊？她把这件事讲给周苗苗，周苗苗说你都不在乎他离过一次婚，你还在乎他谈过一次恋爱？吴小美说是啊，我也这么想，可是症结不在这儿，他前妻我不认识，可以忽略掉，可蒋彤和我在一个办公室，以后我和蒋彤怎么相处呢？他与蒋彤谈过两年的恋爱，蒋彤已经住到他家里了，就差举行婚礼了。后来不知因为什么就分手了。周苗苗说我觉得马伟也有问题，找对象怎么这么不当一回事，明明知道你和蒋彤一个办公室，还和你在一起掺和。吴小美说这多别扭和难堪啊，我无法想象以后怎么办。

吴小美想问问马伟，又觉得问了能怎么样呢，想问问蒋彤，又不知道如何开口。心里七上八下，她给蒋彤打了个电话，这件事她非常想找蒋彤谈谈，至少她要告诉蒋彤她与马伟已经有了婚约，看看蒋彤什么反应。没想到蒋彤一点也不意外，她说她早就知道了，从你一开始与他相处我就知道了，他没少向我打问你。吴小美说你在哪呢？我去看看你，蒋彤说在家里，吴小美就迫不及待地赶到蒋彤的家里，看到蒋彤挺着一个大肚子。

我不能去上班，能看出来吧。蒋彤问吴小美。吴小美说能看出来，蒋彤说我年纪不小了，想生一个孩子，吴小美看到蒋彤这样有些震惊，吴小美说你真是让人太意外了。蒋彤说你知道了我和马伟谈过恋爱，是不是也很意外呢？吴小美说知道这个消息我非常别扭，觉得自己像做错事了一般，像误入了歧途。蒋彤说我何尝不别扭呢？不过我和马伟是不适合结婚的，这个我知道，至于你们你要靠你的感觉了。

你们不是相处了很长的时间吗？为什么分手呢？吴小美

问。蒋彤说感觉没有了，吴小美说你说点细节，蒋彤说细节都记不得了，主要是我不喜欢他的气味，我无法向你描述那种气味，非常陈旧非常不舒服的一种气味，说真的，你有没有闻到过？吴小美说没有闻到过。蒋彤说你与他都到了什么阶段了？有没有住在一起？吴小美说没有。蒋彤说都订婚了为什么不住在一起呢？还怕自己会吃亏吗？吴小美说除了不喜欢他的气味，你们还有什么不和谐呢？

这个就导致所有的不和谐，蒋彤说，你明白吗？吴小美说我不明白，那么你知道他为什么离婚呢？蒋彤说我觉得也与气味有关，别的只是借口。蒋彤说做梦也没有想到你会与马伟要结婚了，这个世界有时真的有些离谱。世界怎么这么小啊。

那么我和他，吴小美问蒋彤，你觉得合适吗？吴小美现在觉得马伟是蒋彤吃剩下的一餐饭，又觉得是蒋彤丢落下的一件东西，蒋彤说你为什么要与一个有婚史的人结婚呢？你以前不是说想找一个与你一样像白纸的人吗？

吴小美说我以前谈过一次恋爱，后来分手了，前一段时间，他来找我，他离婚了，想与我重归于好，几年不见他，我发现他身上的那些毛病还是让我无法忍受，我甚至一秒钟都不想忍受他。他成为马伟的参照，假如他不离婚，他不来找我，我是发现不了马伟的，也绝对接受不了马伟。某种意义上说，因为他们有相同的处境，因为他启发了我，作为相同境遇的某种意义。

你不是说你没有谈过恋爱吗？怎么冒出了前男友了？蒋彤问吴小美，我倒希望你像你自己说的是一张白纸，你什么时候都可以开始。吴小美说谈过，也不是真正的恋爱，我对他的感觉，厌恶比喜欢多，随时都想着要分手，不知道为什么，了解得越多，分手的念头就越冒得快。蒋彤说但他曾经是你大学时代的恋人，吴小美说正因为这样，他让我了解了这世界上还有那么一种男人，我是从他那儿出发，得以挽救了我对婚姻的向往，他到底是怎样的人呢？蒋彤问吴小美。

吴小美说是一个嗜酒的男人，因为酒精的作用，他经常会说许多匪夷所思的话，这些话会在你心里留下一些烙印，酒精的作用之后，他就像变了一个人，他说话比较随便，让你觉得他没有定力，你永远不知道他的哪句话经过了大脑，他会对自己说过的话毫不负责，大多数时候，他记不得自己说过的话，而且他有一个特别致命的缺点，酒后经常哭闹，正因为这种状况，我经常对自己的这次恋爱心怀厌恶，我就在心里否认它。

你们之间一定走得很远了，有过那种亲密的关系，但不和谐。所以就让这种关系无以为继。蒋彤说，是不是这样？吴小美说你怎么知道？蒋彤说因为我也有过这样的一次经历，同居了将近两年，我都无法感到一种快乐，之后就分手了。后来我就希望换一个人试试，但都没有成功，直到遇到画家，不是因为爱情，是因为另一种东西的吸引，你没有见过他，从外貌看，你看不到他身上潜藏着那种艺术家的气质，甚至笨拙，但他给我传递一种非常特别的气息，能打开我的身体密码。这一次，我是认真的，我想和他在一起，我想给他生一个孩子，看在孩子的面子上，他或许会回到我身边，他说我能给他创作的灵感。

单位的人见马伟偶尔来他们单位，以为来找蒋彤，后来听刘红说是来找吴小美，就觉得这事有些不靠谱，觉得吴小美与蒋彤走得有些太近了，连蒋彤的前男友她都能接受。

　　为这件事，苏夏旁敲侧击地问了一下吴小美，这件事上，吴小美倒希望苏夏端起领导的架子，对她做一番教诲，但苏夏只是蜻蜓点水地询问了一下情况，问吴小美是不是正谈着对象，吴小美说别人介绍了一个，苏夏说我也是听办公室的人说你谈对象了，来单位找你，吴小美说偶尔来，吴小美说什么时候他来了我带他去见见你，你给我把把关，苏夏说那倒不必，我听他们说你处的这个男孩子以前也来过单位，那时找蒋彤，蒋彤当时在大办公室，一次下班后，反锁了办公室的门在里面约会，刘红落下了家里的钥匙，来办公室找，刘红开不了门，敲门，蒋彤没有开，刘红以为锁坏了，就叫了一个开锁的人，打开了锁，才发现蒋彤和那个男孩在里面。刘红很生气，两人就吵了一架，刘红质问蒋彤为什么不给她开门，蒋彤说她没有听见，外面雨下得那么大。

　　因为这件事，单位的人都知道蒋彤谈对象了，以为她不久也就结婚了，过了一些时间，听说两人吹了，单位的人就对她有了看法。

　　这件事在吴小美的人生里是意外，假如她找的对象是黄伟，或者刘伟，那么都在正常的范畴里，可是她偏偏找的是马伟，是她同事的前男友，苏夏说我也是随便给你说说这些老黄历，是不是蒋彤给你介绍的？吴小美说他来找蒋彤的时候认识的，苏夏说你知道不知道他们为什么分手？吴小美说不太清楚，苏夏说我听说是因为那个男孩是独子，同居两年了蒋彤都没有动静，担心蒋彤不会生孩子，就分手了。苏夏说你找对象要在外围打问一下情况，不要听当事人讲，要客观地做个分析。吴小美说我觉得他们以前处得如何，有什么矛盾，为什么分手，这些都不重要，苏夏说怎么不重要呢？从这些事里你能了解到一个人的性情、品性、修养。吴小美说他不光与蒋彤同居过，而且还又结了一次婚，离了。苏夏说这个我还是第一次听你说，这个人怎么那么不慎重呢？苏夏的一席话，让吴小美的心悬在半空。

吴小美决定问问马伟，吴小美觉得她与马伟订婚还是太仓促了。吴小美说我想与你谈谈，马伟说正好我也想找你谈谈，吴小美还以为是马伟想就他与蒋彤的事对她有个交代，吴小美没想到这件事还有另外的玄机。

两人约在了第一次吃饭的茶餐厅里，吴小美发现，马伟一副心事重重的样子，吴小美以为谈到蒋彤会让他难堪。吴小美几次欲开口，想问问马伟与蒋彤为什么分手，但她都有些犹豫。

你喜欢将来有一个儿子还是女儿？马伟问吴小美，吴小美觉得马伟谈这个话题太让她有些意外了，吴小美想了想，说都喜欢，你呢？马伟说我也都喜欢。马伟说你想和我谈什么呢？吴小美说我很好奇你与蒋彤处了那么久，到底为什么分手呢？马伟说后来发现性格不合，吴小美知道这是马伟敷衍她，马伟不愿意告诉她真相。

你想与我谈什么呢？吴小美问马伟，马伟说我现在发现我还是忘不了蒋彤，尽管我们之间有许多矛盾，我离婚一多半是因为她。我想与你谈的就是这个。我觉得有点对不起你。

吴小美说你是不是想与她重归于好呢？这个念头让吴小美感到了恐惧，一下子，她有了乾坤倒转的感觉。马伟说我想征求你的意见，吴小美说我们之间已经有了婚约，你说你为什么想毁约呢？马伟说是我自己的原因，一个不得已的原因。

　　蒋彤与吴小美做了长谈，之后，带着一个肚子与马伟结婚了，单位所有的人为吴小美庆幸，认为马伟这个人太不地道了，幸亏吴小美收场及时。

　　所有的人都不知道蒋彤的大肚子是怎么回事，马伟是怎么回事。这些事以它们的本来面目盛放在吴小美的心里，吴小美的心，像极了一只五味杂陈的瓶子。

债　主

　　已经是初秋的天气了，早晚的气温有了很大的悬殊，孙三莲衬衫外面穿了一件淡黄色的开衫，裤子也换成了厚牛仔裤。居家的时候，孙三莲不喜欢戴胸罩，哺育孩子后她的胸虽然没有变小，但变形了。薛家垣村居家的与她年龄相近的妇女都是这样的自然状态，变形后的胸包裹在宽大或者窄小的衣服里，它是什么样的状态就让它以什么样的状态存在。

　　有年轻的妇女虽然还在哺育期，一天里要把衣服掀开多次给孩子喂奶，但戴着一种能够露出乳头的胸罩，有的穿着能够露出一只大奶的内衣，设计这妈妈内衣的设计师真聪明，母亲要给孩子喂奶的时候，只恰当地把乳房露出来就行了，奶一喂，把那个布盖子拉过来，扣子一扣，奶就轻松地钻进衣服里去了。有的年轻媳妇即使经常居家，习惯了戴那个有硬邦邦钢丝圈的胸罩，两只胸脯经常满满的，比大姑娘的胸还饱满。孙三莲就觉得她们不懂得生活，在家里戴那么一个东西多不好受啊，不好看要让谁看呢？这个问题她与她们探讨不清，谁也理解不了谁。

　　打扫院子的时候，孙三莲的两只胸随着她的腰奔拉下去或抬起来，她习惯这样了。院子里随风落下来的枣树叶子逐渐多起来，自从院子被硬化以后，孙三莲打扫院子方便多了，但她觉得这院子没有了以前泥土的气息，就没有了许多的生气。本来她觉得没必要硬化，但事情来得突然。小叔子薛小伟的一个同学开罐车，给一个厂区送料的时候多出来了，就问他们的院子硬化不硬化，料已经拉到大门口了，要孙三莲拿主意。孙三莲就给老公薛大伟打电话，薛大伟在村里头的煤矿上，薛大伟说当然硬化啊，这还用问吗？听到这消息，薛大伟请了假，急急赶回来了，整整花了一天的时间，他们家的土院子变成水泥院子，凭空高出了十几公分，孙三莲怎么看都觉得别扭。薛大伟很喜欢，让孙三莲炒了几个菜，招待薛小伟和他的同学喝了一顿酒，临走的时候还送了薛小伟的同学两条云烟。

　　见孙三莲炒了几个菜，薛大伟就让弟弟小伟给张小娟打电话，让张小娟也来吃饭，薛大伟说听到张小娟在村委广播了，你叫她一会来吃饭吧。小伟就给张小娟打电话了，搁了电话，要开薛大伟的车去接张小娟。薛大伟就顺手把钥匙给了小伟。孙三莲听到张小娟这样摆谱，而薛小伟这么顺着她，说不出的反感就涌上心头。她也说不清自己为什么就反感上了张小娟，一开始见到张小娟的时候，她本来还是喜欢她的，可是渐渐地，她就讨厌她了，这让她无端地就生出一种坏情绪。

　　张小娟来的时候穿着裙子，高跟鞋踩在他们家院子里的水泥地面上，发出清脆的响声。孙三莲从玻璃上就看到了张小娟的影子，穿一件米色的棉布衬衣，下身是一件黑色的齐膝的裙子。孙三莲的心里就咯噔了一下，都入秋的天气了，穿这么少，就不怕被风吹落一个毛病吗？随着高跟鞋越来越近，张小娟进屋了，张小娟的嘴倒是很甜，一进门就叫哥，叫嫂子，孙三莲发现只要大伟在，张小娟就先与大伟打招呼，大概张小娟觉得这种关系还是与大伟近，她远一些，这一点也让她感到不快。

　　还不等孙三莲招呼，张小娟就说，嫂子，拖鞋呢？我换一下鞋吧。大伟见孙三莲在灶台旁忙，赶紧起身去里间拿鞋去了。张小娟换了鞋也没有帮孙三莲做什么，因为饭马上就好了，张小娟就直接坐下来吃饭了。往往这时候，孙三莲顾不上吃饭，她要端菜，盛汤，还要准备下面条，还得给他们温酒。张小娟能喝酒，还不停地给这个敬酒，给那个敬酒，她还参与他们的谈话，镇里村里有什么新闻，她就在桌子上讲一通，这些男人还都很愿意向她提问，这就让孙三莲觉得张小娟不是生活在他们中间的人，这增加了孙三莲对张小娟充满憎恶的好奇，她不由得要在张小娟不经意的时刻偷偷打量她，她的胸经常挺得高高的，喜欢在夏天穿长筒丝袜，戴一副黑边的近视镜，个子和身材都是女孩子那种恰到好处的尺寸，乍一看，不要说在薛家垣村这样的地方，就是在城市里，张小娟也是引人注目的。

　　张小娟是城里人，在薛家垣村当村官，已经两年多了，这之前，薛小伟谈着一个对象，两个已经住在了一起，那女孩身材模样很不错，家在镇里，与薛小伟是初中的同学，上过师范学校，在镇小学当老师，也算是文化人。要不是这两年薛家垣村的煤矿景气，每个村民在年底都有一两万的分红，孙三莲觉得那女孩肯定不会下嫁到薛家垣的，女孩提出让薛小伟在城里安家，将来孩子在城里接受教育。城里的房产在当时已经炒得很红了，公公婆婆不答应姑娘提出来的条件，两人就吹了。正好这时候张小娟分配到村里当村官，经常在村里的高音喇叭上广播通知。张小娟一口流利的普通话，声音清脆动听，一下子就吸引了薛小伟，薛小伟就是循着这声音找到张小娟的，这声音先入为主地占据了薛小伟的心，然后是张小娟这个人占据了他的大脑。一打问，张小娟还有男朋友，薛小伟可费了不少周折追求张小娟，一有时间，就去村委办公室找张小娟。

薛小伟是煤炭中专学校毕业的，他学的专业可谓恰逢其时，2005至2006年，正是煤炭市场非常火爆的时期，薛小伟的专业派上了用场，谁也知道他的这个工种意味着什么。有过上一次失败的恋爱，这一次，他希望与张小娟早点结婚，只要张小娟嫁给他，他们家年底就会多领一份分红，将来生了孩子，孩子也会有一份分红，在薛家垣村工作的张小娟自然知道薛家垣村比别处的优越性，但她对薛小伟的身份有些不满。薛小伟没有正式的工作，他只是矿上的技术工，就因为分红这件事嫁给他，她还有些拿不定主意。

孙三莲看出张小娟拿不定主意，从她来他们家的表现就能看出来，尽管她称呼大伟哥，称呼她为嫂子，但她还没有从内心真正地把他们当作一家人。她来他们家吃过几次饭，只客气地问孙三莲，嫂子，有什么我能帮你的？孙三莲看着她齐整干净的衣服，穿那么齐整干净还能干家务吗？孙三莲就说你坐着，你穿得这么漂亮干净，怕弄脏了你的衣服。她也就果真坐在了沙发上，安心地等孙三莲做饭，好像天生就应该是这样的，没有一点不好意思。孙三莲想，将来她结婚了，有了自己的家，不知道会不会自己动手做家务。一次，大概为了回报孙三莲，她给孙三莲带来了一只胸罩。她说嫂子，我给你买了一只胸罩，你试试，如果不合适，我拿回去帮你换一下，我朋友开着内衣专卖店，很方便的。孙三莲的脸一下子红了，她说为什么要送我胸罩呢？张小娟说我觉得女人带上胸罩合适，不知为什么，我看到你不戴胸罩很别扭，感觉仿佛是我不戴一样，张小娟的话让孙三莲怔在了那里，她没想到张小娟这样回答她，仿佛她的脸被抽了一下让她不舒服。

你今年多大了？孙三莲问张小娟，张小娟说二十七了。孙三莲想了一下，她三十八，她比张小娟大了整整十一岁。十一年之前，她也不热衷戴胸罩。不过十一年之前，她的两个孩子都上小学了，她十九岁结婚，结婚后连续生了两个孩子。哺育孩子之后，她的胸部变松弛了，她只在去镇里或城里的时候戴胸罩，那样好衬衣服。居家的时候，她一般不戴胸罩，周围的人谁也没有觉得她不戴胸罩别扭，唯有张小娟竟然说她不戴胸罩让她别扭，就是从那一次张小娟送她胸罩的时候起，孙三莲对她有了反感。

张小娟除了这个对她感到别扭之外，那么张小娟看到她哪儿还别扭呢？孙三莲不由得要思忖这个问题，张小娟的话让她感到了自己身体里有了异物一样让她不舒服。她把张小娟送她的胸罩给大伟看了看，大伟说家里又不是没有钱，该买的东西自己配备齐整了，这些年又不是前些年，不用亏待了自己，省那么点钱能干什么呢？你手头紧了我回头给你一些。孙三莲说不用，不用，你攒个整的回头还是放在薛大头那儿，存着将来好给孩子用。大伟说我看着张小娟这个女孩不错，你回头也买两条长筒丝袜穿上，我看着那样才好看呢。

孙三莲说我这个人不能戴胸罩，不能穿长筒袜，不舒服。大伟说你老了，没有年轻时的那种劲头了，年轻时你不是挺喜欢吗？孙三莲想不起来她年轻时是不是喜欢过，反正她现在是不喜欢了。

你喜欢怎么样就怎么样吧。大伟说，无所谓地看了孙三莲一眼。

隔了几天，小伟来找孙三莲，说一会他去接张小娟，几个人一起去村口的饭店吃饭，去了让孙三莲问问张小娟，与他的事考虑得怎么样了？孙三莲说什么日子呢，叫我也一起去吃饭？小伟说他的生日。孙三莲说你不问为什么让我问呢？我问合适吗？小伟说有什么不合适的？你问问也算是关心我们俩的事。孙三莲说其实这还用问吗？你自己应该能感觉得到，小伟说你还是帮我问问吧，孙三莲说好吧。

薛大伟有事没有来，孙三莲就觉得自己与小伟和张小娟一起吃饭有些别扭。等菜的当儿，小伟出去接电话去了，孙三莲就准备与张小娟私聊一下，她在心里还准备了一番。她看了几眼张小娟，张小娟穿着棕色的羊毛连衣裙，戴着一条花白相间的丝巾，穿着比较厚的长筒丝袜。张小娟充满朝气，张小娟的胸还是那么直挺，让人觉得张小娟是一个非常骄傲的女孩。不知为什么，孙三莲不喜欢张小娟做小伟的媳妇，她觉得张小娟不适合做小伟的媳妇。

你和小伟准备什么时候结婚呢？虽然心里准备了一番，话出口的时候，孙三莲变成了这么直白的一句话，是啊，这是最终的目标。你们结婚越早越好，你也知道吧？孙三莲问张小娟。张小娟说你是说矿上分红的事吧？孙三莲说是啊，张小娟说我不想那么急，我想在城里安家，我们同学们大都在城里找了对象，在城里安了家，我想调回城里去。也希望小伟调一份好的工作，我也把我的想法和小伟说了，工作最后落实了再考虑结婚的事。孙三莲说你们现在工作都挺不错啊，张小娟说这个工作我不理想。结婚了，有孩子了，马上就面临许多问题，孩子要上学，没有一个安定的环境，现在不敢妄谈结婚。孙三莲不了解张小娟的想法，也无法理解张小娟的想法，一个二十七岁的大姑娘了，好像对结婚郑重其事，其实却是盲目的郑重其事。孙三莲说我像你这般大的时候，我的两个孩子都上小学了。孙三莲是自豪的，她的两个孩子现在都在县城中学的重点班上高中。张小娟说人与人的想法不同。

　　这句话让孙三莲敏感的心受到了刺激，她觉得张小娟的这句话里有点瞧不起她的意思，孙三莲当然看不到张小娟的未来，她不明白张小娟想奋斗一个什么样的未来。但她的未来，大概张小娟一眼就看明白了。一个生活在乡下的妇女，不喜欢戴胸罩，不喜欢穿长筒丝袜，这样的女人，能有什么宏伟的想法呢？能有怎样精致的人生呢？这样猜度张小娟的想法，孙三莲在心里冷笑了一下，虽然是乡下人，但他们是厚实的乡下人，薛大头那儿存着他们家的五十多万元存款，利息比银行利息高许多，一分五，一年下来，光利息就能结算近十万元，这还不连薛大伟的工资。所以将来，她的孩子们都要去城市上大学，将来有可能，都要去大城市工作，安家，她是有想法的。至于她自己，她觉得她现在这样的生活就很好，很安逸，他们村和她一起长大的女孩子现在一个个都非常羡慕她，为什么呢？还不是因为她嫁到了薛家垣村，她吃穿不愁，有殷实的家底，有源源不断的进账，她不用那么辛苦，就有这样的好活法。而且她公公婆婆因为煤矿占地，被赔偿了一笔数目不少的钱，据说将来还要给大伟分一份。

不光这，令孙三莲高兴的是，现在的五十万元，不仅是五十万元，它还不断地生钱，生下来的钱薛大伟凑一个整数，再放进薛大头那儿。薛大头并不是开着银行，薛大头把钱放进彭同辉的公司里去了，据说彭同辉给他开出的利息是三分，就是说薛大头吸纳他们家的五十万元，他们能得到近七万多元的利息，那么薛大头能得到和他们同等数目的利息。据说这是为企业融资，光这件事薛大头可没有少赚钱。孙三莲知道她公公婆婆的那些钱也全在薛大头那儿存着，一年结算一次利息，这些钱像阳光一样让孙三莲感到温暖。

嫂子，我想和你说一件事，张小娟看了看小伟还没有回来，声音低了下来。孙三莲说什么事呢？张小娟说我听说小伟家有一笔钱，家底还不错呢，是不是？孙三莲这下就骄傲了，她说不是靠着煤矿吗？这也不是什么秘密，薛家垣村的人家家户户都有钱。终于谈到钱了，孙三莲想，她不由得想到了她的婆婆，假如张小娟和她的婆婆这样谈钱，她的婆婆心里会怎么想？孙三莲不禁在心里又一次冷笑了。外表看着这么高傲的女孩子，却是非常现实呢。

张小娟说我是这样想的，我和小伟都不小了，我们现在最主要的事不是结婚，是我们的前途，小伟有专业，煤炭局很适合他去，去了那儿，前途比一个小煤矿强多了，只要找一个关系，打点好，这事就好办。孙三莲说打点一个人听说得不少钱，经常听人们说现在工作不好解决，得多少钱呢？张小娟说我打问了一下，现在行情是二十万。哦，孙三莲说，她说着边在脑子里迅速地思考，一个人调动工作得二十万，两个人就是四十万，小伟手里大概也有一些，之后在城里安家也得一笔钱，这数目也实在不是一笔小数目，真不是一笔小数目。这些钱不要动放在薛大头的户头里，是一种概念，取出来调动了工作，是另一种概念。孙三莲脑子里也是会算账的，她突然想，就这样损失的这笔钱，够发小伟和张小娟两个人的工资了吧。

她想起了这笔账，就问张小娟，你一年领多少工资呢？张小娟说我一个月领2120元，怎么？那小伟一个月领多少钱呢？张小娟说小伟一个月领4300多，那么你们两个的钱加起来，一年也就是七万多，花四五十万元调动两个人的工作，这些钱一年的利息就是你们俩一年的工资。张小娟说我觉得小伟的这个工种不好，好像工资不低，但什么环境呢，每天和一群矿工在一起，待在一个没有阳光的山洞里，危险不知道什么时候就会降临，日子担惊受怕。而且账也不是那样算的。张小娟看出孙三莲不站在她这边，她取不得孙三莲的支持。孙三莲说这是大事，得和家里的大人商量。等他们过年回家的时候好好商量一下，看看他们有什么意见。

我都等不及过年了，况且年前的时候好办事，许多人都这样说，张小娟说。张小娟的眉头紧锁着，孙三莲一点也不同情她，她不为所动，这不关她的事。之后吃饭的时候，气氛有点沉闷，张小娟对小伟说，你打电话和你父母说一声，这是大事，小伟说电话里一句两句也说不清，等过年的时候他们回来再说。

对于孙三莲来说，日子过得飞快，一个个日子也是在喜悦中度过的，每一个日子不是白白流走，绝不是，它们流走的时候给她留下了她想要的东西。张小娟偶尔随小伟一起来她家吃饭，她有时希望张小娟来，一次她便秘，张小娟教了她一个很灵验的方法，据张小娟说花不了一毛钱的方法。张小娟切了一薄片生姜，切碎，之后拿一根棉棒，蘸了点酒精，在她肚脐眼上擦了擦，把生姜碎末放在了她肚脐眼里，之后又用棉棒蘸了几滴白醋，涂在了生姜上，之后拿一个创可贴贴在了上面，张小娟说我试过，挺灵验的。孙三莲的便秘被张小娟传授的这么简单的方法治好了，孙三莲对张小娟又有了好感。她觉得张小娟还是不同的。

见孙三莲用塑料梳子梳头，梳子与头发之间产生的静电使头发乱飞，张小娟就对孙三莲说，买一只桃木或谭木匠的梳子，有益于头发的健康，或者买牛角梳子。说着张小娟就从她的包里掏出一只梳子，在孙三莲的头上试了试，在张小娟的梳子的梳理下，孙三莲的头发没有乱飞，孙三莲说这一只梳子多少钱呢？张小娟说498元。孙三莲说多少呢？张小娟又重复说了一次，498元，孙三莲说一只梳子这么贵？即使孙三莲觉得自己有钱，她也没有想着一只梳子就能用了这么多钱。张小娟说物有所值，贵是贵点，但贵有贵的道理。

一毛钱治便秘和498元的梳子，这就是张小娟。张小娟传递给孙三莲一种信息，讲究，用的牙膏的牌子，洗发膏的牌子，内衣的牌子，化妆品的牌子，都是有名字的。一次孙三莲问张小娟，你一个月的工资够不够自己用，张小娟说差不多，有时候父母也接济一点。孙三莲把这件事讲给大伟，说张小娟是一个很会花钱的主，有多少钱都是不愁花掉的，大伟说现在的年轻人没有后顾之忧，光顾着享受。孙三莲说小伟娶这样的媳妇好是好，但日子恐怕是不好过的，那得有大量的钱！之后，孙三莲就把工作调动要花的钱，在城里安家要花的钱，一笔一笔给大伟划算了一下。大伟虽然这两年长了不少见识，但觉得张小娟的见识远远在他之上，她花钱的思路也在他之上。

过年的时候，孙三莲的公公婆婆从小姑子家回来了，小伟的工作、小伟的婚事自然在他们一回家就提在了议事日程上。孙三莲看出她的公公婆婆很为难。张小娟找的关系可靠不可靠呢？事情能办了吗？为这件事公公婆婆把孙三莲和大伟叫在了一起商量，小伟已经被张小娟影响了，小伟说张小娟是有远见的，有办法的人谁不想去大单位工作，谁想待在一个小煤矿，张小娟的想法是对的，希望父母能支持他。孙三莲的婆婆就问大伟怎么办，大伟说那就从薛大头那儿抽回二十万元，交给小伟让张小娟去找关系运作，小伟有一个好前途那肯定好。这事就这样说定了，于是就去找薛大头，薛大头去三亚过年了。

年过后，薛大头还没有回来，正月十五都过了，还不见薛大头的影子。给他打电话，他说再等等，他得同彭同辉的公司联系，得从彭同辉公司财务上往出支钱，于是只能继续等待。现在，孙三莲看出张小娟把他们看作一家人了，她赢得了他们的支持。她说她已经找到了一个关系，只等钱送进去就启动这件事。孙三莲看出她婆婆对张小娟有那么一种不满，看张小娟的眼神是犹疑的，充满不信任和嫌恶。她婆婆有一次问小伟，你攒了几年的钱呢？小伟说张小娟也不想一辈子当村官，不想一辈子待在薛家垣，她也想往城里调，我的钱借给她了。小伟说了一个"借"字。

彭同辉公司财务上退不出钱来，薛大头把另外储户的钱转给了孙三莲公公二十万元，孙三莲的公公用一个黑塑料袋装了，把张小娟和小伟叫在一起，又把孙三莲和大伟叫在一起，把厚厚的这一袋钱交给了张小娟。

孙三莲说，叫我们来做什么呢？孙三莲实在是憋不住了，这么多钱突然间摆在了张小娟面前，让她觉得是一种失去，这份钱里应该有她的一份，为什么一整袋子钱都堆到了张小娟面前呢？她这样一问，大伟狠狠地白了她一眼。之后，孙三莲看向了她婆婆，她婆婆阴着脸不说话，她又看了一眼她公公，她公公并没有看她，只是说，小伟现在急着用钱，先取出一份给他们用，你们的一份将来分家的时候再给你们分，这个我心里有数的，不会多给了谁，也不会少给了谁。

孙三莲说既然他们的一份现在就给他们，那么给我们的那一份也早点分在我们名下，我们也好计划着做点什么。听孙三莲这样一说，大伟开口了，现在还不是分家的时候，你不要把锅盖揭得太早了。孙三莲说你什么意思？别人都吃上了，我嚷嚷都不能嚷嚷一下吗？张小娟和小伟不吱声，他们没有想到这事在孙三莲这儿起了这么大的动静。

这件事在咱们家里是大事，所以把你们都叫齐了，好让你们知道我是光明正大的。至于分家，现在还不是时候，给他们先拿出二十万元，让他们先做他们的大事，你们也不要有意见。孙三莲的公公说。

孙三莲说你反正是有钱的，我们的二十万元还不如趁现在也给了我们，这世道，谁知道会有什么变化？孙三莲想，这些钱每年在薛大头那儿能生三万元的利息呢，她公公为了多生出来的钱，不舍得这么早就交在他们手里，如果她不开口，他一定不会主动提出来。

孙三莲一副不依不饶的样子，她说，这些钱拿出来给小伟，是一种投资，我懂，可是我们也想要投资啊，我们的投资就是放在薛大头那儿，让钱生钱。我觉得公平一点，就是你把薛大头那儿你名下的钱拨在我们户头下二十万元，每年我们多领三万的利息，我觉得这样才公平一些。孙三莲一字一顿地说。大伟说你今天怎么了？他冲着孙三莲大吼道，现在还不到分家的时候。孙三莲说不是分家那是干什么？二十万元提出来都给小伟了，难道我们没有份吗？迟早要分的话，那就早点分算了，给他们二十万，我们不应该有二十万吗？

这时候孙三莲的公公开口了，他说那既然话说到这份上了，你们的二十万就从薛大头那儿过户到你们名下，每年三万的利息你们拿走，怎么样？你们说说怎么样？这时孙三莲的婆婆也开口了，她说这样也行，如果他们要现金，那就从薛大头那儿再取二十万，真金子现银子地交给他们，好与小伟家是一样的。大伟说不用听她的，她妇人见识，馒头吃不了还在盘子里，着什么急呢？

孙三莲的公公说话了，这事我说了算，也怪我考虑不周全，三莲提的建议也合理，三莲，那你说，这钱是从薛大头那儿取出来呢，还是每年你先领利息，等将来用钱的时候再一起取？孙三莲说先在薛大头那儿放着吧，利息我从你那儿取吧。孙三莲这下高兴了，她没想到她公公关键时刻还是公道的。

这时候孙三莲看了一眼张小娟，她快速地瞟了张小娟一眼，张小娟的脸上是平静的，张小娟也看了她一眼。张小娟说话了，现在听说有许多地方融资出了不少问题，我觉得还是得小心一点，不要把所有的钱都放进薛大头那儿，我听说彭同辉那儿的资金链现在断了，假如现在要往出撤钱，还不一定能撤出来，你们给哥嫂的那二十万还是早点撤出来好。

孙三莲看了张小娟一眼，她说彭同辉的公司那么大，光资产就已经达到几十亿了，而且听说是全省的首富了，不可能说倒就倒。况且我们是交给薛大头了，有薛大头负责，每一笔钱他都给我们打了条子。

孙三莲的公公说这世道也说不来，这事你和大伟定夺一下，是我从薛大头那儿取出二十万元，还是我给你们打一张条子？经公公这样一说，孙三莲的心抽紧了，她问大伟，你说呢？大伟说让放着吧，于是孙三莲的公公就给孙三莲写了一张白纸条，说他分给大伟的二十万他们自愿让在薛大头那儿存着，不往出取，然后让大伟和孙三莲都签了字。一式两份，她公公留了一份，孙三莲拿了一份。

小伟和张小娟彼此看了一眼，也没有任何异议，孙三莲没想到事情这样顺利，她如愿得到了她想要的，她以为今晚的家庭会议应该结束了吧，但她看出她公公婆婆还有话说。

孙三莲的公公问张小娟，你们准备什么时候结婚呢？张小娟说先说工作的事，工作有着落了我们再准备结婚，现在什么准备也没有。听张小娟这样一说，孙三莲的婆婆有些不高兴了，孙三莲的婆婆说都大男大女了，准备张罗有大人准备呢，你们有什么好准备的？

张小娟说得去照结婚照，去买钻戒，婚纱，结婚的家电，结婚的一切用品，都得去商店里看看，现在忙工作的事，等忙完工作的事，再一心一意地忙结婚的事，张小娟一字一顿地说，看来她真是这样想的。孙三莲的婆婆眉头皱着，满脸的不高兴，说那你的意思是说工作什么时候没有着落，你们就拖着不能结婚？孙三莲的婆婆有点质问张小娟的意思。张小娟说那不可能。孙三莲的婆婆说，我是这样想的，你们也不小了，工作是花钱托付别人去办，结婚是你们自己准备，这事又互不影响，我们也老了，早点把你们的婚事办了我们也就放心了。

有什么不放心呢？我又跑不了。张小娟小声嘀咕了一句，孙三莲听见了。孙三莲的公公婆婆耳朵有点背，没有听见，张小娟说了这么一句不敬的话，他们也没有任何反应。

再说，结婚也得一笔钱，这次张小娟提高了声音。孙三莲的婆婆听见了。孙三莲的婆婆说我们会准备的，今晚除了工作的事，我们再商量你们订婚的日子，看什么日子合适，你们说呢？这时候孙三莲的公公也开口了，他说，择一个日子，两家的大人见个面，早点给你们举行订婚仪式，你们就好准备结婚了。本来是商量一件喜事，但气氛却有点不对头，好像谁在强迫谁做一件不愿做的事。现在这事不关孙三莲的事了，她的心情异常松弛。

孙三莲看到张小娟有些不高兴，她的婆婆也是满脸的愠色。一直不开口的小伟这次开口了，说我们划算了一下，结婚简单点也得十万，调工作要花这么多钱有些不好意思，结婚的事就拖拖。张小娟接着说结婚也是大事，不能草率了吧。孙三莲的婆婆一听小伟说结婚最少得十万，头一下子就大了，孙三莲的头也一下子大了，孙三莲想说不定她公公的头也一下子大了。

孙三莲的婆婆说，最少得十万，新闻上不是说还有几千万嫁娶的吗？那要看各自的条件，我们这是薛家垣村，不是北京，哪有那么铺张的呢？你哥那会结婚花了一千二百元就结了，隔壁小军也是城里工作的，结婚不就前后花了两万吗？当然薛大头有钱，他儿子结婚的时候花了七八十万元，加上在城里买的婚房，上了二百万元了。我们能比得起吗？

毕竟孙三莲的公公是男人，比较沉得住气，他一直不开口，他好像在思忖什么。孙三莲内心的活动也在紧张地进行着，如果张小娟结婚得十万元，既照结婚照，又买钻戒，那么她呢？张小娟花十万，那么她婆婆也得把这笔钱给她补起来，同样都是儿媳妇，总应该有差不多的待遇吧。

孙三莲就仔细听着，心里想，自己在这样的场合说出来合适不合适？可是这样的场合上不说出来，以后怎么说呢？

她松弛的心情现在一下子又变得紧张了。按说张小娟和小伟结婚不关她的事，但现在看来又关系紧密。

结婚的花费我们慢慢再说，我们先说订婚吧。孙三莲的公公说。现在孙三莲嗅出这种味道来了，一下子把这么多钱交给张小娟，她的公公婆婆一定心里空落落的，只有把张小娟实实在在抓在手里，他们才会安心一些。

好，那就准备订婚吧，星期天我和小伟去一次市里，先买一枚钻戒和订婚的套服，这些准备好，再择订婚的日子吧。

我是这样想的，没有钻戒你们一样可以订婚，结婚，工作调动要花这么多钱，结婚就俭朴一点，家里的那点钱放在薛大头那儿还能有点利息，以后花钱的地方多着呢，家里总得有点家底吧。孙三莲的婆婆仿佛是受了逼迫的人，不申诉实在是难平心里的愤恨，她看出，小伟这不是要娶媳妇，这是找了一个讨债的大债主。谁家媳妇要像他们家这样大把大把地往出花钱呢？取出这二十万已经给他们蒙受了巨大的损失，这二十万一年就能从薛大头那儿领到三万多元利息，三万多可不是一笔小数目。

我的许多女同学出嫁的时候都有钻戒，不仅钻戒，还有项链和耳钉，都是带钻的，有婚房，都去旅游点拍了外景的婚纱照，有许多还去旅游度蜜月，张小娟委屈地说，我们俭朴也总得差不多点吧。现在，孙三莲的婆婆感觉张小娟的普通话怎么那么陌生，说了这大半天，她怎么就听不明白她的意思呢。

现在孙三莲的婆婆脑袋里有一堆乱麻，理也理不出头绪。即使把他们家所有的家底都取出来，也达不到张小娟所说的这一切。大概她明白张小娟的意思了，要在城里有房子，结婚要买三钻，要去旅游拍结婚照，她和小伟都要在城里工作，这所有的项目加起来少说也得一百万，这么些年煤矿分红和占地补偿，除了在新农村修了这两套二层的楼房，都进行了中档的装修，他们的积蓄也就是五十多万元，现在，他们给小伟取了二十万，给大伟分了二十万，就只剩下十万了，这十万全部拿出来，刚能满足张小娟结婚的费用。那么她的大儿媳孙三莲呢？孙三莲当初结婚的时候只花了一千二百元，因此她得给孙三莲一笔补偿，那么这些钱还不够用场。

孙三莲的婆婆一度觉得她算是有钱人了，有房子，有存款，每年还有固定的进账，能活到这种田地她真是做梦也没有想到。她人生剩余的责任就是给小伟娶媳妇，在他们薛家垴附近，娶一个媳妇四五万元就够了，剩下的钱就在薛大头那儿放着，趁这两年利息高，将来她给大伟和小伟各分一份，留下来的她和老伴养老。她本以为这样安排是天经地义的。谁想到蹦出来一个张小娟，谁想到他们已经做了让步从薛大头那儿取出二十万了，张小娟还得寸进尺，孙三莲的婆婆胸口的气一股一股地往上蹿，急发心肌梗死，还不等送到医院，就咽气了。

埋葬完孙三莲的婆婆，孙三莲的公公又去孙三莲小姑子家了，帮女儿看孩子。女儿上班，孩子没有人看。孙三莲的小姑子了解到母亲去世的原因，对张小娟有说不出的愤恨，并且恨上了小伟，那二十万张小娟拿去给小伟张罗调动的事去了。

自从婆婆去世，小伟和张小娟很少到孙三莲家来，孙三莲只是在村里的广播上能听到张小娟的声音，一口流利的普通话，有时候通知去领低保的名单，有时通知去领煤号的时间，有时通知开两委会、党员会……有的关孙三莲的事，有的不关孙三莲的事，孙三莲听听，从这声音能联想到张小娟的脸，联想到那天晚上张小娟对着她婆婆说话的样子，她在心里认定张小娟是一个克星，还没有进门，就把她婆婆克死了。

　　这话她没有对大伟讲，她相信她不讲，大伟自己可能也会这么想。她婆婆去世之后，大伟好像变了一个人，大伟声称是她和张小娟诱发了他妈的病，她们一下子让她失去了四十万，她一下子从富有变得不富有了，她受不了这个。孙三莲知道婆婆本来有心脏病，一直吃着药，近两年不听她嚷嚷心痛了，谁知道她突然间就犯病了呢。大伟从这事开始，看孙三莲的眼光就有些冷冷的了，他对她的冷淡比以前更厉害，一有空，他就去镇上的麻将馆打麻将了，打完就去发屋了。

　　孙三莲听说他好着一个年轻的洗头妹，有时候他好几天都不着家。孙三莲有时有事给他打电话，他不是关着机，就是不接她的电话，后来没有特别的事，孙三莲就不给大伟打电话。要拨他的电话，她心里不由得有一种胆怯，她害怕手机无止息地响着，无止息地在响着，却没有人接，如果旁人在大伟的身边，知道大伟不接她的电话，别人会怎么看她呢？

　　小伟工作的事还没有着落。

孙三莲的婆婆去世之后，谁也不催促小伟与张小娟的婚事了，连大伟对小伟的婚事也漠不关心了。孙三莲很久也看不到小伟和张小娟了，也不知他们的事办得怎么样了。自从那晚他们一起开家庭会之后，孙三莲发现小伟和张小娟有点躲着她的意思。

大伟冷着她，小伟和张小娟躲着她，孙三莲有些想不通，后来想不通也就不想了，他们愿意不理她就不理她吧，反正她的日子还厚实着，她家的钱足够供孩子们上大学，将来她还要供她们上研究生，她希望她们像小姑子一样，学有所成，然后在大城市找一份工作，这是孙三莲的理想。

半年后的一天下午，张小娟来了，张小娟来的时候，手里提着一个袋子，已是夏天了，张小娟穿一件薄荷色的连衣裙，穿一双淡绿色的凉鞋，头发绾在了脑后。孙三莲看到张小娟一副很清爽的样子，心里是非常羡慕的。她做姑娘的时候，从来也没有这么时尚地打扮过。

婆婆下葬之后，张小娟几乎是第一次来他们家，孙三莲给张小娟搬了一个凳子，张小娟和她一起坐在了枣树的荫凉下。

这是给你的，嫂子。张小娟把手里提着的袋子递给孙三莲，孙三莲接了过去，朝袋子里看了看，她不认识这是什么水果，有很粗大的尖刺。孙三莲说这是什么呢？张小娟说这是榴梿，你能闻到它是什么味道？孙三莲使劲嗅了嗅，说好像洋葱的味道，张小娟说这味道很刺鼻，不好闻吧？孙三莲说有那么一点。孙三莲说这怎么吃呢？张小娟说已经熟了，外壳已经裂开了，吃里面的果肉，那趁着你在，我们切开吃点吧，于是两人就切了榴梿一起吃。

好久也不见你来了，孙三莲说，工作是不是很忙？忙，前一段我和小伟去拍结婚照了，去了云南大理，走了十多天，今天来告诉你一个消息，小伟的工作基本落实了，下周就能去报到了，张小娟高兴地对孙三莲说。孙三莲听到这消息也很高兴，她说那很好啊，以后就要去城里工作了，是吗？张小娟说是，去煤炭局，能调去这个单位我真是太高兴了。孙三莲说花了多少钱呢？张小娟说那二十万都花掉了，现在有许多人花这么多钱也不一定能找到这样的工作，我们找的关系没问题，找不对关系的花得比这个数目还多。

那你呢？你的工作怎么样了？孙三莲问张小娟，张小娟说我准备办借调，去妇联，下周就去，这样我和小伟就能考虑结婚了。孙三莲说你们打算什么时候办？张小娟说结婚是大事，我们也总得征求一下家长的意见，下周我们准备去一趟小伟姐姐那儿，与小伟的爸爸商量一下，真的想让我们裸婚吗？

孙三莲虽然没有文化，但她也懂裸婚是什么意思，张小娟这是让她公公拿钱，孙三莲思忖了一下，她公公放在薛大头那儿的钱还有十万，她公公会不会把这十万都给了张小娟呢？

大老远的，你们打个电话说一声，看看咱公公怎么说，小伟工作的事你们有没有通知他呢？孙三莲对张小娟说。相处的时间虽然不多，但张小娟的身份让她明白她们即将是一家人了。

小伟不愿意开口，他妈突然去世，他很内疚，现在凡是涉及钱的事，他都避而不愿提，这反而让我很被动，这是他的事，难道让我去提吗？张小娟说，我来也是想和你们商量一下，你们能不能和咱公公说一声呢？现在突然间没有一个人为我们张罗了，小伟自己也没有主见。

孙三莲听张小娟诉说自己的不快，这事孙三莲当然做不了主，结婚的事本来应该由公公婆婆为他们张罗，现在婆婆去世了，公公又不在家，他们只能打电话和公公商量，看看公公是什么意思。

孙三莲把自己的想法和张小娟说了，张小娟说小伟不愿意打电话，她打又不合适，让孙三莲或者大伟打电话说一声。孙三莲说大伟好几天也不着一次家，要回家都深更半夜了，要不你给大伟打一个电话，电话里把情况和他说一下，看看他能不能和爸说一声，就说你们想订婚了，你来是想和我们商量一下你们订婚的事。大概张小娟也对大伟的事有所耳闻，她没有对孙三莲的安排有任何异议，她就拨大伟的电话，大伟关机。

要不你直接给咱公公打电话吧，孙三莲说，把你和小伟工作的事对他说一声，然后就说你们想订婚结婚了。张小娟犹豫了半天，还是拨通了小伟父亲的电话。从张小娟的声音中，孙三莲能感觉到她的尴尬，张小娟说她和小伟的工作有消息了，小伟下周就可以去正式报到了，她下周也要借调到妇联去了，之后张小娟说她和小伟想订婚了，订婚后想早点结婚。孙三莲的公公在电话中说让张小娟和小伟自己选日子，选好日子他就回来，他在电话中没有提钱的事。

张小娟主要是因为钱的事，她公公不提，她只能提了，她说那我们订婚结婚也需要花钱，那钱呢？她公公说你转告小伟，薛大头那儿还有我的十万，我所有的家底就剩那么多了，让小伟去找薛大头取去，利息应该也有几千块，那十万连同利息就算是你们结婚的费用了。张小娟说现在听人们说很难找到薛大头，那钱还不知道能不能取出来？电话那头说早点去找薛大头，他也知道我们家用钱。张小娟说那好。

张小娟把她公公的意思给孙三莲进行了转述，让小伟去薛大头那儿取钱。张小娟说薛大头现在全国各地乱飞，谁知道猴年马月才能找到他？孙三莲说那就让小伟打他的电话，和他预约一下，看他什么时候在，钱什么时候能准备好，实际上经常有不少人还找他存钱，他把这部分钱补了这个缺，里面的钱就不用动用了。张小娟就给小伟打电话，说了他爸的意思，小伟说知道了。

一个月之后，张小娟和小伟来到了孙三莲家，孙三莲才想到他们已经都去城里工作了，怪不得她很久没有在广播里听到张小娟的声音了，小伟问孙三莲有没有在村里见过薛大头，孙三莲说前不久还在村口的小超市里见过他，他在那儿和人们聊天呢。小伟说打了他几次电话，刚开始通着，后来一直打不通，说好一个月以后和他取钱，连他的面都见不上，像要债一样，我觉得怕是有问题。

孙三莲听说村里不少人还继续给薛大头那儿存钱，薛大头再把钱存入彭同辉的公司，彭同辉的公司现在吸纳大量的资金，彭同辉的公司在全国也算是有名的大公司，现在发展得好好的，这些钱不会被骗掉的。

小伟就给他爸打电话，让他爸回来找薛大头取钱，第三天他爸就回来了，回来待了一星期。薛大头说他在外地，一会儿说三两天回来再说，一会儿说还得四五天，没有一个准话，一个星期之后，再打电话给薛大头，薛大头的电话关机。

孙三莲看出她公公找薛大头有些不耐烦了，找不着薛大头，就给薛大头的弟弟薛明光打电话，薛明光说他哥去外地谈一桩生意去了，一时半会儿回不来，问他有什么事。孙三莲的公公说小伟要结婚了，用钱，他要找薛大头取钱。薛明光说多少钱，孙三莲的公公说十万，薛明光说你要急用钱，就看看村里有没有还要存钱的，有要存钱的你就收十万，把你的那十万元兑给他，孙三莲的公公在电话中和薛明光说了半天，只讨了这么个主意。薛明光还有点嘲讽地说，要用十万，先凑十万啊，薛家垣村的人谁凑十万都不是问题。

孙三莲的公公待在他们家的这几天，大伟在家里待的时间多了，几乎按时上下班，晚上还摆个酒摊子，和他爸喝两杯，孙三莲就给他们炒一个土豆丝、一个花生米，再炒一个肥肠、一个土鸡蛋。孙三莲的公公就问大伟，知道不知道村里有人要给薛大头那儿存钱的，大伟说我打问打问，打问了两天，也没有谁要存钱，大伟就和几个人借了十万，把钱交给他父亲，说先让小伟结婚，孙三莲的公公说那我给你打一个收据吧，这两年我帮你妹妹照看孩子，经常不在村里，我名下的那十万就兑到你的户下，三莲也在，你们俩如果同意就这么办了。

孙三莲的公公拿眼睛盯着孙三莲看了看，孙三莲没有吭声，孙三莲看了看大伟，大伟和她对视了一眼，大伟说三莲的主我能做得了，是吧？大伟的声音是温和的，大伟好久没有这样温和地对孙三莲讲话了，孙三莲听了不由得有些感动，说让大伟定吧，大伟说那就这样定了。孙三莲的公公说我收你的十万，我给你打一张条子，连同去年写给你的二十万，你以后就把条子收好，与薛大头结算利息和本钱，大伟说好，孙三莲的公公就写了一张纸条，让大伟和孙三莲都签上了他们的名字。孙三莲的公公留了一份，大伟保存了一份。

这件事办妥之后，孙三莲的公公说，你们结婚的时候花的钱不多，但那个时代就是那个时代的行情，这个钱我不给你们补了，我就剩了这么多家底，小伟准备成家用钱的地方多，这些钱我就全部交给小伟了，不管你们理解不理解，我现在只能这样办了，你们说呢？大伟看他父亲比往年苍老了许多，也许是失去母亲的缘故，看着父亲，他感到特别心酸，他说我同意。三莲你呢？孙三莲的公公问孙三莲，孙三莲说你说怎么样就怎么样吧，孙三莲保留了她的意见，孙三莲的公公说你和大伟现在的生活我很放心，你们的条件也不错，那就这样说定了。大伟，你给小伟打个电话，让他和张小娟有空来一趟。

县城离薛家垣村差不多是半个小时的路程，一个小时之后，小伟与张小娟一起出现在孙三莲家，孙三莲的公公漠然地看了一眼小伟，又看了一眼张小娟，孙三莲仔细地看了看她公公，又看了看大伟，谁也不主动招呼他们俩。孙三莲说，来你们坐。小伟说爸，小娟给你带了一些营养品，说着就放在了孙三莲家的茶几上，孙三莲感觉到家里的气氛说不清楚有一种很压抑的感觉，她从来也没有觉得她公公这么威严，威严得让她觉得他们做错了什么一样。

那十万块钱装在一个黑色的袋子里，放在孙三莲公公坐着的沙发扶手边，小伟和张小娟坐下来了。小伟首先开口了，小伟说爸，你见上薛大头了？孙三莲的公公说没有见上，小伟说电话打通了没有？孙三莲的公公说电话也关机了。这时候张小娟插话了，张小娟说民间融资出了问题的很多，新闻上经常有报道，现在我觉得这个薛大头也有点不对劲，我觉得还是要小心点好。张小娟总是这样，她来一次，说一次这样的话，让孙三莲的心里一紧一紧的，孙三莲的公公说富贵有命，生死在天，命运早就注定了，是你的，就会是你的，不是你的，你着急也没有用。孙三莲公公的话怪怪的，让孙三莲听起来也怪不舒服。

孙三莲的公公用手提了提那个装钱的黑袋子，晃了晃，之后告诉小伟和张小娟，这是十万块钱，我所有的家底都在这儿了，之后他把这十万块钱的来历告诉了小伟和张小娟，说是大伟借的，他也无力偿还，就把放在薛大头的那十万元钱兑给大伟了，大伟借来的钱让大伟找薛大头取出来还也行，自己想办法还也行，他就不管了。现在，我的全部家底就在这儿了，我要向你们交代一下，我也老了，也没有多少能力帮助你们，以后遇到什么困难你们只能自己想办法了。孙三莲的公公像交代后事一样凝重。

家里很静，谁也不吭声，偶尔孙三莲的公公会有短暂的停顿，停顿的间隙，孙三莲会觉得空气都不流动了，时间都静止了，那气氛非常特别，特别到孙三莲都能感觉到自己的心跳，孙三莲的公公说，这些钱全部给你们结婚用，至于够不够用，用得了用不了，我也就不管了，小伟，你把这个拿上。说着，孙三莲的公公就把那一袋子钱交给了小伟，孙三莲看到小伟那晚也很特别，接着那些钱，他仿佛被烫着了一样缩了一下手。

钱的事现在给你们交代了，就剩下房子了，房子每人一处小二楼，大伟住这套，小伟就住当初给你分好的那套，我住山上的老房子，等我将来死了，那老房子你们一家一眼窑洞，一间平房，小伟，山上的老房子让你哥先挑，他挑完剩下是你的，记住了吧。小伟说爸，你现在说这些干什么呢？现在说这事还早着呢，你快别说这些了。孙三莲的公公说我老了，身子不结实了，早些交代一下放心。这时张小娟也说话了，张小娟说爸，你快别这样说，我看你身体好好的，是不是，嫂子？孙三莲见张小娟这样说，就赶紧说，是啊，爸，妈走得突然，那是她有病，你无病无灾的，不会有什么事的，她们这样安慰老人。

之后他们就商量小伟结婚的事。

孙三莲的公公看了一下日历，他们这儿讲究三六九，说你们这个月的十六或者二十六订婚，下个月结婚，怎么样？张小娟说一个月的时间，我觉得有点紧，你说呢，小伟？小伟说就按爸说的办吧，给咱们操持了婚礼，爸还要去姐家看孩子呢？张小娟说那房子呢？小伟说这两天我们赶紧租一个布置布置，这中途，孙三莲的公公一句话也没有说，之后，他们商量好了小伟和张小娟订婚、结婚的时间，然后孙三莲的公公留下来给小伟操持婚礼。

孙三莲作为这家人的女主人，为小伟与张小娟的婚礼忙前忙后。小伟与张小娟的婚礼过程，让孙三莲见识了一下张小娟的讲究，张小娟的讲究让孙三莲有一种说不清道不明的情绪，喝水的水杯，是一对儿的，连同拖鞋、睡衣、内衣、手机套、居家服，都是情侣装的，连同结婚的钻戒，也是情侣系列，张小娟对孙三莲说，结婚只结一次，该考虑的细节还是都考虑好，这样就不会留下遗憾。

孙三莲仔细盘算了一下，等婚礼下来，公公给他们的十万元钱就会全部花光，小伟和张小娟就得从零起步。当然，他们都有工作，两个人都领着工资，但孙三莲觉得，他们还是赤贫的，比起她来，他们可以说是穷光蛋，可是他们还要这么铺张，那十万元花不光他们仿佛结不了婚似的，婚房布置就请了四个人，用了整整一天的时间，所有的房间都进行了装饰，家属院里贴满了喜字，大幅的结婚照好几幅。孙三莲不知为什么对自己产生了深深的怜悯，她和大伟从来没有照过这么一张合影，他们有的，就是那种普通的五寸照片，夹在一个影集里，她听张小娟说结婚照都是水晶镶钻的，张小娟的婚纱、头发上别的发夹，都是在婚纱店定做的。

结婚的庆典很隆重，孙三莲问了问，结婚的庆典花了八千多，那个庆典一完，那八千元就随着撤走的红地毯、枯萎的玫瑰花团、演出队一起消失了，那八千元就像一次性筷子一样，孙三莲觉得甚至还不如一次性筷子，一次性筷子还实实在在在那儿放着，她觉得是真不值。

那八千元做了什么也比请这么个庆典实在，孙三莲想，张小娟真的会花钱，那场面倒是很好，但就像放在空中的烟花一样，美丽只绽放那么一瞬间，一瞬间之后，就完了。孙三莲的公公听说光庆典就花了八千多元，叹了一口气，他一点也不喜欢张小娟的消费方式，从一开始他就不喜欢，但他知道他只能顺着他们的方式，他想起了小伟调动工作的二十万，小伟这些年自己积攒的那笔钱，都以张小娟的方式消失了，孙三莲的公公到现在都转不过弯来，他的老伴，对他们的这种方式无法理解，受到了刺激，引发了心脏病，去世了，这是孙三莲的公公从来也没有想到的。他对张小娟就有了一种他自己的看法，看到小伟那么顺着她，对她言听计从，他胸口就有一种气愤。

小伟的姐姐小菊回来参加了小伟和张小娟的婚礼，准备第二天带父亲一起走，孙三莲的公公说他缓缓再去，让他们自己克服一下困难，小伟的姐姐就走了。孙三莲的公公留下来，其实没有该他操心的了，新郎、新娘三天后就都去上班了，只在结婚的第二天回家上了坟，告慰了一下已离世的母亲。

孙三莲公公的心空落落的，一个人住在空荡荡的房子里，他住了十多年的房子现在归在小伟和张小娟的名下了，他还没有老到要死的地步，就把自己的家产全部分出去了。

现在，这个家里真正的赤贫者是孙三莲的公公，他什么也没有，他辛苦了一辈子，拉扯大了三个孩子，四十多岁的时候在村里批了两处宅基地，把自己所有的积蓄全部修了房子，起了两座小二楼，之后给大伟娶了媳妇，供小菊上了大学，供小伟上了中专。这时候，村里的煤矿效益一天比一天好，他紧巴巴的日子逐渐变好了，村里不仅家家户户每年能分到几吨煤，后来还能分红，生活从来没有这样好过，他和老伴这些年累积的那五十万，他准备养老，准备给小伟娶媳妇，多余的钱作为家产留下给孩子们。不过，现在，小伟结婚了，老伴不用养老就去世了，就剩他一个人，他觉得就没有什么后顾之忧了。

孙三莲的公公一个人坐在家里的沙发上，燃着一支烟，这时候，属于他的生活，他感觉非常陌生，空落落的房子没有一点烟火气息，时间静静地走过。孙三莲的公公一支接一支地抽烟，天黑下来了，黄昏一点一点地侵入，他都忽视了时间的概念，他想起他的老伴，他的人生中从来没有这样的时刻，静静地想一些事情，他从来没有这样轻松过。这种松弛的感觉让他觉得人生虚飘飘的，年轻的时候他养猪，养牛，赶大车，后来当了煤矿工人，他起家就是从当煤矿工人开始的。

当煤矿工人可真不容易，一天工作八小时，几班倒，从坑下上到地面上，白晃晃的阳光照得人睁不开眼，有时候早班下了，正是中午的时间，洗完澡出来，他首先感觉到的就是刺眼的阳光，有许多井下工人买了墨镜，就是受不了太阳光的照射。老伴还去县城给他买了一副墨镜，老伴不舍得花钱，只花了十五元，那副墨镜的镜腿不太合适，让他耳朵很不舒服，后来女儿上大学后给他买了一副新的，那副质量好，他就一直戴那副，当矿工习惯了洗澡，后来不当矿工了，他还喜欢洗澡，那时村里已经时兴在楼顶安太阳能热水器，他们家就安上了一个太阳能热水器。

村里的条件在逐渐变好，家家都安上了上下水，盖起了楼房，地板都用瓷砖铺出来了，虽然山上被挖空的地方在逐渐沉陷，可能几十年之后，他们村就要整村移民了，移到镇里规划的安置楼里，到时候薛家垣村就不存在了，薛家垣村就会在现在的版图上消失了，薛家垣村的后代就会来这片山上寻根问祖，到那时，他像老伴一样，已经长眠于地下了。

想到用不了多久，他就能去老伴的那个世界，与老伴在那儿相聚，孙三莲的公公突然生出了一种向往。自从老伴去世后，他有了一种非常厌世的情绪，他感到什么也没有意思，以前存在薛大头那儿的钱对他是一种安慰，现在这些钱归了零之后，他反而感到了一种轻松，可以说他现在了无牵挂，他什么时候准备离开这个世界，他就什么时候可以离开，对于钱的态度，他不知道自己为什么突然间有了这么一种顿悟。自从他们村的人开始有钱后，村子里有了很大的变化。像大伟这样的，在外面好一两个女人的大有人在，有的不仅在外面混女人，而且赌博，抽大烟，村里的风气大大地坏了。积蓄放在薛大头那儿让钱生钱，很多年轻人不好好干活，游手好闲，打架的，赌博的，养小三小四的，已经成为一种常态了，好像没有谁怪罪这种现象了。难怪小菊说，现在都不想回村里来了，村里人一夜间都变成了暴发户的嘴脸，让她找不到小时候的那种淳朴，小菊说民风变了。

孙三莲的公公婆婆这些年一直在小姑子小菊生活的城市里，帮他们看孩子，生活无忧，城市里生活了一些年头，眼界比以前开阔了，看问题也与以前不同了。小菊说村里许多人有了暴发户的嘴脸，孙三莲的公公仔细一想，也是那么回事。没办法，谁也阻止不了这种变化，村里第一个富起来的是薛大头，后来许多人叫他薛行长。薛大头富起来之后，什么都干，村里人自然就学他，除了分煤、分红的事村干部管管之外，村里的民俗民风有了什么变化，村干部自然不管，不过要管也管不了。

　　孙三莲的公公心想，他对大伟多次侧面进行教育，特别是有一次他在镇里的街道上碰见大伟车里拉着一个女人，拉拉扯扯的，他侧面说了他几次，他只是嗯两声，思想上接受不接受还不一定呢。他一个做父亲的，现在连自己的孩子都管不了了。

　　这个夜里，孙三莲的公公坐在沙发上，一个人静静地想了许多事情，人生虚飘飘的，这是他深切的感受。他从相册里拿出老伴的照片，他仔细地看着她，他没有想到她会在突然之间就离开人世，想起她的离世，他对张小娟和孙三莲充满了怨恨，他对他所拥有过的那些钱充满了怨恨，如果时光能够倒流，他愿意回到以前贫穷的岁月，那时光令他怀念。

　　待在家里的那几天，孙三莲的公公什么也没有做，白天他坐在院子里，偶尔有一两个人叫他，要他一起去打牌，他谢绝了，他一点也不感兴趣。问他去不去镇里，他挥手说不去，他一天只在中午吃一次饭，他没有饥饿感。小菊通常在上午十点多给他打一次电话，问他干什么，吃饭了没有，吃什么呢，他就告诉她，他知道女儿挂念他，他说你放心，女儿说要不你去我哥家吃饭吧，一个人没意思。他说一个人自在，他不想去。女儿说那你自己照顾好自己，不要想不开，他说我想得开，活到这么一个年纪了，没有想不开的。女儿说你想在家里待一段时间就待一段时间吧，什么时候定了要来，给我来一个电话，我去车站接你。他说好，他准备待一段时间。

　　这中途大伟来过一次，叫他去他家吃饭。那时黄昏了，他谎称他刚吃过饭，大伟问有什么需要他做的，他说没有，他一个人坐在院子里，大伟转了一圈，大概觉得无聊，就走了。小伟回来过一次，去煤矿办组织关系，顺便看了看他，问他什么时候去小菊那儿，他说过一段时间，他说话很含糊，他看出小伟兴兴头头的，大概工作很称心，他没有问他什么，他甚至没有问他张小娟怎么样，小伟像大伟一样在家里转了一圈，大概觉得与他没有多少话要说，看看他在，还很好，就走了，小伟甚至没有邀请他去城里住几天。

这个家现在一点家的味道也没有了，他深切地明白了这一点，死寂的，没有声音的，没有生气的，没有欢愉的，他还有什么指望呢？除了等死，那个日子什么时候到来呢？突然间孙三莲的公公对这件事有了兴趣，这个日子在什么时候呢？他突然间对这件事充满了好奇，记得有一次老伴心脏病犯了，折腾了半夜，第二天好一些之后，老伴说睁开眼看着你在，我就又想活了。要不，我觉得活着也怪受罪的，我就闭上眼睛准备咽气了，老伴说我一点也不怕死。他理解老伴的话，那是老伴有病痛的折磨，他一个没有病痛的人，现在对活着没有兴趣。

秋凉的时候，村里的人在山沟里发现了孙三莲公公的尸体，人们推断孙三莲的公公为了躲避那场暴雨，失足掉进了山沟里，因为山上有他们家的口粮地，地里种着核桃树，人们推断孙三莲的公公是去地里往回走的时候遇到了暴雨，失足致死的。

埋葬完孙三莲的公公，大伟把家族里的几位长辈叫到一起，把张小娟、小伟、孙三莲也叫到一起，把公公留下来的那两眼土窑洞做了分配，弟兄两个，从那天开始，真正地自立门户了。

也就是那天，张小娟宣布了一个消息，她和小伟要在城里集资房子，村里的房子他们准备出售。大伟说这是父母留给你们的，为什么要出售呢？大伟有点激动，有点训斥张小娟的意思。张小娟说我们都在城里工作，不可能回村里来住，我们要在城里买房子，没有钱，只能把村里的房子卖掉，然后交首付，如果有钱，我们也不舍得卖，不是没有办法吗？听张小娟这样一说，大伟的怒气在胸口往上蹿，这是一个什么样的女人呢？她怎么时时处处让人这样闹心呢？大伟说你们不能再想想别的办法吗？非要把老宅卖掉？要卖老宅那是遇到天灾人祸，到了万不得已的地步才这样做，爸刚走，你们就想着要把老宅卖掉。张小娟说爸活着的时候，小伟就和他提过这件事，爸同意，说这房子已经分给我们了，我们就有处置权。大伟问小伟，爸真是这样说的？小伟说是的，爸说了，由我们自己做主。

本家族的几位叔叔听他们弟兄在那儿讨论，说小伟想怎么处置是小伟的事，大伟听他们这样一说，就哭了，大伟说我不舍得让他们把房子卖掉，这房子我和父亲花费了很多心血，砖头都是自己一车一车搬运下来的，怕砖丢掉，晚上就在砖头旁边铺一张草席，放一床被子，辛苦了两个多月，那时小伟还在外面上学，他不知道我们付出的辛苦。大伟说得很伤感，把房子是如何修起来的给小伟和张小娟讲了半天，他怎么也没有想到这房子最后却落到要卖的地步。

张小娟和小伟听着，没有吭声。张小娟想说说她的难处，和她一起毕业一起上班的同学，结婚的时候大都在城里有了房子，小伟给了她什么呢？事实上等于什么也没有，至于小伟调工作的那二十万，他们不能算到她的名下，那笔钱虽然经过了她的手，但不是花在她的事情上的，如果小伟的工作调不进城，那么她是绝对不会和他结婚的。她以为他们家有钱，没想到调工作之后，已经没有力量给他们在城市里买房子了，他们只能把老宅卖掉，总不能家里的房子闲置着不用，他们举债买房吧？张小娟觉得这是最普通的道理，为什么大伟连这个也理解不了呢？

孙三莲看着大伟哭，一点感触也没有，公公去世令孙三莲觉得没有了依靠，尽管大伟在外面有许多荒唐的行为，但只要公公在，他就得有一个度，他得顾家，顾孩子，顾面子，现在孙三莲觉得心里没底，她从来没有这么冷静地想过一个问题，大伟是大伟，张小娟是张小娟，她是她，他们每人有每人的打算、想法，某些事情上不会有一致的目标。

孙三莲递给大伟几张手抽纸，大伟接过去了，擦了擦眼睛，孙三莲还是没有说话，那问题很简单，在她看来，她与张小娟的态度一样，处置权是谁的，就由谁去处置好了，用得着你在那儿阻挡吗？能阻挡得了吗？不过这件事上，她对张小娟又有了新的看法，张小娟是一个能干大事的女人，自从张小娟与小伟谈对象之后，张小娟一直处在主导的地位，一步一步，步步为营。问题是小伟也听她的，愿意跟着她的思路走。

见大伟动情地说了那么一番话，一位叔叔开口了，说这房子修的时候也不容易，付出了辛苦，你们也不一定着急着卖掉，缓缓，再想想办法。小伟想说什么，看了看大伟，又住口了。张小娟见小伟不说话，就说，这主意我们已经拿准了，一两天就贴一张广告，只要有人买，就卖了，我们等着用钱。大伟一听这话，心里的怒火又在胸中飞蹿，大伟说你们准备卖多少钱？我买！张小娟说哥你不要说气话，大伟说谁说气话了？既然你们决意要卖，我也不想你们卖给别人，还是我买吧，卖多少，趁着本家的叔叔们在，我们就谈好。张小娟说本来我们准备卖三十二万，你如果买，就少两万，你还个价。

这时候，房子里的几个人看了看孙三莲，孙三莲在脑子里飞速地想了一下这个问题，他们家有房子，还要房子干什么？她的孩子们将来还不一定去哪儿上大学，去哪儿工作，但肯定不会在村里生活。正当她考虑的当儿，大伟说话了，大伟说行，三十万就三十万，你们回去想想，想好了我们就写个地契。张小娟说我们想好了，你和嫂子商量一下，商量好我们就把这个事办了。大伟说这些大事你嫂子不管，我说了算，那就这样说定了，这两天我筹措钱，七天后给咱爸过头七的时候咱们就把这件事办了，张小娟说好，小伟始终没有说话。

人都散去的时候，孙三莲收拾房子，大伟还坐在椅子上，神情有点落寞。你手里有多少钱？他问孙三莲，孙三莲说我自己在信用社存了五万五千元，活期的，这些钱是不能动的，要给孩子们交学费、生活费、书本费，大伟说明天你取出来，先给小伟凑三十万。孙三莲说那还差得远呢，我觉得这房子还是不用买了，我们自己有房子，为什么要买呢？

大伟瞪了孙三莲一眼，原因他早在人多的时候已经说清楚了，犯不着给孙三莲单独再说一次。孙三莲说我不同意。大伟说你不同意以为我就不买了吗？真是，大伟用鼻子哼了几声，孙三莲说我什么时候能管得了你？你什么时候把我当回事过？大伟说你也不看看自己几斤几两，让我把你当什么事？孙三莲说你要买自己想办法去，孙三莲后悔把她存的钱的数目告诉了大伟。

孙三莲听到大伟给薛大头打电话，说他要用一笔钱，让薛大头给他准备。薛大头在村里待的时间少，听说三亚有房子，省城有房子，找他就得打电话和他预约，他回来办完事就又走了。薛大头现在可以说是一个人物，听说不光村里的闲散资金，周围村子里的，还有镇里的，还有县里的，许多人的资金通过他放进了彭同辉的公司里。孙三莲还听说彭同辉的公司现在资金链断掉了，但国家不会让这个公司垮掉，彭同辉公司不仅是县里的重点企业，也是省里的重点企业，光职工就有上万人，让这样的企业垮掉那不是给国家找麻烦吗？失业职工让谁安置呢？村里人的议论一波又一波的。

孙三莲听到后，有时心里也会不平静，有一段时间，村里人传谣言，说彭同辉的老总进去了，隔不久，听人们又说彭同辉的老总放出来了，还有人造谣说薛大头出车祸了，有人就问死了没有，谣言隔一段时间就会有，也不知是从什么地方刮来的，传得有鼻子有眼。有一次，薛大头还专门回来辟谣，在村里待了一个多月，见着人就说，我活得好着呢，有人竟说我出车祸了，也不知是盼我死呢还是怕我死呢。有人就说，你是村里人的财神，都怕你死呢，就没有盼你死的。与薛大头开惯玩笑的人就这样说。薛大头就乐哈哈地说，我也是这么想的，应该是怕我死掉，偶尔造造谣，给我在阎王那儿买平安呢，我怎么可以去死呢？你们说是不是？我死了你们的账务怎么办呢？见薛大头回来，村里就又有人打问要把攒下的钱放进去，薛大头也爽快地答应了，顺手就收了钱，写了收据，把一两年的利息结清，村里人就是喜欢薛大头利索，见薛大头还再不断地吸储，偶尔提起来的心又放进肚子里了。

大伟说你什么时候回来呢？我要用钱，要买房子。大伟在电话中说急用钱，就等钱写契了。薛大头说还得一段时间，让大伟自己先想想办法。大伟说我要用三十万，自己也一下子想不了办法，大家谁手里也没有这么多闲钱，薛大头说你先想想办法吧，还不等大伟再解释，薛大头电话那头就响起了忙音。大伟再次把电话打过去，薛大头已经关机了。

接下来的两天，大伟一有时间就给薛大头打电话，薛大头无一例外关机，与村里的人讨论，也有人说联系不上薛大头，让别的放贷的人联系，薛大头的电话还是关机。村里就有了骚动，说彭同辉公司快死掉了，根本要不出钱来，银行又贷不了款。也有人说没事，那么大的企业，国家不会坐视不管，那么大的企业，还能没有困难吗？联系不上薛大头的这种情况经常有，薛大头不是一般人，他忙着许多事呢。

大伟只能自己筹钱，他打电话与一些亲戚朋友联系，与孙三莲要她的存款，孙三莲不答应，大伟就向孙三莲动手了，他把孙三莲抽屉上的钥匙抢走了，打开抽屉，拿走了孙三莲的存款。借不来钱，他就说他贷他们的款，利息与薛大头给人们的利息相同。

听说大伟借钱还给利息，一些人主动找上门来，愿意借钱给他，大伟在他家给他们写了收据，像薛大头那样预先给他们付了利息，大伟说我贷半年就还你们，等薛大头回来，我把存他那儿的钱取出来，就把欠你们的还掉。

现在没有谁急着要大伟还钱，他们甘心把钱借给大伟，那钱放的时间越长越好呢，反正那钱还会生钱，如果大伟还不了钱，他用他住的房子做了抵押呢，怕什么呢？就这样，大伟买下了小伟的那座小二楼，把三十万元交给了小伟，两人写了地契，像普通的生意人那样，孙三莲觉得有一种说不上来的别扭。

一个月了，薛大头没有回来，两个月了也没有回来，这时候他们听到了一个可怕的消息，说因为非法集资，薛大头被逮起来了。

村里一时间引发了巨大的骚动，人心惶惶，大家一有时间就聚在一起，讨论薛大头手里到底有多少集资款。有人不仅把自己的钱放进去，还贷了别人的款，放进了薛大头那儿，有许多有双重身份的人，既是债权人，又是债务人，像大伟一样。

等不着薛大头回来，村里的人自觉聚集在一起，商量去县里上访，上访的人越来越多，之后，村里来了调查组，让村民拿薛大头写好的收据去申报自己的损失。

孙三莲拿着薛大头给她家写的收据条到了村委办公室，一张一张展开，让工作人员拍了照，做了登记，孙三莲说薛大头什么时候能回来呢？我们家全部的家当都放在他那儿了，我家现在还贷着别人的钱，我们家的房子都抵押出去了，他再不回来，还不了钱，我们就会被人家撵出去了。工作人员毫无表情地看着孙三莲，毫无表情地说不知道。

等不上薛大头回来，孙三莲与大伟商量卖掉房子还债，大伟对薛大头也没有指望了，就决定卖掉房子，但村里人谁也不愿意买他们的房子，村里人手里都没有钱，卖不掉房子，还得给别人利息，大伟急得团团转。

两年后，大伟贷来的那二十多万元连本带息成了三十多万元，加上孩子们上大学所需要的学费，他们家一下子欠了五十多万元。大伟说如果想不出办法，就把这两座小二楼低价卖掉。

房子只能低价卖给了一个外村人，大伟和孙三莲搬回了那两孔破旧的老窑洞，搬家的那天凌晨，孙三莲从山崖上跳了下去。

钟小美

回到家门口的时候，钟小美接到了张捧的电话，张捧说你在哪？钟小美走着的步子停了下来，她说我在外面有事，她还环顾了一下周围，生怕张捧的眼睛就在她身后。张捧说你几点能结束？能赶得上吗？钟小美说赶不上，我就不去了。张捧有点失望，张捧说大家都快到了，你还是来吧。钟小美说真去不了，不好意思啊。张捧说你怎么搞的啊？都这会儿了，还有什么大事要忙？钟小美说，我要先挂了，有空再聊。张捧说，好，那挂了。电话里，钟小美听到张捧失望的尾音拖了老长，她觉得很歉意，但她不想勉强自己去凑热闹。

钟小美回到家，暖暖的气流包围了她，今年冬天供热公司很卖力，各家屋里都暖融融的。钟小美脱下了外套，换上了宽松的居家服，又去卫生间洗干净了脸和手，之后她还把洗干净的手放鼻子底下闻了闻，是一股好闻的水果味。洗手液是她们单位三八搞活动发的，都用半年多了，只用去了少半瓶，不过，自从孩子住校以后，家里的消耗品仿佛一下子就俭省了。

钟小美洗干净了自己，到客厅里，才发现玻璃上已经暗下来了。钟小美走过去要拉客厅的窗帘，抬起的手又放下来了，她看出了对面8号楼的窗户溢出了灯光，明的暗的一个个房间，让她的心情宁静而平和。因为家里的玻璃刚擦过，她看外面一切都像被清洗过一样，有过年的感觉。钟小美很喜欢过年的感觉，透过擦拭干净的玻璃，她看外面的楼房、窗户、树木都是新的，有一种清新而陌生的感觉，但又很温馨，让人生出一种宁静的幸福。

钟小美倚在各个房间的玻璃窗前，分别向外望了望，那燃亮的灯火让她想起了张捧和张捧组织的那一个聚会。现在他们也许正聚在一起，趁机热闹地谈论他们青春的往事。也许他们迟迟等不到她，而有些索然无味。总之，他们的聚会因她而起，但她却没有出场。让他们就这样聚在一起吧，为着他们得着的那个理由，也是值得的。

天色完全黑下来了，外面却一点也不黑。院灯和各家窗户溢出来的灯光照亮了整幢楼，楼与楼之间的罅隙映衬在橘红的灯光中。钟小美倚窗向外望，这幅安谧温馨的图景让她生出一种别样的心情，甜蜜的、无限遐思向往的那种情怀让她有了二十多岁的那种心境。她不由得想到另一个钟小美，想到她的二十岁，想到因她而生的许多男生的初恋，想到他们对她的那种情结，她甚至对那个钟小美有一种强烈的好奇，她是怎样的一个女孩呢？让那么多男人集体凭吊共同的初恋？

钟小美这时接到了爱人陈小琪的电话，说影友们聚会，他不在家吃饭。钟小美说好，知道了。说完就挂了电话。她想就她一个人，她也不着急做饭吃，就倚在窗户上看外面的夜色。

钟小美的丈夫陈小琪喜欢摄影，业余时间为一家影楼拍外景，所以一到星期天，陈小琪就往外跑，起初还要征得钟小美的同意，钟小美呢，紧紧张张工作几天，好不容易周末，自然不希望陈小琪往出跑，但陈小琪不喜欢待在家里浪费时间，同意不同意他也顾自去了。钟小美就觉得憋屈和无聊。收拾完家务，孩子在一旁玩的时候，钟小美就在电脑上消磨时间。

就这样她在网上邂逅了张捧，知道张捧和她就在一座城市里工作，两人聊的话题就多了，物价、供暖、供气，还有这座城市发生的新闻，渐渐熟悉了，就了解了对方的职业、家庭人员、年龄，张捧比钟小美大四岁，供职于一所大学教物理，张捧的爱人也在这所大学的附中当老师。钟小美在机关工作，坐办公室，因为职业不同，话题还比较多。

上班的时间，单位是不允许聊天的，所以钟小美聊天的时间大都在周末。一种生活与另一种生活。工作的五天，散漫的两天。后来时间久了，张捧说，终于又等到周末了，几天不聊，我还想念你呢。钟小美呢，因为周末，也轻松愉快，说我也想念你呢。张捧说能视频吗？钟小美说不能。张捧说安一个吧，我有多余的一个，过两天给你送过去。钟小美说千万别，送来我也不会安。张捧说有说明书，再说我教你一下就懂了。钟小美说没有视频也可以啊，张捧说有视频我可以看到你，你也可以看到我。钟小美说不必看到啊，看到会别扭。张捧说我想看到你，你就不想看到我吗？钟小美说不想。

说真的，尽管聊得很投机，但钟小美并不想知道张捧长什么样子，也不想让张捧知道她长什么样子。倒不是她长得对不起谁，而是一种本能的自我保护。张捧说过之后，也没有急着送来，而是在一个周五，下午快下班的时候，办公室的门被敲响了，当时钟小美在办公室装订最近一周的收文，不以为是谁，说进来啊，门口是一张陌生的脸。

钟小美问找谁，门口的男子说找钟小美。钟小美说我就是啊，有什么事？当然也有陌生人来找，但都是机关里的人，有的要找发文，有的要找什么资料。钟小美没有想到会是张捧。门口的男子听钟小美就是他要找的人，从门口进来了。他说有人托我捎一个东西给你。钟小美仔细看了看来人，个头很高，戴一副眼镜，站在了钟小美面前。钟小美说哦，说着身子向前挪了挪，算是迎接客人。男子从包里掏出一个盒子递了过来，说就是这个。钟小美接了过去，一看就知道是什么了。男子说我还得负责教会你怎么使用。钟小美说谁让你送来的？她其实知道是谁，但那是在网络里的一个人，她想在现实生活中印证一下。来人说张捧啊，他让我送来的。

现实生活中真的有这么个人，就在这座城市里，钟小美印证了这个消息，内心还是高兴的。钟小美说难为他还记得，我以为他只是说说。男子说，他说你还不会用，让我教你怎么安装。钟小美说好，你就在我们单位的电脑上示范一下。来人于是从盒子里拿出一张驱动盘，从主机里插进去，然后一步步教钟小美，钟小美看着每一个步骤，电脑上都有提示，不是怎么复杂。安装完了，她说这样啊，挺简单。男子说简单，主要是你没有用过，你要用的时候，把它连接在电脑上就好了。然后你可以请求与对方视频，或者对方请求你，你按一下接受就可以了。

男子弄利落了就从电脑椅上站了起来，钟小美说来喝杯水，忙活半天。男子接过了水，坐在了电脑对面的椅子上。他环视了一下钟小美的办公室，看到有三张办公桌，就问钟小美，你们办公室有三个人办公吗？钟小美说是，三个人，其他两个人也在，去其他办公室了，我们有签到签退纪律，不到下班的时间没有签退，是不能走的，所以这个时间都还在。

哦，男子说，你们机关的纪律也严格呢。

钟小美说，你和张捧是同学呢，还是同事？男子说我们是同学，本来我们要一起来，我在这楼里办个事，他要给你带这个过来，结果他临时有事，就托我带过来了。钟小美说哦，本来我说了不用的，没想到他还真是说一是一。想起柜子里有开会时发的一套紫砂壶，质地很好，钟小美就把它拿了出来，原准备是要拿回家用的，也一直没有拿回去。她觉得平白无故地接受别人给的东西有些别扭，觉得应该回赠一个礼物，就递给这个男子。我这里有一套紫砂壶，麻烦你带给张捧，谢谢他让你送来的视频。她也不知道这个视频得花多少钱，但又不好意思问，但她不想让他亏了。

没想到男子赶忙站了起来，说哪能这样呢？赶快收起来。钟小美说我从不平白接受别人的馈赠，这是我的原则。男子说我捎来捎去不是个事啊，你当面交给他吧。钟小美说我们只是网友，从来没有见过面，也互不认识，所以我还是要麻烦你。男子说我知道，好吧，我还是给你带回去吧。

正当这名男子背着他的包要走的时候，范丽华回来了。范丽华一眼看到这名男子的时候，又一眼看到了电脑旁的视频，这突然多出的人和东西一联系，她脱口而出，是来推销视频的吧？男子怔了怔，反问，你安一个吗？范丽华说多少钱呢？男子说今天没货了，你有心思安，我留你一个电话，回头联系。范丽华说那就算了，安在我们办公室，也不过是个摆设，办公室不让聊天。男子说那好，又转向钟小美，我留你一个电话吧，回头我们做客户回访。钟小美就把手机号码告诉了他，他也把自己的号码给了钟小美，钟小美把那张纸条放在了办公室的抽屉里。

男子走后，范丽华说，安办公室没有一点用，安它干吗？钟小美说要安家里，单位的电脑上示范了一下。范丽华说这个视频挺好看，你把办公室的门关上，我给你试试。钟小美也怀着极强的好奇心，关上了办公室的门。范丽华上了她的QQ，看她一个同学在线，就请求对方视频。几秒钟，对话框的右面出现了那个女孩的脸，她戴着耳麦，边听音乐边快速地敲击键盘。一行字快速地过来了。

范丽华，我看你今天好漂亮，是不是晚上有约会？对面的女孩冲范丽华扮了一个鬼脸，钟小美看到她的网名叫：我等你来爱我。

范丽华也很快速地敲好了一行字：今天周末，干什么去？我没有约会。

对方很快速地敲好了一行字：那这样吧，我有两个约会，你帮我去一个吧。

范丽华说，带上我，前半夜一个，后半夜一个，我帮你参谋，怎么样？字打完，范丽华还放了一张捂着嘴笑的图。

她们两个聊，钟小美顺便还看视频的效果，效果还不错，还能看到自己，钟小美很新鲜。

范丽华的人影小，她朋友的人影大，很清晰。隔着电脑，钟小美看到女孩背后是很漂亮的衣柜，问范丽华她在哪。范丽华说她在家里，这是她的卧室，她是搞设计的，她的卧室布置得雅致漂亮。

范丽华给钟小美调好了视频，说没问题，我给你撤下来吧。钟小美说撤下来吧。范丽华说怎么想起要安这个呢？是不是要看帅哥？钟小美说正有此意。范丽华说小心被帅哥看中了，缠上你。钟小美说帅哥哪会缠我？范丽华把视频拆下来放盒子里，看了看时间，说能撤退了。钟小美说你那么着急，去哪？范丽华说陪人约会啊，蹭吃蹭喝蹭乐子，说着就走没影了。

钟小美把这个盒子放进了包里，心里有一种奇怪的东西，有点忐忑不安，还夹杂着一丝兴奋。这里面能看到张捧，张捧也能看到她。张捧什么样子呢？她总觉得有了一种被窥视和窥视别人的感觉。

装视频的盒子钟小美回家后放在了书柜里，生怕陈小琪撞见。她还在这个盒子旁边放了一本大书。她没有安装，也没有开电脑。周五晚上和周六，虽然她闲暇的时间一大把，但她在潜意识中躲着电脑，好像躲着与她捉猫猫的张捧。

紧张什么呢？钟小美不由得问自己，直到周日，她才意识到她正处于一种紧张的状态中。她没事做，却故意拖着时间不去坐到电脑旁。这本来已经成为她的习惯。她想，张捧都把视频给她送来了，说不定在网上等着与她见面呢，或者张捧还有点不耐烦，以为这周她遇到什么难缠的事了，所以无法上网。

钟小美最终还是没有耐得住性子，周日上午，她打开了电脑，在淘宝商城里逛了半天，之后她还是上了QQ，她对自己说，不安装视频不就没事了吗？张捧又不会从电脑那边钻出来强制给她安，如果张捧要求与她视频，她就找个理由搪塞他。

不过，张捧不在线，这是周日的上午，满满的阳光从阳台的落地玻璃上射进来，照在花盆上。钟小美起初有一种如释重负的感觉。她本以为张捧一定在电脑那边等着她，甚至有些迫不及待，不曾想，张捧压根儿就不在。钟小美不由得自嘲了一番，一个视频就让自己如临大敌了。

没有张捧等着，钟小美又恢复了常态，她在书柜里找到了那个纸盒子，拿出了视频和驱动器，又重新坐到了电脑旁，然后按那天学到的步骤进行安装，没几分钟就安装好了。以前有不认识的网友要求与钟小美视频，他们说看一下你。钟小美说我没有视频。他们会不相信。现在钟小美能够让他们看了，不过钟小美不屑于让陌生人看。她其实不知道，这只是一件很普通的事，是她自己不习惯而已。

任何的第一次仿佛都有一种仪式，钟小美的不安、忐忑、兴奋、紧张等心情与她从来没有接触这个东西有关。与这个东西联系在一起的是一个陌生的异性，与这个也有关。安装好了视频，钟小美静待着张捧晃动他的脑袋，她希望他像以往一样倏忽间从海的那边游过来，他第一句问候经常是：你好。钟小美就会轻捷而愉悦地传输给他一行字：见到你很高兴。之后他们就会聊一些日常的事情，有时还会聊各自的过往，童年，青年以及初恋。张捧一次郑重其事地问钟小美，你爱过几个人？一句话让钟小美愣怔住了。钟小美说，让我想想。

张捧说，呵呵，很多吗？钟小美说初恋算吗？这个问题我还是第一次面对，趁机好好梳理梳理。张捧说当然算啊。钟小美说暗恋算吗？张捧说算。钟小美说那就多了。张捧说一个连还是一个排？钟小美说，真的，不同的阶段，我喜欢不同的人，结婚以后，我还有暗恋的对象呢，暗恋了几年，后来逐渐从别人那儿了解到这个人的处世态度，才发现与自己的想象有距离。后来就渐渐解放了。张捧说，没想到，你还处在危险的年龄。钟小美说因为暗恋那个人，有一段时间，我又忧伤又甜蜜。

张捧说什么样的男人呢，被你暗恋那么久？钟小美说长得很高大，有气质，主要是谈吐有味道，有内涵。张捧说哦，你就没有表白一下吗？钟小美说没有。张捧说这就对了，呵呵，你如果一表白，保准就把自己献出去了。钟小美说，事实上一点也不了解，不过我自己感觉他对我也有好感。

这说明女人也花心呢，你说是不是？张捧问钟小美。钟小美说我觉得一生爱一个人不太可能。张捧说真理，我也是这么认为。之后，钟小美问张捧，你说一个人一生可以爱多少个人呢？张捧说没有个准。钟小美为张捧的话笑了半天。

那么你呢？钟小美问张捧，张捧说我是纯情少年，不乱爱的。一句话又把钟小美逗乐了。钟小美说从情窦初开到现在，爱过多少个女孩子？张捧说情窦初开是说女孩子的，我又不是女孩子。钟小美说转移话题，就那个意思嘛。张捧说大学恋爱过一个女孩，南方人。哦，现在有联系吗？张捧说没有联系了，因为她已不在世了。车祸。钟小美不由自主地"啊"了一声，赶紧用手捂住了嘴，一看，旁边没人，才意识到张捧是在电脑那边。

她的遭遇有点悲惨，母亲开着一个皮草公司，生意很火，她丈夫帮忙打理，她偶然发现这两个自己最爱的人之间有私情，饮酒过度，路上遭遇车祸。

张捧打过来这几行字时，钟小美久久无语，这么悲惨的事发生了，与张捧还有点联系。钟小美说你不能编故事蒙我。张捧说是真的。钟小美说怎么会有这种事？张捧说我当时听说的时候觉得全身的血液都凝固住了，但这确实是真的。我当时简直悲愤到极点，我真想扇这世界两个耳光。钟小美说真不幸，你连凭吊初恋的机会都没有了。张捧说，他妈的这个世界。

后来张捧说的这个故事悄悄驻扎进钟小美心底，钟小美想忘都忘不掉。它会倏忽间从某一个深处跳出来，这让钟小美犹如鱼刺鲠在喉。难怪张捧要扇这个世界两个耳光，一个局外人都这样难受，难怪张捧。

收到视频的第一个星期，张捧没有上线。钟小美有点意外。第二个周六，钟小美在网上遇到了张捧，张捧第一句话就是：谢谢你的茶壶。钟小美说谢谢你的视频。张捧说好用吗？钟小美说好用。张捧说我朋友教你如何用了吧？钟小美说教了。张捧说他对你印象很好，他说你们同事以为他是电脑公司的。钟小美说误会。张捧说你觉得我那个朋友怎么样？钟小美说，我现在怀疑你就是他。张捧说是我。钟小美说你这个人怎么这样啊？张捧说第一次我扮演不诚实的人，到现在心还在咚咚乱跳呢。

钟小美没有惊愕，反而有点窃喜，呵呵，她这样表达她的心情。对张捧宽容、理解，还是赞许？她也不知道。起初她有点怀疑，张捧借送视频这个机会就这样出现了，果然是这么回事。张捧说不绕弯子了，我是你想象中的那个人吗？钟小美说比想象中的差点，因为想象的时候漫无边际，由着自己增删内容，现在没有想象的空间了。张捧说漫无边际就是不切实际，那可不好。钟小美说这样聊反而没有快感了，你不觉得吗？张捧说你不喜欢视频聊就这样聊吧，像以前一样，正好我这边的视频坏掉了。

以前天上一句，地下一句，觉得反正不认识，由着自己的性子。知道张捧就是那个认真地安装视频的大个子时，钟小美聊的话题发生了变化。钟小美不知道哪儿不对劲，她觉得有一种东西破坏掉了。

张捧说，我必须确信你的存在，否则有一天我怕你在网海里蒸发掉，无处可找。钟小美说何必找呢？找了又如何？张捧说遇到一个能聊得来的人是一件快乐的事，假如我突然间消失掉你不难过吗？钟小美说为什么消失呢？你先说说有哪种情况。张捧说其实我是担心与我聊的人突然间变成五六十岁的老太太，现在好了，无论如何，我都可以找到你。

钟小美暗想，是不是他初恋情人的离世对他刺激太大了，他有不安全感呢。她仔细想了想，觉得这是一种可能。或者他以前聊过什么人，聊得正投机，对方突然消失了。张捧说在来得及印证的时候，线索很好找。来不及印证的时候，线索就会消失。钟小美说不过就是一个网友。张捧说网友可以变成很好的朋友。

要恢复以往的聊天状态，钟小美还过渡了几个星期，一坐在电脑前，看到张捧闪烁的脑袋，她就要想到门口的那个陌生人和他从容的声音，找钟小美。有一种什么断了的感觉。一截与另一截。他出现前的日子是一截，他出现后的日子是一截，明显地分开了。她有时就要揣测，他有什么想法？有时又觉得自己多虑了，即使有什么想法，自己都可以避得开。

陈小琪一如既往地忙，后来撞见钟小美安装了视频，看了看，之后，仔细研究了一番，有一种深究的味道。你买视频了？他问钟小美。钟小美说是啊，我买视频怎么了？你不是每天忙着赚钱吗？赚不完的钱就得想着法儿花啊！陈小琪说我只是问一下，又不是不让你买，看看你也与时俱进呢，也玩上视频了。钟小美说你别会拿个摄影机就把人看扁了。陈小琪说看你那样子，摆着一张脸，像是谁欠你几文钱似的。钟小美说别招人不待见还以为自己多了不起。陈小琪狠狠剜钟小美一眼，走了。

以前，钟小美郁闷陈小琪跑外的那股劲，后来，有了消耗时间的渠道之后，她不觉得难过了。和张捧聊得开心、投机，不知不觉一小时过去了，两小时过去了。

只是钟小美有些纳闷，她这儿有了视频之后，张捧说他的视频坏了，她反而在视频里一次也没有看见张捧，难道是他把自己的视频送给了她，可是这有什么用呢？

这之后很长一段时间之后，钟小美收到张捧的一条手机短信，他说见个面吧。钟小美说好啊，下午我送孩子去补课，补课的这两个小时我就有空闲。张捧说就在你儿子补课的那附近有一间新开的茶店，去喝茶吧。钟小美说好。于是两个人就开始了他们的第一次约会。

钟小美刚送了儿子，张捧的短信就来了，说他已经到了，在三楼拐角处的茶阁里。钟小美说好，我也马上就到了。钟小美有一种兴致勃勃的心情，犹如进入一个勃发的春天一般。她以前从没有发现自己有如此的心情和兴致。

茶馆的下午，一片安静，只有前台的两位服务员和迎宾，问钟小美有没有订房间，钟小美说订了，在三楼。于是钟小美被服务员带到了三楼。她看到张捧，正坐在门对面的沙发上。

因为茶阁四面都没有窗户，所以里面亮着灯光，给人一种错觉，以为是晚上了。橘红的水晶灯给人一种神秘的好心情。

钟小美坐在了张捧的对面，张捧已要好了茶，是绿茶。钟小美闻到绿茶的清香溢满了整个茶阁。钟小美摘下包和手套，早春的天气，外面还有风沙。张捧伸出手来，想接钟小美的包去挂，钟小美说不用，谢谢。张捧说聊这么久了，才第一次正式见面，老早就想约你出来，但不知道你方便不方便。钟小美说家务事多，老有事拖着，也正巧还有这么一个间隙。张捧说是啊，女人的事总比男人的多，那以后这个间隙就给我留着，在这个间隙里见个面。钟小美说以前每个星期不也见着吗，不也在一起聊吗？张捧说那每个星期都能喝到你的电脑咖啡，吃到你的电脑米饭，那算数的话，已经吃过无数次了，我也给你送过无数朵玫瑰了。所以啊，钟小美说，那也算是在一起约会。

刚坐了一会，钟小美的手机响了，一看，是母亲打来的。母亲说，小美，今天你生日，我和你爸中午在家吃了拉面，你呢，生日吃了什么？钟小美说生日，哦，我怎么忘记了？那边母亲说，你生日啊，我还以为你记得。钟小美说没看日历，就忘记了。没事，那我明天过。

张捧在钟小美的电话中捕捉到了这样重要的信息，说今天你生日啊？钟小美说我查查日历，手机日历上一查，确实是她的生日。农历二月初五。她只听见张捧说，奇怪啊，这么巧。钟小美说什么奇怪？张捧说真凑巧，没想到今天是你生日。钟小美说，我自己都疏忽了，要不是我妈提醒，我还真忘记了。

张捧说那太好了，赶上你过生日，正巧，我带了礼物给你。钟小美说真的吗，张捧说你看，说着从他上次背的那只包里掏出一个精美的盒子，给钟小美递了过来。这是一个钱夹，我看着很漂亮，你看看。钟小美接过去打开盒子，看到了那个质地很好的金黄色的钱夹，看上面的标记，是香奈儿的，她记得范丽华在网上买过一个这样的钱夹，款式差不多，颜色是咖啡色的。不过这个钱夹上面还镶着几个闪闪发光的钻之类的东西。

好漂亮啊，钟小美由衷地说。谢谢你。她冲张捧说。她没想到今天是她的生日，没想到还意外收到了礼物。这让她格外高兴。因为她好长时间没有收到礼物了。记得上次的礼物，还是儿子平安夜给她送的那个苹果。那个苹果被商家用塑料纸包得煞是好看，她没有舍得拆开它，任由它放在客厅里的花瓶上，直到过年后，陈小琪说，钟小美，你的苹果已经腐烂了，看看，包装纸已经瘪下去了，于是她才把它扔掉。

其实，你已经送过我礼物了，还这么郑重地又送我，只是我没有给你带礼物，这样，茶水我请。钟小美对张捧说。要不她会觉得不好意思。张捧说今天撇开你的生日不说，也是一个特别的日子，我们第一次正式见面。钟小美说其实不要这样郑重，才会自在。张捧说好，那就像电脑聊天一样聊。茶水我请，我吃你那么多的电脑饭，算是感谢你。钟小美说那还用得着谢吗？

怎么，你的生日自己忘记了，你爱人也忘记了吗？张捧问钟小美。钟小美说他的我也记不住，有时候翻日历，然后盘算一下，噢，再有两周或一周，结果等到那个日子终于来了，却想不起来是什么日子，就过去了。为此，我爱人还经常埋怨我，说妇道人家，什么心也不操，不过，他也只是说说，有时要我给他补着过。时间久了，觉得又不是小孩子，有那么要紧吗？

张捧说，也是。

小提琴手独奏曲若隐若现地飘在茶阁上空。钟小美和张捧聊着，虽然QQ上很熟悉了，但面对面聊却不是那么畅快。临走的时候，张捧伸出双手欲拥抱钟小美。钟小美说，你忘记我们之间的约定了吗？我们说过，假如有一天我们见面，我们之间也是纯洁的友谊。我们不会像其他网友一样，有乱七八糟的事。

张捧说，我当然记得我们的约定，我们够纯洁的了，拥抱就不纯洁了吗？说着，还是双手拥抱了钟小美，象征性的。钟小美接受得有些别扭，但她还是接受了。

就这样，张捧知道了钟小美的生日，平常的日子不怎么联络，但后来在钟小美生日的前一天，他总要给钟小美手机短信，约她一起出去庆祝。于是钟小美就事先把孩子安排给陈小琪，她就叫上她的好朋友苏冬花一起去赴张捧的约会。为了把他们的友谊放置在阳光下，张捧也带着他的一个朋友。第一次，钟小美问张捧你朋友怎么称呼呢？张捧回头看他的朋友，他的朋友说让张捧介绍我吧。张捧说他姓郭，叫郭建。

聊天的时候，钟小美发现这个郭建的谈吐很像一个人，但她想不起来他像谁。偶然间，说起家乡的树，他说他们村口有一棵大槐树，是唐朝的槐树，又粗又壮，现在都枝繁叶茂。她恍惚觉得，最初聊天的时候，说起各自的家乡，钟小美说我们村前有一条河，到冬天的时候，河水就结成了冰，远远看去，像一条白色的丝带。她这样说的时候，张捧说他们村前有一棵唐槐。这个话题说过很久了，后来再没有提起过。她就问张捧，你们村前有什么宝物？张捧说我们有古城墙，我们住在一个小镇上，钟小美的眉头皱了皱，这是钟小美第一次听他这样说。

出来的时候，不远处有人在叫，郭建，郭建……张捧朝对方看去，挥了挥手，很高兴的样子。对方跑了过来，郭建，你和张捧都在啊，张捧冲对方肩头一拳，说好久不见面了，几个人高兴得挤作一团。钟小美边和苏冬花聊天，边仔细朝张捧那边看，她有一种疑惑，张捧在这伙人叫他郭建的时候，怎么就应声了，而那个郭建怎么没有任何反应呢？

之后几个人又要去喝酒，叫钟小美和苏冬花一起去，钟小美说我们有事，得先走了。她趁机溜了。回去的时候，钟小美就查看她和张捧以前的聊天记录，可惜都删除了。

苏冬花给钟小美分析，说也许最初与你聊的是一个人，后来聊的是另一个人。前面的叫张捧，后面的叫郭建，后面的把自己装扮成张捧。钟小美说我也这样怀疑，可是为什么呢？苏冬花说男人的恶作剧吧。网上啊，什么闹剧也有。

这成了钟小美心中的悬念，他们两个，谁是真的？谁是那么真切地聊过的人？她知道他们一定有某种默契，是她所不知道不明白的。下次再这样聚的时候，还是他们几个人，趁张捧去洗手间的间隙，钟小美问郭建，那个钟小美，真的遇车祸了吗？郭建说怎么突然间问这样的问题？钟小美说，是想这样亲耳听你说。郭建说好几年前的事了。钟小美说那人呢？郭建说不在世了。钟小美说我的QQ你是不是按名字搜的？郭建说我没有搜，是他搜的，之后加你为好友的。

那么他真正的名字叫什么呢？钟小美问郭建。郭建说告诉你也无妨，我们已经这样熟了。其实是这样的，我叫张捧，他叫郭建。我是大学的物理老师，他在研究所工作。钟小美是我们大学里的女同学。她不仅人漂亮，人缘也很好，毕业后嫁了人，后来同学聚会的时候我们才知道她出事了，很为她惋惜。就那次聚会之后，一次，郭建去我办公室，聊起钟小美，就在网上搜这样的一个名字，然后查看资料，知道是同城的，然后就加上了你。他说，别伤感了，钟小美找到了。我当时觉得心中一亮，正巧你在线，就这样聊上了。当然大部分时间都是我和你聊，不知为什么我有一种错觉，觉得你仿佛就是在遥远城市的钟小美。郭建偶尔来翻看我们俩的聊天记录，他多次怂恿我约你见面，我没有勇气，怕破坏掉一种东西。后来他说代我去见你一面，这事我也知道，茶壶他送给我了。谢谢你。别的礼物都是他送给你的，只有那个视频是我送给你的，但真正的我也没有通过那个视频见过你。他说见了你一面之后，感觉很好，很符合他的想象。他说他喜欢你，他说他怎么也和我一样喜欢叫钟小美的女人？他决定带我认识你，看看认识你之后我有什么样的感觉，呵呵，就是现在。

钟小美看了看他，说，那么说你是张捧，他是郭建？他说是，我是张捧，我给你看看我的身份证。说着他就从他包里掏出了他的身份证，钟小美看了看，他确实是张捧。

可是现在让我以为你是张捧很别扭，钟小美说。她又一次看了看张捧，努力在记忆中寻找什么。张捧说，让你错乱了，是吧？其实一直与你聊的人是我，与你见面的人是他，他冒充了我。也许他不冒充是我你就不会与他见面。见过你之后，他把你们见面的过程都要给我描述一番，男人之间几乎是没有什么秘密的。钟小美想，难道他事无巨细地都给他讲述了吗？比如每次他都象征性地拥抱一下她。想到这儿的时候，她的脸微微红了，不自觉地低下了头。她不明白，原来这样私密的事一直置放于另一个人的感知中，多么令人尴尬。

而且，这事现在放置在了苏冬花面前，钟小美曾对苏冬花描述过这件事。一个喜欢的网友，见面，聚聚。钟小美没有谈他们私自的约会，不管怎么谈，都是很暧昧的。这时候，苏冬花坐在一旁听张捧讲述，仿佛饶有兴味。

张捧说，我们的女同学钟小美，许多男生都喜欢过她，有的乐意给她打水，给她送礼物，有的喜欢围着她，我们还在背后谈论她。只要男同学送她礼物，她都全部照单收下，然后回赠更好的礼物。许多男同学就是这样知难而退的。她和大家友好相处，没有伤了任何和气。我喜欢她，送过她一个紫色的风铃，她送给了我一个男生用的背包，那个背包很好看。只是她从不单独赴男生的约会，这个我们班同学全知道，所以要约她一起聚，必得约好几个人。在校期间，我们也没有听说她与谁恋爱，所以许多男生都存在着一个幻想。

可那是你们班的钟小美，不是这个钟小美，苏冬花说。犯得着一个与她聊天，一个与她约会吗？

你理解错了，张捧说，对于我们来说，那是我们共同的一个美好的时代，因一个女生创造的一个时代，就那样过去了。钟小美结婚的时候，她的新郎宣布，所有暗恋钟小美的男同学都可以与她做一个拥抱，过期作废。我们所有的男生都与她拥抱了，但我确信，内心都是纯洁的。

张捧沉浸在美好往事的回忆中，他的脸上泛出一种明亮柔和的色彩，钟小美觉得他不可思议，如果他不是编故事，钟小美觉得他这样子可笑。

他们吃完了饭，喝上了茶，郭建才回来，说他临时有事，出去处理了一下。张捧的使命仿佛也结束了。郭建，张捧叫道。

怎么？郭建反应过来之后，又有些讶然，他看了钟小美和苏冬花一眼，等待张捧的下文。

你不是张捧，张捧是我，我对钟小美全讲清楚了。

郭建说是吗？他转向钟小美说，对不起，但你要明白，我们没有恶意。

钟小美说，人们说网络里什么怪事也有，这不，也让我撞上了。

郭建说，因为你是钟小美，所以才会这样。

本来钟小美想对他们的行为进行讨伐，不一会，就来了五六个他们的同学，都是男生，起初钟小美以为是偶然联络撞见了，没想到来之后，她被郭建一个个介绍给他们，一一握手之后，他们说我们是来会钟小美的，我们是奔钟小美而来的。钟小美很不好意思。钟小美与他们很陌生，他们却一副热络熟稔的样子。坐了坐，钟小美说，我们还有点事，先走了，你们聊。没想到他们谁也不同意钟小美走。他们说，你怎么能这样呢？钟小美，你怎么能把我们晾在一边呢？来，我们干一杯，为我们的相聚干杯。

茶水杯举起来了，钟小美也举起了茶杯，她知道这个聚会荒唐，可是为它背后的那个女人感动。这伙人不是因为她欢聚在一起，而是因为另一个钟小美。钟小美看了看张捧，又看了看郭建，有些无助和不知所措。她不知道自己该说什么。

苏冬花也有些不知所措，她看向钟小美，知道钟小美不能脱身，她也不能脱身。但她知道这纯粹是一场闹剧，为着一个比较堂皇的理由。本来是网友的聚会，又牵扯进了初恋，又牵扯进了这么多不相干的人，可他们却无比兴致之高。

一个酒喝多的男人，凑在钟小美跟前，搂了钟小美的双肩，说，小美，喝一杯。钟小美用手推了推他，我喝不了酒。那人说，开什么玩笑？喝了。钟小美说，我不喝酒的。这个男子把酒杯递到了钟小美嘴边，这时张捧接过了酒杯，说，钟小美喝不了酒，我替她喝了这杯，于是一饮而尽。那男人说，张捧，你怎么还这样呢？张捧就继续和那个男人喝，这样才给钟小美解了围。

散场的时候夜已经深了，郭建开车送钟小美和苏冬花，那帮男人一一与钟小美道别，说下次再相聚。钟小美有一种说不出的心情。

在路上，钟小美问郭建，你们这伙男同学，是不是那个钟小美的追求者？郭建说差不多吧。钟小美说怎么样的一个女孩子呢？你有她的相片吗？郭建说相册里应该有，不过好久也没有看了，你想看，我回去找找，翻拍一下发你手机上。钟小美说我对她很好奇。

果真不久，郭建发来了那个钟小美的照片，照片可能是集体照片上的一个剪影，被放大了，有点虚，这个女孩子看上去也很普通，只是有一种说不出的素雅，不漂亮，但有一种超脱尘世的味道。

钟小美有点失落。一个如此普通的女孩子，怎么会在那么一大伙男人中有那么好的人缘？他们竟然因为对她念念不忘而寻找她，因她聚会。钟小美的好奇更加强烈，她想找一个知情人讲讲那个钟小美，当然这个知情人不是她认识的这伙人。

钟小美开始了她的寻访。

她通过张捧知道了钟小美的出生地，之后又了解到钟小美大学之前生活上学的城市，也许因为时间久了，张捧要费很多时间才能提供给钟小美这些情况，有的情况张捧还得与郭建一起印证，或者再与别的同学印证。张捧说其实我们在一起同窗几年，但我们只是内心喜欢她，并没有与她交往，关于她生活学习的地方现在无处可查，只是在毕业通讯录上留着她的一个家庭地址。钟小美借来了这本毕业纪念册，之后她按照这本同学录上的联系方式联系与钟小美来自一个城市的女生，通过这个女生又辗转联系到钟小美中学的女同学，现在这个女同学也已经为人妻人母。

与这位大姐联系上之后，钟小美核实了一下钟小美的信息，这个大姐知道的钟小美就是她要找的钟小美。她说姐，是这么回事，我哥与钟小美是大学同学，很久没有联系了，也已经没有她的联系电话了，所以我很费力才找到你。对方说，这么久了为什么还找她呢？钟小美说要说也是因为一个不得已的原因，我哥与她大学四年，关系挺好，但毕业后再没有联系，我哥现在病了，得了一种失忆症，但就记得他大学的同学钟小美，我们打问了一下，他大学确实有这么一位同学，所以我们就想办法一定要找到这个女同学，也许与她联系上就能帮助我哥的病好转。这位大姐说，你们找不到她了，她已经不在世了，毕业两年后，也是她出嫁那年，遇车祸了。钟小美说看来这是真的，我也是问了他们一起的同学，听说出车祸了，你知道是怎么回事吗？大姐说，我和她处得很好，对她也了解，她母亲生下她之后不久就去世了，可能是自杀。她母亲去世后不久，她父亲又结婚了，她的继母嫁过来之后又给她生了一个弟弟，之后她就与爷爷奶奶一起生活，她为人大方，心地善良，人缘极好，但就是与她后来这个母亲不好相处。不过车祸是她自己不小心出的，祸根你知道是怎么种下的？她出嫁的时候，她大学的、中学的男生大都来了，有的提出要在她出嫁前拥抱她，有的要吻她，她的新郎表面大方，骨子里却很小气，但碍于大家都有极高的兴致，就大方了一回，但这件事上却对她有了成见，婚后感情不太好。事因是她发现她丈夫和她继母有暧昧关系，与她丈夫理论，她丈夫却指责她是所有男生的公众情人，是破鞋，出事的那天，她喝酒了。这位大姐说，那么多男生喜欢她，却是这么一个结局。

你哥在她出嫁的时候有没有参加婚礼呢？这位大姐问钟小美。钟小美说参加了。那是不是也加入了拥抱的行列呢？钟小美说听说过这件事。这位大姐说事情就是这样，现在谁也联系不上她了，她的悲剧就与那一个个友好的善意的拥抱有关，但谁也不知道，他们只以为她出事是因为意外。

钟小美良久无语。